巨变

新时代报告文学丛书

那山，那水

何建明 ◎ 著

中国言实出版社

图书在版编目(CIP)数据

那山，那水 / 何建明著 . — 北京：中国言实出版
社，2022.8

ISBN 978-7-5171-4279-9

Ⅰ.①那… Ⅱ.①何… Ⅲ.①报告文学 – 中国 – 当代
Ⅳ.①I25

中国版本图书馆 CIP 数据核字（2022）第 156129 号

那山，那水

责任编辑：王建玲
责任校对：张天杨

出版发行：中国言实出版社
　　地　　址：北京市朝阳区北苑路180号加利大厦5号楼105室
　　邮　　编：100101
　　编辑部：北京市海淀区花园路6号院B座6层
　　邮　　编：100088
　　电　　话：010-64924853（总编室）　010-64924716（发行部）
　　网　　址：www.zgyscbs.cn　电子邮箱：zgyscbs@263.net

经　　销：新华书店
印　　刷：北京中科印刷有限公司
版　　次：2023年1月第1版　2023年1月第1次印刷
规　　格：710毫米×1000毫米　1/16　13.25印张
字　　数：210千字

定　　价：58.00元
书　　号：ISBN 978-7-5171-4279-9

国家和人民永驻我心（序）

或许有的人写作是为了自我，但对我而言，如果纯粹是为了宣泄一点个人的情绪甚至是怨恨的话，这种写作本身就没有多少意义。然而我知道，相当一部分同行并不赞同我的观点，那是他们的事。

作为一名生活在伟大国家和伟大民族中的作家，我的笔力主要用于记述所在时代国家的发展与变化，以及发展与变化过程中的人与事，当然包括他们的决策与实施、成功或失败及其中无限的情感激荡。其实这是一件非常难的事，我们既要面临作品内容真实性的考验，又要抵抗那么多日新月异的新技术、新媒介的挤压，还要去研究和迎合广大读者每天都在变化着的趣味，自然还要抗击来自不同文体的朋友的冷嘲热讽……不是纪实体作家，是不可能经历这么多痛苦和折磨的，因为就像这个世界上的人一直在追求自由那样，真正的自由是其乐无穷的，不能自由者才是最痛苦的。纪实体写作（或说报告文学，或说非虚构写作）除了必须具备其他文体写作共有的功夫，还必须承受采访调查的劳作之苦以及作品出版过程中烦琐的审查，这些至少让一半以上的小说家、诗人等崩溃，以我40余年的经历，可以断定我的同行们的这种命运。设想一下，为了一次采访，一天中要换乘五六种交通工具，行程20多个小时，早上还在繁花似锦的京城，深夜竟然到了狗吠狼嚎的深山，你行吗？为了调查贫困生现象，一年走几十所大学，采访当事人400余位！"非典"袭来，整个北京城都在哭泣时，得天天到病区实地考察疫情，探望患者，体重一下降了30多斤，你敢同行吗？一次震惊世界的大爆炸、一地死去10万人的大地震，不仅要去现场，还要去感受血淋淋的死亡，去倾听一个个幸存者的诉说，你受得了吗？这些都是我经历过的，都是我创作作品的基本需要，都是我生活和职业的一部分。

然而，我从来没有后悔过，因为我爱自己的祖国、爱自己的人民，他们就是我的家、就是我的亲人。任何委屈和辛酸，都无法消磨我的热情与意志，消磨我对文学的执着与热爱。虽然有时深感痛苦，但很快就重新振奋精神，投入新的战斗。我常说自己是一名"冲锋的战士"，为了胜利，为了目标，为了任务，为了使命，也为了责任，痛苦和挫伤，甚至是牺牲，都属正常。只要我认为我做的事、写的人、记述的历史是真实的、生动的、精彩的和有用的，那么所有的一切苦累与付出，又何足挂齿？如果读者从我的作品中获得了感动与教化、振奋与激荡，我也就十分欣慰和知足了！

一个有良心的作家，一个有正义感的书写者，一个愿意通过自己的文字影响和改变某些社会现象，助力所在时代与民族进步的思想者，不经历超乎寻常的炼狱般的考验几乎是不可能的。我时常想，如果有一天知道自己的生命行将结束，我要大声地告诉所有活着的人：一个人没有权利不爱自己的国家和人民，既然爱，你就需要努力去奋斗，去为他们呐喊，去为他们讴歌，去为他们倾情——以你特有的方式。

我便是这样一路走来的，还将继续走下去，因为祖国和人民永驻于心，直到天荒地老，这份情常青永鲜。

何建明

2019年国庆节

写在前面

巍巍华夏，万里江山，锦绣磅礴，浩荡 5000 年。从群雄并起、争霸天下的远古至近百年间，英才豪杰誓为改变民族落后愚昧之窘境而前赴后继。但，唯有一代又一代中国共产党人，怀揣共产主义信仰和为贫苦百姓求翻身、谋幸福的理想，浴血奋斗，以"敢教日月换新天"之气概和谋略，终让江山寰宇昭辉，中华民族从此跃至今天谁都不敢藐视和轻蔑的伟大时代。而在此过程中，有三个重要的历史时刻值得我们去总结与思考，去书写与传扬——

1927 年，对于中国共产党人来说，是革命的转折关头。城市暴动屡遭挫败，南昌起义受到重创，秋收起义也被迫放弃攻打长沙，武装力量陷入了极度悲惨的境地，而"朱毛"会师井冈山时，仅剩几千号人……

在茨坪小村清淡的月光下，毛泽东苦思冥想着中国革命的出路究竟在哪里？当鸡鸣撕破晨曦，毛泽东用遒劲有力的笔锋清晰地书写下一行大字：农村包围城市，武装夺取政权！从此，他和中国共产党人带领自己的武装，沿着这一方向，用 20 余年的时间，彻底推翻了压在四万万劳苦大众头上的三座大山，缔造了全新的中华人民共和国。

1978 年，一个月黑风高的夜晚。在安徽凤阳小岗村，一群不甘忍受饥饿的农民，以"歃血为盟"的形式，在一份分田到户的"草根宣言书"上"画押"……

北京，某高层会议。邓小平举重若轻般轻轻吐出一口烟。他目光坚定，一语定乾坤：对分田到户，有的同志担心，这样搞会不会影响集体经济。我看这种担心是不必要的！

之后的中国，正是我们这一代人所经历的改革开放，亿万人民从此走进了全面建设小康社会的无比精彩和令人骄傲的时代。

历史在继续前行，中国的命运也在继续经受考验。

2005 年 8 月 15 日，浙北一个小山村的干部们正在为本村前些年毅然关掉矿山、还乡村绿水青山的做法进行讨论，因为村级经济与百姓收入出现了下滑，他们将向前来调研的省委书记作汇报。

那一刻，炎热、狭小的村委会小会议室里，气氛显得有些不安。在全中国上上下下早已习惯把 GDP 作为判定一切工作好坏唯一标准的时期，有谁敢冒"不求发展"之罪名，去关护身边的一草一木、一水一山？我们到底该走怎样的发展道路，发展到底又是为了什么？寻求这些答案的，何止是这个叫余村的小山村干部，而是整个浙北、整个浙江，甚至是整个中国——

人们都在等待一个答案。村、乡、县，还有一起来的省直机关干部，以及他们身后的千千万万人民，他们都在等待，等待一个声音，等待一个方向，等待一个时代……

习近平，时任浙江省委书记。这一天，他穿着白色短袖衬衫，冒着高温，一大早就从省城出发，辗转至安吉，在连续走访数个乡、镇后，马不停蹄，迎着滚滚热浪，在下午 4 时左右到达余村。

村委会小会议室。在听取汇报时，习近平看出了余村干部们眼里的忧虑，于是他面带笑容但语气果断明了地说："你们关矿停厂，是高明之举！

过去我们讲既要绿水青山，又要金山银山，其实绿水青山就是金山银山。"这时，余村干部的眼神里透出了光芒，习近平则语气更加温和地谆谆教导："要坚定不移地走自己的路，有所得有所失。在熊掌与鱼不可兼得的时候，要知道放弃，要知道选择。"

从那一天起，余村便沿着"绿水青山就是金山银山"这一理念指引的道路，开始了全新的发展。仅仅 12 年时间，余村从山到水、从空气到百姓的生活，再到每一颗人心，都发生了翻天覆地的变化：每一寸土地更加金贵，每一滴水更加清纯，每一个人更加快乐幸福。村庄美若仙境，人心向善向美，到处生机勃勃，融洽美满，真正成为人与自然和谐共生的美丽村庄。

在习近平当年高瞻远瞩的"绿水青山就是金山银山"理念引领下，整个安吉、整个浙江大地已建成了百个、千个像余村甚至比余村更美、更富有的村庄。如今，它们正以自己各具特色的美丽、和谐、文明和现代，装点着一个伟大而全新的时代……

目 录

引 言　安且吉兮，人在一万年前后都叹

这里好！　　　　　　　　　　　　　/ 1

第一章　堪比小岗村的划时代意义　　/ 5

第二章　金贵！"老外"口中言说的

"我们的时代"　　　　　　　　/ 17

第三章　天上人间，余村在中间　　　/ 22

第四章　农家乐，乐坏了春林和春花　/ 32

第五章　流金的小溪　　　　　　　　/ 50

第六章　"当代陶渊明"史话　　　　/ 61

第七章　一根竹子半爿天　　　　　　/ 75

第 八 章　一片叶，一个神　　　　　　　　/ 92

第 九 章　鲁家村是个奇迹　　　　　　　　/ 122

第 十 章　请你一起诗意地栖息在此　　　　/ 136

第十一章　第三个天堂　　　　　　　　　　/ 148

第十二章　比山、比水更美的是心空　　　　/ 161

第十三章　从余村再出发，一路绿意金光 / 187

引言　安且吉兮，人在一万年前后都叹这里好！

"嗷呜！嗷呜！嗷呜——"一个风雨交加的夜晚，一团团火焰映红了沧海与山丘。火焰时而跃动在海岸边的绿林之中，时而飞流在山岭的峡谷之间，前面则是数十只正拼命逃窜的猛兽……

这幅景象，发生在数万年前。

那时，人类还没有语言与文字。

一群先祖被一场空前严寒的冰雪侵袭。他们逃离了北方的山谷，开始了艰难的长途大迁徙。他们从中原出发，一路辗转，直抵后来被称为"杭嘉湖"的大地。

这里雨水充足，风和林茂，食丰景美。年长的首领不禁兴奋得张开双臂，仰天阵阵长啸。他有力的双脚在杂草丛生的大地上重重踩了三下，引来身边团聚的数十个裸着身体的族人一阵狂欢，他们学着首领的样子，又是踩脚，又是号天，好一派欢快景象。近处的海和背面的山谷，似乎也在为这群新来的客人而献情抛媚……

突然，一群猛兽从山林和芦苇中蹿出，众族人纷纷捡起石块与木棍，奋力与猛兽展开了厮杀。那是一场血腥的大搏杀，石头和鲜血在混战中一起乱飞，相互交织。那些弱小者在强者的暴咬与撕扯中倒下，而更多受惊的猛兽夹起尾巴，拖着伤残的身躯拼命向远处逃窜而去……

胜利的先祖们，擦干身上的鲜血，重新搭起草棚，点燃篝火。他们，从此留在这片土地上繁衍生息……

一代又一代，他们的生命与遗骸化作空气与"石头"，或消逝在历史的长河中，或埋入这片土地中，变成一块块"没有语言的石头"——化石。

岁月从野蛮的原始搏杀社会移至东汉时代，胜利者为霸占肥沃的太湖流域与杭嘉湖而欣喜若狂。历十朝统治，定江山万里，到了汉灵帝刘宏时代。灵帝对南国腹地的杭嘉湖一带格外垂青。一日，他带随员千百，游至太湖西北边新置一县之地，立即为眼前如诗如画的山水与百姓平和安详的生活景象惊叹不已，于是乎，他摇头晃脑地咏起《诗经》中《唐风·无衣》里的佳句："岂曰无衣？七兮。不如子之衣，安且吉兮！"

"此地即为安吉！安吉县，此地也！"灵帝长袖一甩，金口一开，"安吉"二字掷地有声。

从此，这块土地有了一个名字——安吉。

这是差不多2000年前的事。

"安吉安吉，安且吉兮！此乃人生最好的归宿地也！"在一个竹林环绕、溪流潺潺、鸟语花香的山坡上，一位戴着眼镜、体形微胖的老者擦了擦额头的汗珠，时而仰望清朗的云天，时而环视簇拥在身前身后的那片绿竹青山，不停地喃喃感叹。

这是20世纪后半叶的又一幅景象。

1974年，就是这位名叫张森水的浙江籍考古专家，在距安吉不足200公里的建德境域的一个乌龟洞内，发现了一颗牙齿。这是一颗人类的牙齿，准确地说是一颗人类的右上犬齿，它长在一个生活在5万年前的浙江人的门牙边。学者们认为，"建德人"就是浙江原始民族越族的祖先。

然而，此后的一段不短的岁月里，在10万平方公里的浙江陆地全境，竟再也没有找到旧石器时代浙江人的任何足迹。

难道更早的浙江大地上的"先祖们"突然有一天"蒸发"了？已经为探

索中华古文明做过无数贡献的张森水先生不服气，他不相信在自己家乡的土地上找不到万年前人类生活的痕迹。

"你爷爷的爷爷，就对我们后代说过，我们世世代代栖息的这片土地，有山有水，自古便灵毓秀美，值得安居乐业，所以给你起名时取了'森水'。森者，森林也，林存于山；水者，清流透彻也，源流不息。森水，意思是好山好水，希望你长大后爱护自己家乡的这片好山好水。"小时候，张森水经常听父亲这样对自己说。

"考南探北滴水穿石七十耕耘成大业 承上启下点石成金八旬传递续辉煌。"白驹过隙，在张森水先生 70 大寿、中国真正开启考 80 周年时，学生们的一副长联，犹如新征程的号角，鼓足了这位老者的干劲。

21 世纪初，人类的语言已经可以数字化传播了。

70 多岁高龄的张森水先生带领一众学子，再次来到数万年前那片人类祖先呼啸云天、与猛兽搏杀嘶号的土地——安吉。那几十天里，张森水先生与助手们一起在安吉溪龙乡的一个叫上马坎的山岗上，发现了先祖们留下的 300 多块带有旧石器时代典型特征的石器物……

这是一次收获巨大而且学术价值极其重要的考古发现。据浙江电视台国际频道《遇见安吉》栏目的讲述：上马坎遗址的考古挖掘结束了浙江无旧石器时代文化遗存的历史，使中国不再有省级辖区旧石器考古的空白区，把浙江古人类活动历史提前到距今 80 万年左右。

安且吉兮，人类栖息宜居之地，也是灵魂归宿的安宁之域。

那山，那水，那森林，那原野……皆是上苍所赐的灵性之物。

6 年后的 2007 年 11 月 26 日下午，让浙江历史前推了几十万年的著名考古学家张森水先生在一次野外考古工作途中猝然倒下——倒在了绿的原、青的岩之上，再也没有起来。

半年后的 2008 年 5 月 27 日，上马坎。数百人聚集在一尊洁白的张森水先生花岗岩雕像前，鞠躬献花。绿水青山簇拥的山岗上，响起一阵激越而庄严的贝多芬的《命运交响曲》。在庄严的旋律中，这位中国考古巨人的骨灰被徐徐放入红土中，一个不朽的灵魂从此融入了这片自古"安且吉兮"的红土地里。

绿意尽染山岗，清水潺流大地。当一阵春风拂面而过，新土中腾起一缕青烟——人们皆在默默地为这位热爱安吉的圣者的夙愿得以实现而感到欣慰。

安且吉兮。

安且吉兮……

第一章　堪比小岗村的划时代意义

人类的发展史上，总有一些形似不起眼的"小浪花"，却在酝酿着一场场波澜壮阔、翻江倒海的大潮汐，让人们无法忘却，并成为一个时代的标志。

"轰隆——"

随着几声震天动地的爆炸声，又一个山头的一片岩石崩裂开来，大大小小的石块如巨浪般从半山腰倾泻而下。就在此刻，谁也不曾想到，一处并不在爆破眼上的岩石，竟然也随着轰响滚落而下。

"快躲开——"一个工友见状，向几位原本处于"安全"地带的工友叫喊起来，然而一切为时已晚——那位没有来得及躲闪甚至根本就不会想到"飞石"会瞬间结束自己生命的年轻人，连叫一声的机会都没有，就已血流如注、粉身碎骨……

"死人啦——"

"矿山又死人啦——"

伴着阵阵弥漫的硝烟与呛鼻的尘埃，群山深谷间传出的急促而恐怖的呼喊，犹如丧钟敲醒了整个余村。惊恐万分的人们纷纷向矿山奔去。那慌乱的脚步声中，有女人痛心的哭泣声，有男人堵心的喘息声，还有老人和孩子撕心裂肺的哭叫声……

突然，有人在一具血染石岩、肉烂成团的尸体前发出揪心的哀号：我的儿啊——

那一刻，死者的母亲倒下了。

那一刻，死者的父亲跪在地上木呆了。

那一刻，看着眼前发生的一切，村支书仿若傻了。

"怎么啦——"

"怎么啦——"

一声声悲怆绝望的吼问在山谷间回荡，震撼了天与地，以及小山村里每一个人的心……

这是20世纪90年代末余村的某一天。这一天，在余村老一辈人的心里烙下了不可磨灭的印迹。事后，村党支部和村委会立即召开干部会议，大家讨论的焦点是继续开矿还是马上关矿。

"人都死了，还不关啊？！"有人说。

"又不是头一回死人。关了就不死人了吗？我看照样会死人！"也有人说。

"矿都关了，怎么还会死人？"

"没钱了，还不饿死人吗？"

"你！你怎么能这样说话？"有人火了。

"不这样说怎么说？你轻飘飘一句话说关矿，可全村人吃什么、用什么？钱从哪里来？"

"那也不能用命去换！"

"不用命换还能用什么？就我们余村那一亩三分地？"

"你到底还是不是人呀？怎么这样说话？"有人真的火了。

"我不是人你是人？不这么说，怎么说？"这边的人更火了。

"你！"愤怒的人站起来，捏紧了拳头。

"你敢！"另一个拳头捏得更紧。

"关！"

"开！"

"表决！"

面对争持不下的局面，村委会决定投票表决。最后的结果出人意料：一半同意关，一半同意继续开。

……

不知是何原因，听到余村人回忆当年发展过程中的艰难一幕，我的脑海里情不自禁地出现了另一个写入中国改革开放史的村庄——小岗村，以及近40年前，小岗村的那个不平静的夜晚——

那是1978年末的一个夜晚。

按照农家人的习惯，新年即将来临，家家户户又将喜庆过年。但在安徽凤阳这个叫小岗村的村庄里，没有丝毫过年的喜色，反倒更显凄凉：女人和孩子，不是忙着换新衣、扎灯笼，而是抹着眼泪，告别亲人，再次踏上飘雪的乞讨之路……

"不能让我们的女人和孩子再受这份罪了！把队里的地分了！分到各家各户种！"

"对，也只有这条出路了！我同意！"

"我也同意！"

一间极其破落的农舍内，几个村干部和农民代表聚集在一盏煤油灯下。他们慷慨激昂，用低沉的声音表达着各自的立场，最后以"歃血为盟"的形式，用朱红的手印"画押"了一份"分田到户"的"农民宣言"。

秘密"画押"的"农民宣言"第二天就开始实施了。可谁也不会想到，就是这样一份由几个农民搞出来的东西，却成为一个伟大国家、一个伟大民族的一场惊天动地的历史变革的前奏。这场惊天动地的伟大变革，就是现在我们所经历的近40年的中国改革开放，和由这场变革带给整个世界新格局的今日中国的翻天覆地的变化！

小岗村农民"歃血为盟"之后不到1个月，北京召开了党的十一届三中全会，"改革开放"4个字首次出现在中国的报纸、广播和人们的口中，并从此成为中华民族新的历史时期的标志性口号。

20世纪70年代末，在中国搞包干到户是绝对的"红线"，是公认的资本主义，碰不得。然而小岗村人就这么做了！他们的那份"农民宣言"后来成为中国革命历史博物馆GB54563号藏品，他们的故事也被写入了中共党史。

小岗村人说，小岗村能有今天，主要靠的是邓小平，是这位改革开放的总设计师给了小岗村人一颗"定心丸"。在小岗村农民"歃血为盟"后的1980年5月31日，邓小平同志在一次重要讲话中，语气极其严肃而毫不含糊地说："《凤阳花鼓》中唱的那个凤阳县，绝大多数生产队搞了大包干，也是一年翻身，改变面貌。有的同志担心，这样搞会不会影响集体经济。我看这种担心是不必要的。"

若干年后，小岗村村民们把邓小平的这句话镌刻在大理石上，高高地竖立在村头。

"小岗村事件"预示着邓小平指引的中国改革开放"纪元"的启航，它将中华民族推进了一个崭新的时代……

我到浙北安吉县余村，正好是 2017 年的清明节。那天早晨，我站在村口，被一块巨石上镌刻的一行苍劲有力的红字所吸引：绿水青山就是金山银山。

村民们告诉我，这行鲜红如霞的大字，是习近平 2005 年 8 月 15 日视察余村时讲的话。

十几年过去了，时任浙江省委书记习近平留下的这句话，犹如一盏引路的明灯，照耀着余村人前行的道路，让这个山村以及山村所在的安吉大地，变成了"中国美丽乡村"和第一个获得"联合国人居奖"称号的县。

何谓"美丽乡村"？——余村便是。

美，对人而言，自然是赏心悦目之感。你瞧那三面环山的远处，皆是翠竹绿林，如一道道秀丽壮美的屏障，将余村紧紧地呵护在自己的胸膛。从那忽隐忽现的悬崖与山的褶纹里流淌出的一条条清泉，似银带般织绕在绿林翠竹之间，显得格外醒目。你再看近处，是一棵棵散落在村庄各个角落的大大小小的银杏树，它们有的已经千岁百寿，却依然新枝勃发、绿意盎然，犹如一个个忠诚的卫士，永远守护着小山村的每一个夜晚和每一个白昼；村庄的那条宽阔的主干道，干干净净，仿佛永远不会留下一片乱飞的纸屑和垃圾。路面平坦而柔性，走在其上，有种想舞的冲动；路的左侧是丰盈多彩的良田，茶园、菜地和花圃连成一片，那金黄色的油菜花，仿佛会将你拖入画中；簇生于民宅前后的新竹，前拥后挤，时刻撩拨客人前去与它们比个高低，那份惬意令人陶醉。村庄整洁美观，传统里透着几许时尚。每一条小巷，幽静而富有情趣，即使一辆辆小车驶过，也如优雅的少妇飘然而去，令你不禁注目。每条路边与各个农家庭院门口，总有些叫不出名的鲜艳的小花儿，站在那里向你招手致意，那份温馨与轻愉，会揉酥你的心，偷掉你的情……

　　人是余村最生动、最有内容也最感人的一景。你看不到一个年轻人在村庄里游荡，因为他们的身影或藏在农家乐的阵阵笑声里，或在"创意小楼"的电脑与网络间，或在山间竹林的小路上。穿着靓丽衣服的孩子们，每天都像一队队刚出巢的小鸟，欢快的歌声与跳跃的身姿伴着他们走在上学与放学的时光里。老人是余村最常见的风景线：他们或三三两两地在一起欢快地聊着过去的余村，或独自或成群地聚在一起吹拉弹唱，无拘无束地表演着自己的拿手戏；那些闲不住、爱管事的长者，则佩戴着袖章，肩挎竹筐，像训练有素的城管人员，时刻防范着每一片垃圾的出现和每一个不文明行为的发生。他们的笑脸和一举一动，倘若你遇见，定会感到如浴阳光……

　　余村的美，既有陶渊明式的世外桃源之美，更有新西兰哈比人村的那种大自然与现代文明融为一体的美。来之后，你会有一种不想再走的感觉；走之后，你的神思里总仿佛有一幅"余村桃花源"的图册时不时地跳出来招惹你。

　　这，就是今天的余村。

　　而我知道，2005年3月之前的余村，其实不仅不美，且可能是全国最差的山村之一。说它差，不是因为贫困，而是环境的极度污染和生态的严重破坏。

　　村民们回忆说：那时我们靠山吃山，开矿挣钱，结果开山炸死人、石头压死人的事经常发生。活着的人，整天生活在天地弥漫的石灰与烟雾当中，出门要系毛巾，口罩根本不顶用。家里的门窗要几层，即使这样，一天还要扫地擦桌两三回……

　　余村人的话，让我想起了刚刚离开的大城市的那种使人无法喘息的雾霾天气。那确实不是人应该生活的环境，但我们现在有数百个城市的人们整年整月地生活在这样的天气里。这好比捧起金条、端着山珍海味的饭碗，却在集体慢性自杀。

　　思想上的雾霾不除，空气中的雾霾就不可能根除。

　　"活着就要像像样样做个人，死了也要吸口干干净净的空气，还我们一个健健康康的身体，给子孙后代留个美丽的家园！"2005年3月，新任村支

9

书鲍新民和村委会主任胡加仁，从前任支书刘忠华一班人的手中接过"接力棒"后，就是怀着这样的强烈愿望，带着新班子全体成员，站在村南的那座名曰"青山"却没有一片绿叶的秃山前，以壮士断腕之气概，向村民们庄严宣布：从此关闭全村所有矿山企业，彻底停止"靠山吃山"的做法，调整发展模式，还小村绿水青山！

"其实，那个时候我们做出这样的决定，非常不容易。"那天访问已经退休在家的老书记鲍新民时，他这样说。

现在60周岁的鲍新民，1992年被村委会推荐为村支部委员，2011年离开村干部岗位，调到余村所属的天荒坪镇"农整办"工作。在余村当了20年干部的他，其间曾做了一任支委、一届村长（现称村主任，后同），两届村支书。这个话语很少的实干型农村干部，却经历了余村两个不同的"富裕"年代。"现在我们余村是真富，是百姓心里舒畅和生活幸福美满的富。过去余村在安吉全县也是'首富村'，可那时的'富'不是真富，是血肉换来的心里痛的'富'……"鲍新民说。

在"农业学大寨"的岁月里，俞万兴、陈其新等老一代村干部带领余村人没日没夜地扒竹林、种水稻，却并没有让村里人真正富裕过。后来村干部们就开会商量，说广东、江苏包括浙江萧山在内的所有富裕的村庄，都走了一条亦工亦农的道路，我们余村是山区，交通没有别人方便，但余村历史上有过铜矿、银矿的开采历史，山里藏着宝贝疙瘩啊！

"要想富，就挖矿，我们也来试试如何？"

"行啊，只要能富，掘地翻山，怎么都行！"

从未富裕过的余村人，太渴望那些已经住上楼房、有电视看的农民兄弟姐妹们的生活了！于是，村干部带头丢下了锄头镰刀，上山开矿。

回想过去开山建窑的日子，鲍新民说："我进村委会之前，村干部带领大家开山挖矿已经好多年。那时，我是石灰窑矿上的拖拉机手，就是把炸开的石头拉到窑上，再把烧成的石灰拖出山卖给客户……靠这样一点一滴地开山卖石灰，慢慢地，我们余村人有了钱，村干部出去开会也能偶尔从口袋里掏出一包中华烟馋馋其他村的干部了。"说到这里，鲍新民笑了。

"我开始当村长的时候，赶上了全国都在风风火火搞经济、各行各业都在争取大发展的时期。那个时候，在我们农村，谁能把集体经济搞上去就是好样的，先是'十万元村'，再后来是'百万元村'。到90年代中后期，像江苏、广东，包括我们浙江萧山等地方已经有'千万元村''亿元村'了！那时，电视、报纸上几乎天天都在高喊学习、赶超他们。"

余村人至今仍然怀念俞万兴、陈其新和后来的潘领元、赵万芳、陈长法、潘德贤、鲍新民等老一代村干部，因为在他们手上，余村村民第一次喝上了自来水，余村成了首批"电视村""电话村"。

时任支书潘文革告诉我："通过开矿、建水泥厂，老一代村干部领导的余村靠挖石头、卖石头，年收入很快达到了一二百万元。余村开始一次次被评为全镇、全县的'首富村'，余村人也从那个年代开始，脸上有了光彩。但也是在那个时候，我们一方面不断在外面获得这荣誉、那奖状；另一方面，百姓也对环境的破坏、矿山的伤亡事故怨声载道。尤其是村民惨死的场面、乡亲病逝的悲痛情景，太多、太痛地刺伤了大家的心。所以，从20世纪90年代末开始，村干部们开始反省，逐步提出了关矿、关厂的想法。但习惯了靠山吃山的余村怎么可能那么容易就找到新的赚钱之路？所以，停停关关、关一开一、开一停二的日子持续了好一段时间，余村的集体经济收入也一直在200万元左右的水平上徘徊。此时，安吉县委县政府力排众议，率先提出了'生态立县'的主张，余村的发展思路开始从单一的开山挖矿致富，被动地转向开发旅游资源、走绿色生态发展的路子。"

时任县委书记戚才祥带领安吉县委，对过去的老典型余村的发展给予了建设生态村庄方面的支持和帮助，专门请来专家为余村设计了一个结合山区特点、因地制宜发展生态旅游的余村村庄规划。2000年7月5日，县委还在余村召开了"首个生态型山区村庄"建设研讨会。"其实，当时戚才祥书记提出生态立县的口号时，他和县委压力都非常大，有领导就当面责问他：安吉GDP倒数第一，你提生态立县能当饭吃吗？在这种情况下，县委也想通过余村这个老典型，在生态立县、立乡、立村上有所突破……"安吉县和浙江省的多位老干部都曾这样对我说。其实生态立县、生态立省这条道路并没有像现在大家所看到的那么平坦、那么简单，甚至可以说，它从一开始就非常艰难，因为它关乎我们要从走了几十年的传统发展道路上，转到一条全新的发展思路上来。

中国，世界上人与自然关系最紧张的国家之一，世界上近1/5的人口生活在 960 多万平方公里的土地上，人均资源拥有量远不及世界平均水平。改革开放 30 多年来，传统的粗放型发展方式已难以为继，资源环境的承载力已经达到或接近上限。

浙江的同志绘声绘色地向我讲述了许多在今天听起来不可思议的事——

浦阳江是浙江境内的一条重要河流，自古以来，就有"歌水画田"之说，尤其是元代大文学家柳贯的一首《潮溪夜渔》，将浦阳江描绘得像"梦中情人"一样，令人朝思暮想。但 20 世纪 80 年代开始的千村万户参与的水晶加工业，使得这条美丽的江河渐渐变成了"墨水河""牛奶河"。

"江河咽，人愁绝。浊污横溢随城堞。船无泽，山凋色，乱花明灭，一川烟积，泣，泣，泣！"一位当地诗人这样悲号。

"老实说，世纪之交的那些年里，我们真不知该抬腿往哪条发展路上走。写报告，计成绩，离不开 GDP。但到下面一走，看看小时候曾经碧绿清澈的河水，唉，怎么就成了'墨水河'了呢……"嘉兴市的一位老领导感叹道。

"所以，有人说习近平同志的'绿水青山就是金山银山'理念，是当代中国马克思主义发展理论的重要创新成果，是全面建成小康社会的重要指引。"浙江社科界的专家这样说。

这样的认识，这样的理解，在安吉，在浙江，要比其他地方早上几年！这是因为，他们在 10 多年前就有了一位高瞻远瞩的省委书记。

早在 2003 年，时任浙江省委书记的习近平，就在《求是》杂志上发表署名文章，提出了"生态兴则文明兴"这一重要论述。

担任党的总书记之后，习近平多次讲到，我国生态环境矛盾有一个历史积累过程，不是一天变坏的，但不能在我们手里变得越来越坏，共产党人应该有这样的胸怀和意志。掷地有声的话语，体现了对人类文明发展规律的深刻认识，宣示了中国共产党人的决心，更担起了一份特殊的历史重任。

"绿水青山就是金山银山"这一科学论断，是习近平生态文明思想的重要组成部分，生动地揭示了发展与保护的内在统一。

世纪之交的浙江大地，当时正发生着两种完全不同的发展思路和发展形态：一种是继续以破坏生态为代价的所谓"高速经济"；另一种是寻找新的出路，将生态经济作为未来发展的方向。

我的故乡苏州，与浙江的安吉仅一湖之隔，有些地方仅是一河之隔。我记得有一年回乡探亲，听说我们苏州的丝绸之乡盛泽与邻境的嘉兴某村发生了一起群殴事件。

事情是这样的：突然有一天早晨，盛泽人发现，他们那些丝绸企业排污的河道麻溪港被浙江方面的几十只装满黄沙的水泥船堵住了。河道堵了，意味着从盛泽那些丝绸厂排出的污水将倒灌到盛泽的河里、田地，甚至进入民房和工厂的车间。这还了得！

"他们不让我们办厂，我们就跟他们拼了！"盛泽方面的老板和农民们摩拳擦掌、义愤填膺，纷纷拾起棍棒和铁器，向堵塞的河道处奔去。但盛泽方面的"战斗队伍"很快发现，浙江方面的人更多，他们早已在麻溪河道上严阵以待，且决意死战到底……

两个省界的一场数百人参与的群殴与械斗现场僵持了很久，直到江浙两地的公安人员及时赶到，才避免了一次血流成河的惨剧。

尽管在有关部门的调停之下，械斗群殴暂时得以平息，但盛泽人与麻溪港人各执一词，互不相让。盛泽人说：浙江人不想让我们办丝绸厂，就是要我们的命，我们就以命抵命！处在下游、吃了十几年有毒之水的麻溪港人这回说什么也绝不让步，道：你们想发展、发财，让我们喝毒水，呸！从今天起，没门了！反正一个死，与其被毒死，还不如拼个你死我活！

……

那些年，浙江不少地区的企业同样不顾一切地在追求 GDP 而不惜破坏生态、破坏自然和祖宗留下的绿水青山，致使群山秃皮无林，江河死鱼泛滥，出现了一个个"癌症村""怪胎村""早死村"……耸人听闻。即使在余村近邻，也有人提出"开山劈岭，三年赶超'首富村'"的口号。

区区余村，恰逢在这样的环境下，能不能顶住压力，其实是一次需要勇气和智慧的生死抉择。

"我是 2005 年 3 月刚刚接任村支书职务的。"鲍新民向我介绍，"那时村里的几个污染严重的石灰窑都先后关了，连水泥厂也在考虑关停阶段。从环境讲，确实因为关停了这些窑厂后大有改观，山开始变绿，水也变清了很多，但村集体的经济收入也降到了最低点，由过去的二三百万元，降到了二三十万元……这么点钱，交掉这个费、那个税，别说给百姓办好事，就连村干部的工资都发不出了。过惯了好日子的村民们开始议论纷纷，甚至有人当面指着我的鼻子骂骂咧咧：你们又关矿又封山，是想让我们再去过苦日子吗？有好几次，我站在村口的那棵老银杏树前，瞅着它发新芽的嫩枝，默默问老银杏：你说我们余村的路到底怎么走啊？可老银杏树并不回答我。那些日子，我真的愁得不行，做事也犹豫不决……"鲍新民的内心其实丰富细腻，其心灵的闸门一旦打开，情感便如潮汐般汹涌而出——

"余村真正开始关窑转产是从那年国家的太湖'零点行动'开始的，那时几乎所有难事都要我亲自去处理。可以说，关个窑、停个厂，远比开窑办厂复杂得多！"鲍新民理理头上的银丝，苦笑道，"这些白发都是在那个时候长出来的。"

鲍新民说的是实话。余村从粗放型经济发展，重回绿水青山生态经济发展之路，经历的是一个痛苦而艰难的过程。

"记得村里开干部会，讨论关石灰窑时，一半以上的干部思想转不过来。他们说，关窑停厂容易，但关了窑、停了厂，村里的收入从哪里来？老百姓更不干，你问为什么？简单啊，老百姓问我：你把窑、矿、厂关了，我们上哪儿挣工资？你一个月两三千块钱还发不发呀？我答不上来。村民说，你既然回答不上来，窑还得开，矿还得办，工厂更不能关。我就解释，这些企业污染太大，山秃了，水脏了，人还患上病了……村民就跟我斗嘴，说你讲得对啊，我们也不想这样活法，但你有什么路子可走？都出去打工，家里的事谁管？留在家里，就得有口饭吃，还要养家糊口，你停了厂、关了窑，就是让我们等死，跟开窑开厂等着被毒死差不多！听着村民说的这些话，我心里真的很苦。但这还不算最难的。为了拉石头，许多村民家里刚刚买了拖拉机。一部拖拉机少说也得三五万元，他们是倾尽了家产买的'吃饭工具'啊！本来是想到矿上、窑上拉活挣钱的，现在把矿、窑和工厂停了，不等于要他们的命嘛！"说到这里，老支书鲍新民连连摇头，然后长叹一声，道："当时真有几个小年轻闹到我家里，指着我的鼻尖说，你敢绝我活路，我就让你断子绝孙……当时的矛盾确实很尖锐，但根本的问题还不在这里，对我们村干部来说，最要命的还是关了窑、关了矿、停了厂，村集体的经济收入一下子就几十万、几十万地往下降，这一降，全村原来开门做的一些事就转不动了，这才是真要命的啊！回头看，余村当初关矿停厂的思想转变阻碍重重，前后用了六七年吧，可以说是关关停停、犹犹豫豫……"

　　转变是从 20 世纪末的国家太湖"零点行动"开始，余村的三座石灰窑，还有一个规模比较大的化工厂和一个水泥厂，慢慢由小到大全部关停。"之所以这么漫长，一方面是大家确实感觉到，不能以牺牲绿水青山和自己的健康来换取所谓的致富和壮大集体经济；另一方面又对绿的水、青的山能不能真正让大家富起来充满怀疑……"鲍新民说。

　　春去夏至，江南大地到处绿意盎然，鸟语花香。正当鲍新民和余村处在犹豫不决的十字路口时，习近平来到了这个小山村。

　　"我是头一回见习书记那么大的领导。当时心里蛮紧张的。本来习书记是来检查调研我们的民主法治村建设情况的，而我转任支书才几个月，也没有什么准备，加上自己本来嘴就笨，所以等镇上的韩书记汇报完后，我就开始讲村里关掉石灰窑、水泥厂和化工厂后，准备搞旅游的事。习书记听后便问我开水泥厂和化工厂一年收入有多少，我说好的时候几百万。他又问我为什么关掉？我说污染太严重，我们余村在一条溪流的上游，从厂矿排出的污水带给下游的村庄和百姓非常大的危害，而且余村这些年由于挖矿烧石灰，常年灰尘笼罩，乌烟瘴气，大家都像生活在有毒的牢笼里似的，即使口袋里有几个钱，也都送到医院去了。习书记听后，马上果断明了地对我说，你们关矿停厂，是高明之举！听到习书记这样评价我们余村的做法，我的心头豁然开朗！他可是大领导啊！他的话表扬和肯定了我们过去关矿封山、还乡村绿水青山的做法，尤其是听他接下去说的'绿水青山就是金山银山'时，我过去脑子里留下的许多顾虑和犹豫一下子全都烟消云散了！"时隔多年，鲍新民说到此处，仍然激动地连拍三下大腿，站了起来。

　　令鲍新民永远难忘的是那天习近平在那间狭小的村委会小会议室里，帮助大家分析"生态经济"是余村的必由之路和充满前景的发展道路时说过的话。鲍新民回忆说："那天习书记在我们余村前后停留了近两个小时，有一半时间是在给我们几个村干部分析像余村这样的浙北山区乡村的发展思路，他语重心长地告诉我们：生态资源是你们最宝贵的资源，搞经济、抓发展，不能见什么好都要，更不能以牺牲环境为代价，要有所为有所不为，不能迷恋过去的那种发展模式。习书记不仅平易近人，而且格外真心地为我们指方向。他说，你们安吉这里是宝地，离上海、苏州和杭州都只有一两个小时的车程，经济发展到一定程度时，逆城市化现象会更加明显。他让我们一定要抓好度假旅游这件事……看看余村，再看看安吉的今天，习近平同志当年说的事，现在正在一一实现！水绿了，山青了，上海、杭州还有苏州，甚至外国人都跑到我们这里来旅游度假，给我们口袋里送钱！这可是习近平同志12年前就为我们预见到的啊！"

时任支书潘文革举目眺望美丽如画的家乡，感慨万千道："余村的变化，饱含了一代又一代人的努力与梦想，其间的曲曲折折、坎坎坷坷，一任任村干部都有刻骨铭心的记忆啊。"

"我回村工作的过程就是对余村发展变化的一个说明……"潘文革说。20世纪90年代，他作为原杭州商学院的委培生，毕业后在天荒坪镇党政办副主任兼旅游办主任岗位上干得正起劲，余村支部书记潘德贤就一次次来找他，动员他回村主抓旅游开发……结果一干就是20年！

走在熟悉而美丽的村庄大道上，每个人仿佛都陷入了沉思。

潘文革在向我介绍余村的转变时，眼里闪动着晶莹的光："做梦都想不到，习近平同志当年给我们指引的这条路，让我们的村庄彻底改变了，变得连我们自己都想不到。村里的人，现在不仅生活幸福了，情操和品位也大大上了台阶。今天再看余村，感觉就是换了一个时代啊！"

是啊，在余村，在余村所在地区的安吉、湖州以及整个浙江大地，我与潘文革们一样，亲眼看到了一个发生在身边的、全新的、若旭日冉冉升起的新时代！她正如拂面的春风扑面而来，是那样清爽而炽热，激荡而朝气，幸福而美丽……

2013年11月12日，党的十八届三中全会通过了《中共中央关于全面深化改革若干重大问题的决定》。一场关系到人民福祉、关乎民族未来的深刻变革，就此开启。在这一决定中，全面、清晰地阐述了生态文明制度体系的构成及其改革方向、重点任务。这是继党的十八大首次将生态文明建设与经济建设、政治建设、文化建设和社会建设一起，纳入到中国特色社会主义"五位一体"总体布局后的又一次重大创新。

是的，一个美丽中国的新时代已经展开了画卷——

第二章　金贵！"老外"口中言说的"我们的时代"

胡加仁是 2017 年 5 月才刚刚退任的余村村支书。他身体硬朗，说话办事十分干练，是余村发展变化的见证者之一。我第一次到余村采访时，他还在任上。跟他谈话时，你会发现他的手机在不停地响。"对不起，又有一批客人来了……"我们的采访时不时被打断，胡加仁不时地道歉。

"现在我们每天都要接待几千人。尤其是这两年，习总书记的'两山'理念广为传播，影响越来越大，四面八方来参观学习的人特别多，连外国人都争先恐后地来了……嘿嘿，反正我是没有想到，至少十几年前做梦也不敢想的事，现在都实现了。"胡加仁说。

"你说的'不敢想的事'指什么？"我问。

"你看——"胡加仁把我拉出村委会办公楼，走到村民居住区，他指指小巷，说："过去每家每户门前屋后都有一两个垃圾堆，那时垃圾堆得小山一样高，臭气熏天，实在过不去了，就一把火烧了了事。现在你看余村，哪个地方有露天乱扔乱堆的垃圾？没有了，全部进清洁桶了，而且还是分类投放！你千万别小看这垃圾处理的改变，它可是我们农民千百年留存的陋习被改正了啊！"

2003 年初，习近平当省委书记不久就在浙江全省提出了"千村示范、万村整治"的行动，余村就是从那时起，才逐步改变了全村脏乱差的环境陋习。

"我再跟你说一件小事。"胡加仁带我回到余村大道上，指着干净整洁的路面，说，"你知道我们这条道上为什么总那么干净吗？"

我抬头凝视了片刻，发现远处的道路上有穿红衣服的人，便说："每天有专门的保洁员维护吧！"

"对啊！有他们每时每刻在看护着呢！"胡加仁笑道，"你想，这样的露天大道上，每天有车在上面跑，风吹雨打，没人管肯定不行。过去我们农村哪有什么道路保洁员！现在，我们光道路保洁员就有 7 个！我还要告诉你，我们至少还有十几个义务道路保洁员！他们不拿一分钱，却每天主动不定时地到村头村尾和居住区的大弄小巷里帮助捡垃圾、拾废屑……"

"噢——"我明白了，"这是余村这些年养成的好民风。"

"是啊！大家的生活好了，尤其是老年人，多数也不用再下地干活了，家里的许多事也由电器代替做了。闲着没事，就出来动动手，帮助村里做点好事。时间一长，大家都有了这个习惯，便形成了一种风气。"胡加仁突然提高了嗓门，认真地对我说，"你别小看这样的事，它对我们乡下的人来说，绝对不亚于你们城里人从小房子换成大别墅住的变化！"

胡加仁说的自然在理，人的精神境界上的变化，是一切变化中最重要和最关键的变化。

"余村现在上年纪的老人很多嘛！"在村庄上略转一转，我看到了一个突出现象。

"你看出来啦？哈哈……"胡加仁笑得特别开心和舒畅。他说："外人说我们余村千好万好，但在我看来，最好的一个……你猜猜是什么？"他突然转过头，反问我。

"是什么？"我想了想，还是摇头，表示猜不透。

"是村里的老寿星多了！"胡加仁又是一阵笑，"10 多年前村里极少有七八十岁的老人，现在可不得了，八九十岁的好几位！都在说生活幸福，家园美丽，小康富裕……说白了，人开开心心、活得长寿，就最能体现和衡量一个地方百姓的幸福指数。你说是不是？过去余村不重视生态环境时，工伤砸死、病死的人每年都有，村里的人不敢去做体检，一检全都有病！看看现在，连外国人都跑到我们这儿来休养、旅游，这就叫翻天覆地的新时代吧！"

农民最爱说实话，他们的切身感受是一个社会、一个时代最好的证明。胡加仁的话使我深思。

那一天，在余村采访结束回到村口等车时，我看见一辆辆旅游车排成长龙停靠在路边，人群中竟然有许多老外。

我上前随便走向一个黄头发的欧洲姑娘，问她怎么知道中国的余村和安吉这些小地方的！

那姑娘睁大眼睛盯着我："先生，你这个问题好奇怪！安吉余村是中国的美丽乡村，我们有许多人在这里工作，他们告诉我们，在余村这样的地方，才算是找到了真正的好地方！"

这位欧洲姑娘的话，令我内心强烈震撼：今日之中国，在以习近平同志为核心的党中央领导下，在全世界人的眼里，已经开启了一个伟大的时代——当然它是明确地标着"美丽中国"的时代。

这样的时代，不仅我们自己深有感触，连那些在中国生活的老外们也深有体会。瑞尔和托尼便是其中的两位，他们都是在安吉做了多年生意的老外，一位是"英国先生"，一位是"山姆大叔"。

瑞尔的家族在他祖父的曾祖时代曾经很辉煌，他说："在我们英国称其为维多利亚的时代，就是你们所说的鸦片战争那个年代，我们英国在世界上是最强大的国家，因此那个时代也叫大英帝国时代。那个时代持续了几百年，引领世界从农业时代走向了工业时代。"

所以，大英帝国时代也称日不落帝国时代，曾光耀全球。1897年，在维多利亚女王即位60周年的庆典上，当庞大的仪仗队凯旋在伦敦街头的那一刻，英国的自信与强大令世界大部分的国家羡慕。那时的英国，仅仅是一个位于北海与大西洋间的小小岛国，竟然征服了地球上1/4的疆域及其土地上的数十亿民众，其财富和力量让诸多列强垂涎三尺和嫉妒得要命。英国的贸易及工业实力主导了全球的经济，而英国人也普遍自信地认为，大英帝国代表着那一时代人类的最高文明。但今天，如果不是尚能从伦敦街头和女王所住的白金汉宫的建筑上折射出一些昔日帝国的辉煌影子，世人可能已经无法从现时的英国社会风貌上看到一个曾经称王称霸的强盛帝国的形象了。

"唉！"瑞尔长长地叹了一口气对我说，"现在我很为自己庆幸，我比许多欧洲人更早地来到了世界新时代的前沿和中心地，在这里，我不仅做生意赚钱，还找到了世界上少有的一种美好生活环境和生活状态。用句简单的话说，就是美的又充满生机和活力的生活，同时又极其自由的和能够让身体获得全方位放松的地方，当然还有每天都能赚钱的机会。"

"现在的世界，是你们中国的时代，也是我们所有爱好和平的人通过自己奋斗创造出财富的时代！"瑞尔把一面微型中国国旗放在自己胸口，脸上溢满了幸福感。瑞尔说，他所认识和看到的中国与他祖先的日不落帝国时代不同，中国正在依靠自己的力量创造财富和幸福。

托尼的家在美国，但近五六年中，他几乎都在中国的安吉度过。"我很喜欢这里，准备将家安在安吉，安在余村。中国的古人曰，安且吉兮，余村有余，我也会吉祥有余的。"托尼说完此语哈哈大笑，那笑声是从心窝里溢出来的。

托尼出生在美国的石油重镇得克萨斯州，我们熟悉的老布什、小布什总统的家也在那里。布什家族的发迹靠的是石油，美国最老牌和最有影响力的家族洛克菲勒家族也在得克萨斯州的石油上沾足了光，整个美国都在托尼的故乡沾足了光。

提起得克萨斯的石油，人们不可能不想起埃德加·B.戴维斯。这位"石油先驱"有着得克萨斯人典型的冒险精神，他曾说服卢灵市的一位石油元老与他一起投资石油。戴维斯钻探的第一口井是干井，第二口井依然是干井……直到第六口时还是干井，朋友们都认为戴维斯就要破产成穷光蛋了。但1922年8月的一个下午改变了戴维斯的命运。那天天气格外闷热潮湿，当狼狈不堪的戴维斯抽出钻杆时，一股乌黑的油"龙"呼啸着直喷卢灵市上空，震惊了整个美国甚至全世界。石油让卢灵市一夜成名，所在地的得克萨斯州也因石油而使美利坚合众国进入了一个"石油时代"，并由此替代了日不落帝国的英国而成为世界第一强国。所以有人干脆说，20世纪是美国所控制的"石油时代"。

托尼先生就是戴维斯家族的后代，不过他的祖先并没有像石油世家洛克菲勒家族那样留下一代又一代花不完的财富。本来，托尼的直系亲属老戴维斯可以比老洛克菲勒还要厉害些，但老戴维斯完全走错了路，而且走了一条让得克萨斯州人嘲笑了近一个世纪的荒诞之路：老戴维斯将油田卖掉后，没有继续去做石油生意，而是当起了"慈善家"，到处撒钱。最叫人不解的是他将大把的钱投到了一出名叫《梯子》的戏上，这出戏是他请人写的，内容是说 14 世纪有群英国人经过三次转世后到了美国得克萨斯州，后来在当地发现了油田并成为富翁的故事——植入了戴维斯的"自传"情节。他希望给自己家族的光荣史树碑立传，但没有成功。1935 年，老戴维斯彻底破产，并于 1951 年去世。

发现石油的戴维斯没有享受到"石油时代"带给他的福气，但他却让得克萨斯州改变了"穷小子"的命运，甚至改变了整个美国的命运。

托尼说："很多美国朋友经常问我，你为什么那么留恋中国的一个乡村？我告诉他们，因为我在安吉这样的地方，发现了一件令我常常激动的事，那就是这里到处充满了希望和生机，而且又都是美丽的：美丽的环境、美丽的生活、美丽的人们，还有以美丽为内容的生意，这样的时代比我们美国的石油时代要好得多，这就是我到安吉安身的原因……"

"这里是我的第二故乡，是属于我的时代的地方。"托尼这样说。

美丽中国时代——我的时代——我们的时代！

一群远道而来的老外们用自己真切的感受所说出的话蕴含着什么呢？作为一个中国人，这些话让我激动，让我深思，我必须去弄清、去诠释这个"谜"。

于是，解开余村和安吉开启"美丽中国"之路的谜，像一道喷薄而出的光芒深深地吸引着我……

第三章　天上人间，余村在中间

在中国向世界宣告中国方案的时代到来之际，许多国际人士也在研究中国。但他们往往理不出头绪，因为中国的发展及其方式与西方发达国家所走的途径完全不同，甚至令他们无法弄懂。

英国当代经济学家罗思义在研究中国崛起问题时说，中国经济改革的实践成果是非凡智慧的结晶。

罗思义也许没有更深层次地研究过今天中国的强盛之道，因为这条经验很有意思，也很柔性，甚至有些不可思议，那便是以美制胜，美即经济，美即强盛。

美，是人类的共同意识，可以征服世界。余村发展的根本点，也落在与它相配的"美"字上，是在"绿水青山就是金山银山"理念的指引下，把美丽乡村的建设变成了生产力。

一个"美"字包含了万千内容。哲人说过，美对人具有强大的引力。今天我们所说的自然美，是人类在创造现代文明社会过程中很难实现的一种境界。余村从最初求富时以破坏自然美为代价，到吃尽苦头后重塑自然美，且通过自然美实现经济、社会和人的全面发展——这符合中国自身发展的理念。

"余村百姓和安吉人民对习近平总书记的'两山论'为什么感到格外亲切和念念不忘，因为我们从十多年的历史巨变中尝到了太多的甜头和幸福。可以说，余村和安吉这十余年间已经出现并持续不断出现的新变化、新成果，成倍地在增长，甚至已经超越历史的总和……"时任安吉县委书记沈铭权接下去的一句话说得直白，却深刻而富有哲理，"我们余村和安吉，就是靠美吃饭，靠美富有，靠美幸福！"

创造美，拥有美，以美唯美，是余村人践行习近平"绿水青山就是金山银山"理念的一条坚定而又清晰的发展道路。

余村如此美，余村在何处？这将是中国和世界许多人都想知道的事。

余村在浙北的湖州市安吉县。太湖之滨的湖州不用费墨，古人早已有"行遍江南清丽地，人生只合住湖州"之说。而在湖州区域，最美最适于居住的地方，古人也早有定论——"安且吉兮"。安吉，美丽而又安全吉祥的地方。你可以想象，处在美丽而又安全吉祥腹地的余村，是何等样貌、何等福地了！

去余村那一天，正巧是清明节。江南何时最美？那肯定是清明前后。一句"清明时节雨纷纷"的描写，将整个江南春天的美景尽收笔端。烟蒙蒙雨霏霏，清甜湿润、沁人肺腑的气息拂面而来，带着桃花的香味，挟着油菜花的蜂蜜甜，当然，还有时不时透过雨滴当头洒过来的暖春阳光……这便是"江南春"最好的景致。"云青青兮欲雨，水澹澹兮生烟。"妙哉！如此感觉，正是我儿时对"江南春"的记忆——我的故乡与湖州安吉隔岸相望。

但离开故乡后的几十年间，好像这样的"江南春"在故乡大地上已经见不着了。之后几十年的光景是在首都北京生活，北京的春天很短，通常刚刚脱下毛衣，炎热的夏天便接踵而至。初到北京的记忆里，短暂的春季，女人离不开一条纱巾，男人们走路总是背对着前行的方向——风沙刮得睁不开眼。后来风沙没了，但更可怕的东西来了，那种有点像"江南春"的细雨迷雾般的雾——它确实是雾的一种，但没有丝毫湿润的水分，而是重金属细尘的混合物，轻轻地吸一口，就会有一种胸闷的感觉，如果在这样的空气里待几个小时，或许第二天你就很难再上班……那就是令人痛恨和厌烦的雾霾。

雾霾危及的不只是一个北京。据环保部（现生态环境部）统计，全国地区级以上的城市 80% 以上每年不同程度地被雾霾围困，许多人"谈霾色变"！

再看眼前的安吉余村，置身如此人间美景之中，怎能不在陶醉中情不自禁地感叹：此乃天上人间！

"天上人间，我们余村就在中间……"此话是我由衷而发。余村的"秀才"、现任村委会主任俞小平听后兴奋得连声应道："这话有根据！"

俞小平说出自己的"根据"——据《山海经·南山经·南次二经》记载："又东五百里，曰浮玉之山。北望具区，东望诸毗……苕水出于其阴，北流至具区……"另据清代《孝丰县志》记载："浮玉山，县东南十里，有一石灵异如玉浮水面……"浮玉山很低小，其山附近，高大的山很多，为何唯独小小的浮玉山其名千古不灭，也许正是因为它独特。史料上记载，浮玉山在原山河乡与上墅乡之交界处。山河乡是旧名，现在归入天荒坪镇，"我们余村恰巧就在天荒坪镇与上墅乡交界。这并不高的青山，应该就是古书中说的'浮玉山'了"。这是余村的"俞小平结论"。

如果以为"天上人间，余村在中间"仅仅是一种当地人自高自大的自诩，那就大错特错了。多次采访余村，每一次都有不同感受，从不了解到深深地喜欢上它，甚至想留下来安居、安魂，这就是余村的魅力。

有些美，是超乎寻常的，也超乎古今文人墨客们所涉及的视野。

以前很难想象，一个小山村，怎么能让人流连忘返、心旷神怡，有种安身安魂于此的冲动？来过余村，我竟然渐渐地对它有了一份不舍的眷恋。问我恋它何处？我要告诉你：是余村群山坳坳里的那一泓水和余村边的那个托向云端与天际的池。

它们太美，美得金不换。因为它们美，所以才每天吸引着来自祖国各地甚至世界各国的旅游者与学习参观者；因为它们太美，所以让当地人更加深切和真实地理解了"绿水青山"与"金山银山"之间的关系。

2015年5月，习近平总书记到浙江视察。当时他对浙江的干部说：我在浙江工作时说"绿水青山就是金山银山"，这话是大实话，现在越来越多的人理解了这个观点，这就是科学发展、可持续发展，我们就要奔着这个做。

"余村的今天，就像习总书记说的那样走过来的。"俞小平说。

现在每一次到余村，我都要去看看"群山坳坳里的那一泓水"，因为那"一泓水"勾走了我的魂……

子曰：智者乐水，仁者乐山。水为万物之首，灵性之躯，美之化身。水可净化世界，柔化人心。爱水者，真善美。

俞小平告诉我，这水在他出生前仅是一块像足球场那么大的一个潭。"爷爷说，我们俞家在这里至少住了有十几代人。"

人居处，必有水。俞小平的祖上迁徙余村，并扎根群山坳之中，看中的就是这里有潭水——群山脚下积存的雨水，而非江河潮水。"潭里的水时多时少，夏季雨水多时，它溢出堤岸，挟着黄泥，洪流滚滚，沿着山沟向低处奔涌。到了干旱季节，我们可以跳入潭中央抓鱼戏水，而有时还能在潭底晒东西，不过这一年的日子肯定不好过了……"俞小平说。

这潭水是俞氏家族在这里繁衍生息的"生命之水"。中华人民共和国成立后，在俞小平的爷爷服务余村的二三十年里，这潭水变大了，变得对余村的意义越来越大。"我家第一次搬家就是爷爷的主张，他要把这潭水改成蓄水库。"俞小平长大后才明白，水对余村多么重要，爷爷为什么宁可将老宅搬走，也要把这潭水放大，放成接近现在这么大——几十亩的规模，成为余村生活与生产的主要水源。

中华人民共和国成立之后的前30多年里，中国的农村"以粮为纲"，既为了解决农民自身的吃饭问题，也是保证整个国家的粮食供应不出问题。那时的农村，种粮是天职。而种粮就离不开水，尤其是在"农业学大寨"的岁月里，粮食被种到了山上。山上种粮用的水更多，但山上种粮又让山体自身的蓄水能力越来越差，只要一场暴雨降临，山体上的农作物连同山的表层泥土，会被一起卷走，形成泥流，冲向山脚。那汹涌的洪流，越过潭堤，越过沟谷，越过村庄，向江河汇集，直到流入大海……

余村的水最终流向何处，余村人并不关心，他们关心的是水应该为自己所用。尽管余村的地下水比较丰富，但山区缺水又是普遍现象，因为山体留不住水。修水库是唯一的办法。俞小平的爷爷俞万兴老书记和陈其新老村长他们那一代留给余村的财产很多，其中之一就是"冷水洞水库"。

水库始建于1976年，建成后的那些年，余村百姓在俞万兴的带领下，以"战天斗地"的精神，换来能够勉强填饱肚子的生活。但水库的水多数情况下是黄的，而且含有不少污染物。

"那个时候，农田里喷药没有限制，有了虫就打药水，雨一来，山上那些留存药水的泥土被洪水挟着一齐冲到了水库，加上平时人畜用水全靠这水库，所以村里得病的人特别多。"俞小平就是喝这库里的水长大的。他戏称自己"不够聪明"，就是因为这库里的水含"消智商素"。

那天站在水库旁，俞小平感慨万千。他指着那美如图画的蓝色水库说，他家原来的地址就在水库中央。当年爷爷带领村民"改天换地"，带头从老宅地搬了出来。后来矿关了，山也绿了，山色与水库成了余村一大美景，村里与一开发商合作，要在水库旁建一座用于旅游产业的酒店，于是俞小平等十几户俞氏村民又被动员搬了家。"那年我刚当村干部，所以全村人都看着我动不动。我爷爷已经不在世，父亲一听说又要搬家，坚决不同意。怎么办？我当干部的就得带头。那是2007年，也是我们余村在贯彻落实'绿水青山就是金山银山'理念的上坡征程上的关键时刻，你犹豫或停一下，歇一下气，就可能往下滑。这当口，我们当干部的就得有壮士断腕的勇气，才能带领全村人'从绿水青山走向金山银山'……"俞小平说这话时，一脸刚毅。

"我们余村人特别感恩习近平总书记，就是他的'绿水青山就是金山银山'理念救了余村，让我们从有害的经济发展方式中彻底走了出来，也让我们比别人更早地从绿水青山中获得了'金山银山'。"随行的原村支书胡加仁说。

如果说2005年8月15日之前，余村先后关掉两三个石灰窑是一种自我觉醒或自由意识的体现的话，那么习近平同志留下那句"绿水青山就是金山银山"的话后，他们很快关停了所有矿山和水泥厂、化工厂等污染环境的企业，便是一种自觉自愿和坚定不移的决心与信仰的体现。

"关掉矿山并不意味着我们只是顺其自然地让大山和水库靠自己的能力去自然调节、恢复，那样恐怕到现在在我们余村也不能看到山是全青的、水是彻底干净的。"胡加仁回忆道，"从2005年8月15日之后，我们对全村所有曾经被破坏的山、污染的水一一进行了整治，而且再不允许哪怕仅仅有一点点污染的企业入驻余村。力度相当大，大到有几年我们村收入下降到连干部的工资都好几个月发不出来，但我们还是坚持了这个做法。那个时候特别考验人，如果有人动摇一下，就可能又有一座山、一片水被污染了，但我们咬牙挺了过来……一直到现在，没有含糊过。"

望着青翠挺拔的群山，胡加仁又指指如今已经碧水如镜、宛如一颗硕大的绿宝石的水库，无限深情地对我说："你看看现在这里的山、这里的水，多美啊！余村真要好好感谢这些山、这些水，因为它们从来都是在为我们付出。现在又因为它们的美，我们余村才会有那么大的名气，才会有那么多游客被吸引过来，并且把一颗颗远方的心留在了我们余村……"

余村山水如诗，人们生活在如诗的余村，现今个个都快成了诗人。

"来，到水边来！"胡加仁一个鱼跃，从岸头跳到了水边。他又抓住我的手，一下将我拉到身边。

现在，我们就站在与库水几乎水平的地方，感受这美轮美奂的湖光山色。

当年严重污染的水库，如今已经活脱脱地变成了一块无与伦比的美玉。瞧那清亮的湖面，在夕阳照耀下，闪着鱼鳞般的光芒，又像千千万万的碎金，灿烂又明耀。轻柔的微波，好似追逐嬉闹的顽童，一排一排地扑向岸边，又嘻嘻哈哈地列队退回……

我们站着的地方与水面近在咫尺，可以清晰地见到那倒映在湖中的蓝天与青山，也可以看到水中欢腾游弋的鱼儿和湖底飘荡摇曳的水草。水面呈深蓝色，山倒影处的水颜色更深，有如泼墨；有阳光照耀的水面则呈淡蓝色；整个水面因为不同的倒影，组成了一幅层次清晰的大自然图。如果你蹲下身子，贴着水面看去，再把手轻轻地放在水上，你会感觉这水犹如丝绸一般柔软得让人不肯放手……

无法相信，这里的水曾如黄泥浆，比粪池还脏还臭。是余村人改变传统发展的方式救了这泓水，更是习近平的"绿水青山就是金山银山"理念让这泓水清了，纯了，重新有了生命！

有了生命的水，才变得越来越有价值。第二次我见余村的这泓水是在初夏的日子，那天天气特别晴朗，村主任俞小平兴致勃勃地带我到他们村的最高峰俯瞰余村全境。

"看，这就是水库！"沿着正在修筑的环山路盘旋向上攀登至半途，俞小平突然让车子停下，让我们下车，朝群山脚下的凹陷处看。

"天哪，这么美啊！简直就是一块嵌在贵妇手指上的上等翡翠！"居高临下地俯瞰这泓水，别有一番景致和意境。而水库边正在修缮的那片白色的旅游度假宾馆，也显得十分高雅。再伸展视野，举目远眺水潭之上的群山，更是绿意盎然，青翠如画屏……置身如此美妙的景色之中，你才会更深切地理解"绿水青山就是金山银山"的真谛。

余村人说，这泓曾经让他们憎恨并想抛弃的脏水，现在是他们的宝贝。用俞小平的话说，即使有人想用几个亿的钞票来换走它，也绝不答应！

听完俞小平的话，我不由一边凝望着用几个亿的钞票也不换的这泓水，一边思考着这样一个问题：余村的水并非天生就有，而且曾在过去让人憎恨与抛弃过，然而就是因为余村人遵循了习近平同志"绿水青山就是金山银山"的发展理念，坚定地走了一条适合本村生态经济发展的道路，才让这泓水生金成宝。这样的新型发展道路，余村走通了，其他地方不是同样可以走通见效吗？这样的道路让余村变得美丽、富有了，其他地方照着这样的道路走下去，不也可以同样美丽、富有吗？

一道阳光掠过我们的头顶，将整个大地照得明灿灿的。

"走，我们去看比这更美的云里玉镜！"俞小平突然说。

"什么是云里玉镜？在哪里？"

"就在余村边上。到了你就知道了。"俞小平卖了个关子，笑言。

余村之美，安吉之美，只有你去了才知道。它确实超出我们许多想象。

与余村冷水洞水库隔山相望的地方有个被称为"江南天池"的大水库。这水库的奇妙与独特之处是它位于山巅之上，水面是依仗群山之力将其托在一座高入云端的巨峰之顶，于是那水变得犹如云中的一片银镜，故称之"天池"。因它生于南国的浙江安吉，所以就有了"江南天池"之称。

起初，我以为是余村人的"自吹"，哪知一查手机，才知道这江南天池其实早已名扬四海！只怪我等眼耳闭塞也。事实上，与我一样眼耳闭塞者不少，我们对余村毗邻的江南天池真的太缺少了解了。

无论是俞小平说的云里玉镜，还是游客们说的江南天池，如此诗意的仙境，我虽人未到，但心已飞至，并且立即联想到其他两个美得绝伦的天池，一是天山怀抱中的新疆天池，二是长白山上的天池……只要一提起它们，眼前就会涌出一个字：美！然后是：神往！再是：勾魂！所有的天池都令人神往，也确实极其"勾魂"。

位于乌鲁木齐市郊一个多小时车程的天山天池，深藏于天山之腹。天山山系海拔均在 5000 米左右，除最高峰托木尔峰外，还有中哈界峰汗腾格里峰、博格达峰、德拉斯克巴山、史卡特尔东峰、孜哈巴间山等。这些高耸入云的山峰，终年被冰雪覆盖，远远望去，就像矗立在天边的尊尊白发仙女，格外妩媚与婀娜，神秘而又亲切。

位于天山第二高峰博格达峰山腰间的天池，其实是一个天然的高山湖泊，海拔 1980 米，湖面呈半月形，长 3500 米，最宽处 1500 米，面积 4.9 平方千米。天池的湖水清澈碧透，四周群山环抱，青峦拔翠，幽谷深壑，湖滨绿草如茵。这里气候湿润，降水充沛，年降雨量在 500 毫米左右。盛夏，戈壁荒漠地带酷暑难熬，而天山天池却空气清新、凉爽宜人。天山天池是大自然独具匠心的杰作，在雪峰、青松和撒满鲜花的大草原烘托下的天池，湖水湛蓝如玉，周围无数飞流直下的瀑布，构成了天山天池一幅"明月出天山，苍茫云海间"的独特景致。

天山天池不可复制。

东北吉林省境域内的长白山，是一座休眠火山，有记载的火山大喷发就有三次。这是长白山天池形成的最非凡的客观条件。加之长白山顶上那灰白色的浮石配以终年的积雪，使得整座山峦洁白如玉、银光闪闪，长白山因此得名。长白山天池位于长白山主峰的火山锥体的顶部，是我国最高最深最大的火山口湖，也是世界海拔最高的火山口湖。而从天池倾泻而下的长白飞瀑，则是世界落差最大的火山口湖瀑布。由于长白山四季飘雪，故一年 365 天里都有皑皑白雪。群峦托着一泓银镜般的深色碧水，使得长白山天池具有超然而震撼人心之美。这便是长白山天池驰名天下的原因。尤其是天气晴朗的日子到此观赏，你会一生不忘其美。

站在群峰之中，近观天池，只见清澈池水上腾起的丝丝薄雾，犹如轻歌曼舞般地笼罩在静静的碧水之上，随后慢慢飘逸而去。驻足眺望天池，宛如一块碧玉，镶嵌在银峰白峦之间，闪闪发光，真是鬼斧神工，美不胜收。

长白山天池同样不可复制。长白山天池和天山天池在中国的北方和西北方。

余村边的江南天池，独处在南方地域，较天山天池和长白山天池，似乎还没有那么大的名气，这与它晚出世了几个世纪有关。但这个诞生于我们这个时代的江南天池，后来者居上，一出世就"世界殊"！

真正到了江南天池，我才明白俞小平为何称它是云里玉镜——原来它是一座中国人创造的独特的人造水库，建在山之巅的云雾中间。白云飘荡而过时，水库仿佛跟着云儿一起在空中游荡；太阳一照，遂光芒四射，恰如一枚玉制的云中之镜！

江南天池全称为安吉天荒坪抽水蓄能电站。这座排在世界前列的抽水蓄能电站，雄伟壮观，堪称世纪之作。它始建于 1992 年，1998 年第一台机组正式发电。电站总装机容量 180 万千瓦，6 台 30 万千瓦立轴可逆式抽水发电机组是我国目前已建和在建的同类电站中单个厂房装机容量最大、水头最高的抽水蓄电站。水库建在天荒坪一带海拔最高的山巅之上，气势磅礴。从空中俯视水库，宛若嵌在万山丛中的一面玉镜，明闪铮亮，独烁光芒；靠近观之，更觉凌空见海，真乃银河出岳，浩浩荡荡。千米之上的山巅上，平时也感风声啸急；那云雾之间的宽阔水面，在山风吹荡下波浪翻卷，层层叠叠。当它们拍打在椭圆形的堤坝上，溅出的水花犹如一片片游云；当阳光照来，游云便变成一道道彩霞，美得让游客惊呼欢叫……

但站在天池身边，我最感震撼和奇妙的是，这个水量与西湖之水接近、悬在群山之巅的抽水蓄能电站，其水竟然完全是从数百米之下的另一座嵌在半山腰的水库抽上来的，而它们之间的落差，构成了这样一座壮观的发电站。整座电站枢纽包括上水库、下水库、输水系统、中央控制楼和地下厂房等部分。电站下水库位于海拔 350 米的半山腰，是由大坝拦截安吉人的"母亲河"西苕溪水汇聚而成，当地人称之为"龙潭湖"。山巅上的天池之水，则是巨大的抽水机将经过无数层层、弯弯后的水抽至上端，再通过垂直水洞倾注而下……据电站工作人员介绍，该抽水蓄能电站，上下水库间的大山中凿有长达 22 公里的洞室群，大小洞穴达 45 个，大的可容纳几个人民大会堂，小的也比足球场大，它们构成了电站主、副厂房区。整个地下厂房全长 200 米，宽 22 米，高 47 米，6 台 30 万千瓦机组一字排开，形成壮观的地下厂房景观。高山之巅的天池，是利用了天荒坪和搁天岭两座山峰间的千亩田洼地开挖填筑而成的，并有主坝和四座副坝及库岸围筑。整个上水库呈梨形，平均水深 42.2 米，库容量 885 万立方米，相当于一个西湖的容量。抽水蓄能电站的工作原理十分有趣，这既是科学，又是一笔有趣的"账"：夜间，下水库的水被抽至上水库；白天，上水库的水通过特定管道往下倾注。这个抽水—发电的工作过程，据说是充分利用晚上价格便宜的富余电力，把水抽上去并在白天发电的。因为白天是用电高峰，生产的电能价格高，所以电站"吃"的是中间的电价差价。

有意思吧！余村的这位"邻居"据说每年可以创造数亿元的价值，同时还能缓解华东部分地区用电紧张的状况，可见科学与经济"联姻"所产生的效益极其显赫。

　　然而，江南天池在今天，给当地带来的何止发电赚来的数亿元钱。现在的它，已经有了比发电更赚钱的途径——旅游、观光。

　　在走向天池的路上，随处可见的是新开设的各种旅游项目，比如天池滑雪场、天池温泉、天池夏令营等春夏秋冬皆可一游的项目。确实，这座江南天池因为处在独一无二的山巅之上，水面巨大而美丽，又有每日活流，较之天山天池、长白山天池，其水要"活泛"得多。水活境必灵，地必青，而最关键的是江南天池生在美丽的安吉竹山绿林之地，这使得它更加美不胜收，天人俱美。

　　江南天池第一次出名的时间是 2009 年 7 月 22 日。这一天是"世纪日全食"，当天全国大部分地区阴雨，余村一带却风和日丽。当日，天池对外开放，中央电视台在天池上直播了完美的日全食过程，来自全国各地的天文爱好者多达上万人，光各路专家就有 240 多位造访了天池。万余名天文爱好者和专家们在此记录下了变幻无穷、难得一见的天象：日食前的晚上是阴天，且预报第二天有雨。当天清晨 6 点仍是阴天，但过了 7 点，天池映照的当空，云层竟然逐渐散开；9 点 33 分，天际出现美丽的贝利珠，9 点 39 分生光，黑太阳上方再次出现钻石般的光芒，随着月亮逐渐离去至 10 时 59 分太阳复圆，日全食时长达 5 分 38 秒……

　　这是江南天池的一次世界亮相，从此它名扬四海。专家给出的评语是：江南天池，盖世之奇，源在青山绿水。

　　我们明白了！明白了余村的这位"邻居"之美，原来也是沾了绿水青山之仙气和优势，才扬扬得意于世，令崇山峻岭、千湖百江羡慕。

　　美，正在征服世界，征服人类。余村的那泓水和江南天池一样，它们皆在天上人间之中间，能不让你叹为观止？！

第四章　农家乐，乐坏了春林和春花

在今天的余村，每天最热闹的事，莫过于接待从四面八方过来享受农家乐的客人。

以为农家乐是专门接待城里人的观念已经过时了。

我发现余村和安吉许多农家乐的客人中，有相当一部分并非城里人，他们其实也来自农村。比如那天我就碰到一群来自我们老家苏州地区的农民，因为是老乡，其乡音一下子就能听出来。一问这些到余村的老乡，才知道他们也是慕名而来。

"安吉这儿有山有水，风景比我们家那边还要好。再说，这里玩一天，吃一天，再住一天，花不了几百块钱，这样的好事不能让它逃走了吧！嘻嘻……"几个昆山婶娘跟我有说有笑道。

中国的农家乐在今天的世界也是一大奇观，也可以说是中国改革开放之后，使如此巨大体量的中国农民过上好日子的一种重要途径。

到底谁最早开的农家乐，现在说法不一，但可以查到证据的应该算是成都郫县（现郫都区）农科村的徐纪元。成都人告诉我，徐纪元的徐家大院农家乐开设于 1986 年，2016 年他们那儿举行了隆重的农家乐开业 30 周年纪念会。从这个时候来看，成都郫县徐纪元的农家乐应是中国农家乐的首创者。

但这个说法非议不小。听说徐纪元的农家乐是 1986 年才开张的，马上就有温州人站出来说，他们那儿的农家乐在 20 世纪 80 年代初就有了。那时城里开厂的人特别多，一到晚上或者星期天，就几个人甚至一个厂里的几十个人一起合伙到郊区的农民家吃饭，慢慢地，这些就固定在了张三李四家里，这张三李四家不就是农家乐吗？"我们有时在那里打牌、搓麻将、唱卡拉OK，难道这还不算农家乐？"温州人说的也有道理。

上海人一听不买账了，说你不就是七几年、八几年嘛！我们那儿的农家乐在20世纪五六十年代就有了。有人不相信上海人这话。上海人马上反驳说，这有什么假，不信可以到我们的西郊公园一带看看嘛！动物园周边农民开的小吃店、小饭店多得很，那不是农家乐？50年代，我们城里人组织郊游，就经常到周边的农村去，午饭时间一到，没地方去，就跟农民老乡商量，请他们给我们做农家菜。因为吃得开心，于是隔一段时间就又去了，一来二去，这些农民家就成了热热闹闹的农家乐啦！

嗐，你还真说不清哪里的农家乐是最早办的呢！不过，我基本相信：在中国，真正可以称之为农家乐的，根本不是今天的事，甚至可以追溯到孔子时代！"老孔"那个时候，带的徒弟多，教学累了，就领着弟子"郊游"，饿了就在农家摆下酒桌吃上三杯，"不亦乐乎"，这难道不是农家乐吗？

现代意义上的农家乐是农民们利用自家的房子和菜地及周边的自然风光，给城里人开设的休闲旅游的地方，是一种成本很低，却能给客人带来吃住放松的自由乡间休闲形式，俗称农家乐。如果再加一个营业执照来确定它正式或非正式的话，成都徐纪元的徐家大院的确应是第一家。

但外国人认为，农家乐的发明专利并非属于中国，应当是西班牙。有报道记载，西班牙在1965年曾经风靡一时的乡村游，便是真正意义上的农家乐，即一种世界首创的旅游新形式。这可能有一定道理，因为现代意义上的城市化进程，欧洲老牌发达国家比我们中国要早得多。尤其像西班牙这样既是发达国家，又是旅游大国，吃喝玩乐的形式肯定比较成熟和先进，他们的花样也多，乡村游自然也兴旺。但当代中国人让包括西班牙在内的世界上所有的老牌发达国家都感到不可思议与敬佩的是，我们只用了不到40年的时间，就赶上了发达国家用二三百年才拥有的现代化水平与生活方式。中国式农家乐就是其中之一。

"在习近平'两山'理念指引下，余村在走向富裕道路的过程中，农家乐毫无疑问占有重要地位。现在全村共有三十几户村民开设农家乐，规模各不相同，可它却是余村村民创收的重要途径之一。"现任书记潘文革这样说。

那天，到一户农家乐吃饭后，我提出去见见当年向习近平做过汇报的老支书鲍新民。

开始以为鲍家有可能比其他农家乐开得都红火，可走进鲍家，才发现并非如此。

鲍新民家的院子不算小，干干净净，堪称卫生环境样板，但冷清得很，没有一个外人，院子里空荡荡的。这时鲍新民从屋里走出来与我握手。我第一句话就问他，为什么你不开农家乐？你这院子也不小呀！

已经退休在家的鲍新民，尴尬地笑了笑，说："不是所有的人都可以开农家乐的，也得有能力。"

"你当过一届村委会主任、两届支书，余村什么事你都干了，不能干农家乐？"我有些不信。

鲍新民端过茶杯给我，慢声细语地说出实情："我家地段不太好，靠后，一般客人不易到这边来。做生意，要讲客观条件，开农家乐也是如此。"

这位不善言辞的余村老领导说话特别实在，但话中有真意。

鲍新民又一次向我介绍了 2005 年 8 月 15 日习近平来余村时的情景。

"习近平同志那年来余村时，我代表村里做汇报。

"习近平同志特别亲民、亲切，其实那天他是来我们村调研法治民主工作的，后来我汇报到村里关掉了污染环境的几个厂时，他就问我以前你们村里收入有多少。我回答后，他问我为什么要关掉。我说污染太严重，我们的厂都在风口的上游，影响百姓生活，山水也全都污染了，不长毛竹和树了。他听了说，你们关了矿，关了水泥厂，等于关了金山银山来恢复绿水青山，这很好。有了绿水青山，就有了金山银山，绿水青山就是金山银山！他又问我，你们关了矿厂，村里和农民的收入怎么办？我说开农家乐、搞副业，比如相对污染少些的毛竹加工。习近平同志听后连连点头，说你们这样下去很好，这条路要走下去……

"之后我们就是按照习近平同志的'绿水青山就是金山银山'的话，一直走到现在。

"矿关掉、水泥厂也不开后，村里的收入确实成了问题。如何让百姓过上比开矿、办水泥厂时更富裕的生活，不是说说而已的事，得真干实干，有真金白银，老百姓才相信我们这些干部嘛！

"那天习近平同志强调'绿水青山就是金山银山'时，还动情地向我和其他村干部讲到了余村和安吉这样的地方，叮嘱我们要特别注意把发展的思路打开，也说到了'两小时经济圈'。

"习近平同志当时给我们描绘了很具体、很形象的创富道路。他说，你们这儿离杭州、上海、苏州等城市，也才一两个小时的车程距离，这个距离很适合城里人周末旅游。如果你们把环境搞好了，山美了，水美了，就能吸引城里人来，这样山区农民就有钱赚了。他说这叫逆城市发展道路。他的这些话我印象最深刻，一直牢牢记在心上。后来余村一步步发展，就是沿着习近平同志指引的路走过来的，从没走过样。

"开矿、办水泥厂时，我们余村虽然也是全县富裕村，大家的收入看上去不低，日子过得也还不错，但百姓其实很苦，劳动辛苦不用说，主要是污染严重，生病的人多了。而一生病，花钱就像流水，这么算下来，根本富不到哪里去。看看现在，大家是真富，干活不累，赚的钱是以前的几倍。我是2011年离开村干部岗位的，那个时候，村集体就在镇银行里存了1000多万元，真金白银哪！通过理财，每年都可以给村里拿回几十万、百来万元额外收入……现在还是这样。当然，现在村里比那时收入还要大些，关键是农民比以前收入更多了。看着余村的今天，觉得我们没有辜负习总书记当年的殷切希望。"

鲍新民家现在在村里不属于富裕户，但他欣慰自己当干部20年中的后几年里，靠着"绿水青山就是金山银山"理念带领村民们走了一条造福余村百年的金光大道。

"看上去你现在的生活水平和财富比村里多数村民尤其是那些开农家乐的要少很多，你内心平衡吗？"我认真提了一个问题。

鲍新民沉默了片刻，再次抬头时，脸上绽开了笑容，说："我心里是真的高兴。这话别人听起来觉得有点假，但对我们余村干部来说，今天能够看到村里有人开农家乐，一天赚的钱比我们一个月、一年的收入还要高时，真的非常高兴。什么叫'绿水青山就是金山银山'？我想这就是！"老支书话锋一转，道："想想当年我们冒着生命危险，天天盯在矿上，亲自背着炸药开山破石，不就是想让百姓富裕吗？但没有成功，也破坏了山水。听了习近平同志的话后，走上了'绿水青山就是金山银山'这条正确的道路，看着村民实实在在富了起来，这难道不是我们当初想实现的奋斗目标吗？作为一名当了20余年村干部的老党员，你说我能不高兴吗？自然高兴！说实话，我比谁都高兴。因为这是我几十年来所追求的梦想！你一定要问我内心的想法，我也告诉你，在大家富裕的同时，村干部不是不可以富，但我们必须先让大家富了，才可以想自己的日子！比如开农家乐，开始我们是村里组织、招揽客源的，而且要求村干部带头办农家乐，为什么要这样做？因为村里关掉矿、搬掉水泥厂后，不知道能不能落实好习近平同志提出的'绿水青山就是金山银山'的发展新思路，所以要求干部试着先办农家乐，给村民当示范。当时除我之外，有好几个村干部都带头办了农家乐，这是我们鼓励的。我没有办，是因为我家地段确实不好，偏。现在我虽然不能与村里的富裕户相比，但日子还是蛮好的，看着余村发展走上了阳光道，我比谁都开心哪……"

看着鲍新民的笑容，我对这位老支书更加敬重。

从老支书家出来，到了村头的张文学家。开始一听这名字，以为是个"文艺范"的"文学男"。见了才知，原来余村的张文学是位年过半百的农妇，但她看上去一点儿都不像印象中的农家妇女，她清秀端庄。我想，她年轻时一定是余村的"村花"。

"我一直是村里的妇女队长，从2002年到2010年，当了九年。"张文学说，她是1982年从山那边十几里路外的另一个乡嫁到余村的。老家6个兄弟姐妹，名字里都有一个"文"字。

张文学从小生活在一个多子女的农民家庭，养成了勤快、俭朴和孝敬老人的品质。她说村里是在习近平同志来后的当年就开始提倡大伙儿办农家乐的。"那时要求干部带头，我是妇女队长，办农家乐理所当然我得先带头。我就跟我男人和公婆商量，家里人支持我，我就在我们家腾出4个房间做了农家乐客房。当时一天连吃带住收25块到30块，没有想多赚钱，只是想把农家乐办起来。我是村里的农家乐协会会长，其实村里就是派我协商和组织这块工作。女人嘛，做这事好像方便些。哪知道开农家乐也不是那么容易的事。比如来了客人住谁家、吃什么、怎么收钱，等等，总之，烦心的事情有时一天有几十件。客人少了，村民就问我买的生肉怎么办；客人多了，被子不够又急死人。这些事马虎不得呀，尤其当客人等在那个地方时，我就只好赶紧把家里的被子给人家送去，把自家的冰箱腾出来用。唉，那头一年，我是比阿庆嫂还阿庆嫂啊！太阳没有出山头就要挣钱，一直忙到半夜还可能有人找上门来催你解决这事那事。再后来，村里的农家乐越办越多了，管理和协调的活儿也跟着多起来，我就把自己家的农家乐停掉了，集中力量帮助那些已经办起来的和正要办的人家协调、找客源等事情，直到全村的农家乐成了气候。后来我女儿长大了，结婚，生小孩，我就到她城里的家中帮她带孩子去了，一直到现在……"

"听说现在村里农家乐开得最火的春林山庄是你一手帮助潘春林夫妇办成功的？"我早已听说此事，便问。

张文学笑笑，谦虚地说："是人家努力干得好，我只是在开始时尽了村干部的一点责任。"

"还有呢？"

张文学摇摇头："没有了。"然后哈哈大笑起来。

张文学不仅人长得美，能干又善良，且孝心满满。村里人说，她婆婆的婆婆活到99岁高龄，去世前两年瘫痪在床，是张文学一把屎一把尿地帮助老人走完了人生最后的日子，张文学因此被镇里评为"孝敬之星"。

"走，我们去看看春林山庄，今晚就在潘春林他家吃便饭……"村干部俞小平提议。

在余村那条东西走向的"余村大道"上，春林山庄的招牌格外惹眼。更重要的是，春林山庄在余村有几个"第一"：第一批农家乐，也是全村现在最大的农家乐；第一个有自己旅行社的农家乐；第一个承包县里重要风景区的农家乐。

到春林山庄是吃晚饭的时间。一进山庄，就见整个院落像在办喜事一般。"今天又是客满……"老板潘春林的妻子春花40来岁模样，快人快语，一说话就是一串笑声，难怪她家的客人那么多、生意那么好！

这样的农家乐还是头回见。院子大门不大，进去后却是另一个世界了——三层楼，明显看得出是加大型的。除了厨房，一层全是吃饭的桌子，大大小小有一二十张。"今天院子里又摆了五六桌，没地方放了！"春花一边带我到楼上看房间，一边擦着额上的汗珠，脸上泛着幸福的笑容。

"二楼、三楼都是客房。"春花打开一间内有一张大床的房间说，"这样的房间一般是给年轻的夫妇或恋爱中的情侣住的。"

"什么价？"我问。

"淡季每天 180 元。如果旺季和周末，要涨三五十元。"春花说着又推开一间亲子房——一个没有房门的小套间，一大一小两张床。

"这样的房间是 300 元一夜。是孝子间。"她解释，"有的儿女带着孤身的父亲或母亲来，我们就设了孝子间，就是让子女跟自己的父亲或母亲住在有小门隔着的同一套房间里，这样便于子女照顾老人。"

"你想得真周到。"想不到余村的农家乐如此细致入微。

"你再看看这间……"春花带我来到三层外的一个阁楼。那里面很特别，房间利用楼房的一个斜面，装饰成两间可以在夜间望星星、看月亮的小木屋。

"这小房间很有味道！"我一看立即喜欢上了。

春花笑："这两间最俏，常常要提前好几天才能订上……"

"都是年轻情侣和新婚的小夫妻吧！"

"对。他们都喜欢住这两个房间。"

"价格呢？"

"每晚比普通房间贵 100 元吧！"

我伸手指指春花，夸她："你真会赚钱！"

"物有所值嘛！"春花听后不但没有不高兴，反而爽朗地笑着回敬我一句，"如果大作家你来，我可能还要加价 100 元……"

"为什么？"我不明白。

"这么优雅、浪漫的小木屋，你住在这儿灵感来了，书猛地一本又一本写出来，我不多收你 100 元也对不起你挣那么多稿费呀！"

"哈哈……好你个春花老板娘啊！"我一下子觉得潘春林能把农家乐办成全村最棒的，与家里有个里里外外一把手的春花有直接关系。

但后来与潘春林本人交流后，方知这位真正的老板其实是生意场上的"大鳄"！

潘春林，"70 后"，初中毕业后第一份工作与村里其他青年差不多，到石矿上开拖拉机运石头挣钱。"干了两年，石矿关了，我就到水泥厂干活，也是搞运输。"潘春林，个头一米七左右，瘦瘦的，但精明灵活，是那种一看就什么都会的人。跟妻子春花站在一起完全相反：春花嘻嘻哈哈，春林轻易不冒一句话，一旦冒出来，就是利剑或子弹，能听见"呼呼"的响声。这种男人做生意一定是个高手。

"你叫春林，她叫春花，你们夫妻是不是一个村的？名字怎么像提前配好了似的呀！"这事令人好奇。

"我们是天仙配！"春林颇为得意地说，"其实我们两家离得很远，她家在另外一个镇，但我们有缘。23岁时我在水泥厂搞运输，那年冬天我到另一个镇办事，也就是春花她家那个镇，见过她一回。当时没太在意，但两年后一次偶然的机会又碰到了，这回是一见钟情，再没有分开过。事后春花问我，说第一次你见我为什么没提要跟我谈对象啊？我说因为我们余村的春花还没有开呢！春花就问，那现在你们余村的春花开了吗？我说开了呀！她又问为什么就开了呢？我说因为余村的春天到了嘛！春天到了春花就开了呗！"春林的嘴够甜够滑，大概也因此特别讨人喜欢，生意才做得红红火火。

等身边的人都走了，只剩下我们俩时，春林一下子变得沉稳老成起来。"其实，我走到今天也不那么容易。"他说，"要想把绿的水、青的山真正变成金子银子，这中间不知要做多少工作和努力啊！我的春林山庄走过的路，可以说是余村践行习近平同志'两山'理念比较具有代表性的。"

春林只念过农村中学的初中课程，但20多年的"社会大学"让他有了比普通农民更多的见识和文化，说起余村和自己在村里所走过的路，春林的言谈里有不少哲理。

"我们余村在习近平同志来之前，虽然也把矿关了，水泥厂租给了别人，但要说真正从思想上自觉变到保护生态，通过生态来发展和壮大自己、富裕自己，其实经过了艰难的历程。"春林说，"自2000年开始，水泥厂开始走下坡路，原因是上面提出要环保，乡镇企业尤其像水泥厂等一些污染严重的企业，都得关停并转。当时整个乡镇企业在衰退，我们余村的村办企业和转租出去的水泥厂也都面临日子一天比一天差的困境。这个时候，我们村由于过去开山挖矿比别的地方早、规模大，所以受污染影响也相对大，关停并转村办企业是自然而然的事，势在必行。但这中间有个过程，一方面，村里的水泥厂仍在半死不活地维持着，因为那毕竟是我们赚钱的来源；另一方面，村里也鼓励大家想办法走新的发展道路。说白了，大家得重新动脑筋想法子换一种活法，要不然就只能重新回到过苦日子的老路上去，这肯定没有人干。但咱们是山区农村，除了石头、水和少量的地外，什么都没有。石头不能换钱了，水被污染后还没有清，农田只够口粮，你说活路在哪儿？在关矿关水泥厂，全村经济走下坡路那两三年时间里，全村人都非常彷徨，不知以后的日子怎么过。现在大家知道了也理解了绿水青山就是金山银山，但在当时，绿水青山在哪里？要让开山轰炮炸毁的山重新长出青绿、重新长出毛竹还不知道何年何月呢！再说，即使有了绿水青山，到底能不能变成钞票变成金子，是谁也说不准的事……最初我和堂兄去镇上承包了一家饭店，但我们仍然在水泥厂工作，让家里的女人去打理饭店，其实就是试着看看能不能照这个路子走下去。后来发现，并不像我们坐在家里想象的那么好。"

春林这对堂兄弟合伙承包饭店的日子并不长。到了 2003 年左右，经过两三年关矿停厂、休养生息，余村的百姓回头看看，发现三面环村的山林似乎在慢慢变绿，可是距离脱贫致富还差很远！是坚持走下去还是另寻其他来钱快的路，成了村干部们苦恼和难以抉择的大问题。

"要说余村人的思想观念变化和余村山水面貌的变化，确实是因为习近平同志当年留下的话给我们指出了方向，坚定了我们走生态致富之路的信心。"

2005 年之后，满山长起来的毛竹渐渐染绿了余村，山里流淌出来的溪水也逐日变得清凌凌……

"甜了！水甜了！"乡亲们蹲在那条横穿村子的余村溪的两岸，捧着清纯甘甜的山泉，好不欢乐！

"是这个味！就是这个味！跟我们小时候喝到的泉水一样甜！"村里六七十岁的老人抿着流淌着泉水的嘴角，也这么说。

"我们这些六七十年代出生的年轻人，还是头回见到原来我们余村的山水竟然这么美，而且是纯天然的，没有任何人工痕迹。余村三面环山，坐北朝南，正面通着 5 分钟车程的天荒坪镇，一条从山的深处湍流而下的溪河在村中穿越而过，滋润着余村的每家每户。我们的村庄和农田，正巧在溪流两岸，冬暖夏凉，宜居宜耕，绿树常青，鸟语花香。我们还有一处千年古刹；一个深藏在大山腹部的天然溶洞，里面奇景百态，妙趣横生；再加上余村最丰富的毛竹青山，你说美不美？”

"有一次，我带一位在水泥厂工作时认识的外地朋友来我家玩，请他吃了一顿土菜，他竟然一连住了三天，说不愿意离开，想在余村过日子。当时我想，这朋友不会是酒喝多了没醒过来吧！但朋友拍着我的肩膀说，春林啊春林，你们余村人身在福中不知福，掉在金山银山里不知发财致富呀！我问他这话怎讲？他说，现在我们城里人已经过烦了那种上班挤、下班挤，回家吃的是消毒自来水，每天在水泥钢筋的框子里和柏油马路上奔波，吃的又可能是喷过农药的粮食蔬菜的日子，单一、乏味……你们这儿多好啊！所有的东西都是天然的，连空气都是城里人拿钱买不到的宝贝呀！他说，你春林要是开个店，开个农家乐，我就每星期来一次，带着全家人，喊着朋友们一起来，吃住在你家，给你付钱，保证让你不出门就发财！"

"不出门就发财，你说这样的梦谁没有做过？我就做过好几回。"春林笑着坦言。

就在这个时候，余村村支部和村委会也正式开始向村民建议，利用村里绿水青山的自然资源和美丽环境开设农家乐，并承诺客源和服务方面由村里帮着做，赚了是大家自己的。

"这样的好事谁不做就是傻呗！"春林说，"于是，我和堂兄停了在镇上承包的饭店，决意回到村里办自己的农家乐。"

春林被自己家乡的美景吸引着，更被习近平同志指引的发展方向吸引着，他要用自己的行动证明"绿水青山就是金山银山"。

与所有的农家乐一样，春林的农家乐开设在自己家里，但因原有的房子并非旅店式建筑，一些房间的设计不能公用，于是春林比其他农民家走在了前头，不是采取在原有房间陈设的基础上换个床单、清洗一下马桶的方式，而是对老房子进行了翻修……

"得多少钱？"父亲问他。

春林估摸了一下，说："20来万元吧！"

父亲掐着手指一算：16间房，来的客人按每天住满一半算，一年光景基本可以平账了。"那你就做吧！"父亲同意了春林的方案。

毕竟是老房子，按规矩还是上一代人说了算，春林也是这么做的。但令他意外的是，最后装修完16间房间，工钱和材料两块加起来共60余万元！

"负债了！我一下子感到压力特别大。原来计划 20 来万元是根据自己与老婆的积蓄来的，现在口袋全空了不说，还欠债三四十万元，这等于是逼上了梁山！"春林跟春花苦闷了好一阵子。

"开张吧，得起个名！"春林道。

春花说："吉利点，不然生意不好，我们欠的账得还到何年何月？"

"是啊，可起什么名字吉利呢？春林肚子里没几滴墨水，轮到这种事就着急，于是赶紧从孩子书包里拿出一本《新华字典》翻啊翻……"

春花一把抢过字典，说："咱余村到处是好景好风光，你翻什么书！"

春林心想，也是。余村好山好水，我们抢个好名用用！他走到阳台，推开窗子，向外看去，立即被村口的两棵老银杏树吸引住了——就用它了！

"想到啦？什么呀？"春花因男人的灵感激动起来，连问。

"你看，那银杏多茂盛啊！它是我们的村树，而且长寿高照，福禄满满！"

"就它了！啊——我们要发财啦！"春花高兴得跳了起来，搂住丈夫，在他脸上连"啃"了好几口。

"银杏山庄，名字不错，但它已经被人注册走了，你得改名。"工商局的人告诉春林。

有点难受。春林的农家乐出师就不利。好名字注册不上，只得临时改名。改什么呢？

春林脑子里的那点"墨水"被晒干了！"干脆，就用我名字吧！"春林说。

春花把脸一偏，朝天眺望，说："对，就用'春林'吧！如果再不行，就用我的名字，'春花'……"

春林笑："得啦，用女人的名字赚不了钱！"

"去你的！"春花嘴一�’，背过身子走了。

后来，春林山庄被注册下来。开张那天，余村像过节一样热闹。春林与春花在村里人缘好，也会做人，第一天请的客人全是村里的，大家吃了个痛快。这叫开张宴，求的不是赚钱，而是人气！

果不其然，春林山庄从开张第一天起，生意一天比一天红火。除了春林、春花两人里外搭配得好，还因为春林的脑子灵活。别人找客人，靠村干部到风景区跟导游讲价钱、给好处后才好不容易拉回一拨人来，春林不一样。他先把余村的好山好水拍成照片，再配上几句文学词汇，什么"美不胜收""流连忘返""坠入云海""如梦如醉""人间天堂""绝对自然"云云，再通过网络一传播，客人竟纷至沓来，都要到余村找春林山庄……

春林这家伙行啊！连村里的干部都觉得春林这一招既省力效果又好，且着实好好地宣传了一通余村，于是就请县里、市里的记者对春林山庄做了专题报道，从此春林山庄的美誉传遍了安吉，传出了浙江。

"这就已经非常了不得啦！"春林的"经济学"非常有一套："作为一个乡村农家乐，如果能吸引一百个左右的固定客人，你就基本有饭吃了；如果有 300 个客人，你就是小康致富了；如果固定客人超过 500 个，那你就是富翁了……"

"说说你现在的固定客人有多少？"我不能放过机会，于是追问春林。

他笑而不答。

我问心直口快的春花。春花拍拍围裙，两眼望着天花板，费了好大劲挤出一个数字："好的时候，一天赚一两万元吧！"

一年 365 天，算一半时间生意是"好的时候"，一年下来就是三五百万呀！富翁！春林是富翁了！他夫妻俩开农家乐已经十几年了吧。

"哪止这个数！她春花是保守说法！"村干部立即让我别信她说的。我笑，反正春林一家开农家乐是发大了！

"这一点不假，我肯定发了！"春林不否定，说，"现在平均一年有 200 天左右的时间是客满的。爆满的时候，一天接待二三百人，吃住游玩都在我这儿，平均每人一天消费在 200 元左右……"春林说出了自己的盈利"底牌"。

能在余村听到农民有这样的收入，自然让人从心底里感到当年习近平同志留下的那句话是何等的英明和精辟！

……

春林赶上了好机遇。

"2007 年，县里提出了'奋战五年，再造安吉'，我也给自己提出三年再造一个'山庄'，所以我又在原来基础上翻建了农家乐，这回我投入了六七十万元，房间增加到 27 间。你问为什么不再多一点？因为 27 间房正好可以安排一大巴车的客人。"春林说，"当时100块吃住3天，干活全是自己家的人，菜是自己的，小工是自己做，所以别看100块吃住3天，但仍然能赚钱。客人也喜欢，来的人每月每年都在增加。"

春林夫妇生意做得红火，感染了村里的人。邻居也学着春林的样，把自家多余的房间腾出来改装成客房，试着接待客人。这么着，有的客人就住进了春林山庄的隔壁。但有人第一天住进，第二天就要求退房，来求春林，说希望住到他们的春林山庄。春林一问，原来是客人觉得那些农家乐的服务质量和设施有问题，比如厕所是公用的，比如房间与房间之间缺少私密空间，等等。

"我们都是农民，很多人不懂城里人的一些生活要求，也不懂得什么私密之类的事，所以我发现问题后，便想帮助邻居们一起发展比较正规的农家乐。但事情没那么简单。每个家庭的情况各不一样，人的素质也不一样，让他们统一用我潘春林家的方法也不现实。怎么办呢？都到我家来，也不是个办法，似乎我收的客人越多越赚钱，实际上并非如此。比如有的时候一下子就来了几百人，我没有房子，马上扩建？不可能吧。而且一扩建就得花上几十万、上百万，可房子扩建了，就能保证经常客满？或者突然客人又增加了几百人怎么办？再扩建？这样循环也是个大问题啊！"

"后来你怎么解决的？"

"我解决了！我想，光跟着客流量靠我自己一家不断扩建，肯定非砸不可，到头来看上去我客源滚滚、一年忙到头，但弄不好不仅不赚钱，还会因为不停扩建而负债累累。"

春林果然聪明。他想出的办法是：跟邻居商定，你服务不到位，单独招客人生意不稳定也不一定赚钱，但如果你纳入我春林山庄统一管理，客人来了统一算我春林山庄的，你的客房也算我们合用。你原来一人一天收100元，现在住你家的50元我给你，吃饭在我春林山庄的50元归我潘春林，不是双赢吗？邻居觉得春林这个点子好，于是春林和周边的几户邻居有了很好的合作。他春林山庄的客房，从此除了一号楼（他自家的），又有了二号楼、三号楼，直到现在的五号楼、六号楼……

就是说，春林一户农家乐，带动了五六家邻居全都成了农家乐。

春林说："现在他山庄的客人一到旺季，每天多达上千人，我家的地盘再大也只能住五六百人，就已经拥挤得不行了，还得靠乡亲和邻居们一起帮忙解决。还有，那么多人住在家里、吃在家里，起码也要三四十个帮工，这样邻居联手，他们家的人也都有了工作嘛！"

"你春林也算给村里的人提供了就业机会嘛！"我说。

春林有些得意地说："应该算。帮工整理整理房间、洗碗洗菜，年岁大一点的婶娘婆婆都可以做，一个月三四千块工钱，也是不错了，是可以拿回家的净收入啊！"

"听说你是安吉农家乐中第一个有自己的旅行社的？"

"是。我的旅行社叫天合旅行社。自从习近平同志给我们指引出这条致富的康庄大道后，我山庄的生意越做越红火，钱越赚越多，所以我就起了个天合旅行社的名字，我希望沿着习近平同志指引的路永远走下去，越走越光明……"

余村的潘春林现在快成政治家了。

"生意做大了，你不懂一点经济和政治知识，绝对不行。我们余村的绿水青山一天比一天值钱，一天比一天珍贵，靠绿水青山过日子、发展致富的人，不懂得发展理念和未来方向，再好的日子、再好的生意也不能持久。这点我有体会。所以，我们春林山庄现在到了一个阶段后，就迅速提升一个台阶的服务水平与服务能力。

"自从我有了自己的旅行社后，客源不再靠东拉西喊的散客支撑，而是直接开通了余村到上海市区的大巴线路，而大巴客车就是天合旅行社的！

"现在天天都有从上海到我这儿的大巴客车。从上海出发，两个来小时就到我山庄了！"

春林颇为自豪的是，客人到余村的春林山庄后，不用出他春林"家"，想玩几天、吃遍安吉美食、玩尽美丽乡村，"皆由我负责！"

"你有了孙悟空的能耐了？"我有些惊讶。

春林信心满满地说："只要在安吉，这些事我全包……"

原来，他现在不仅有山庄，有旅行社，还是几个景区的股东，比如著名的安吉九龙峡，"我是那里的大股东！"

牛！余村的农家乐庄主潘春林现在确实够牛。

我知道，今天的春林山庄，已经不单单接待低端的客源，还把重点放在了中高端的中青年客源上。来的客人，随手打开微信，就可以找到安吉美丽乡村游的春林山庄。

"过去我们的农家乐，只赚吃住的钱，现在是吃产品钱。我们在几年前就响应县里的要求，走精品之路。"春林一边跟我说话，一边不停地看手机，"客人电话打过来时，就已经把钱打了过来，这种生意做得比较惬意。当然，你得把服务跟上去，才能保证客源像山泉涌动，源源不断。"

我有一个疑惑："毕竟余村和安吉这样的地方，属于江南地区，到了冬季旅游淡季时，你的生意怎么做呢？"

春林抿着嘴笑。片刻，他抬起头说："这个担心村里人曾经也有过，但后来他们全不为我担心了，反说我春林做生意做'绝'了……"

"怎讲？"

"一到淡季时，我就把到上海拉客的车子开回来，开到余村和安吉县城里，再把想到上海、杭州、苏州玩的村里人和其他安吉人拉出去，让他们半价坐我的车到大城市里去玩，吃的、住的甚至玩的还都是我天合旅行社来安排，比别人安排的便宜一大截……"

"哈哈，你还是赚钱嘛！"

"是这样！"春林笑。

这农民的脑子里满是经济学。

安吉县委领导跟我说过："整个安吉，至少有3000家农家乐，从业人员达30万人，收入嘛……哈哈，还是不说的好，藏富于民嘛！"

我在想，仅此一块，安吉人已经做到了"绿水青山就是金山银山"。想想看，假如每户农家乐一年赚二三十万元，3000家总共应该是多少？换成金子银子放在你面前，有没有金山银山的感觉！

潘文革书记告诉我："现在余村共有农家乐三十几家，一家开店，三五家劳力在帮忙。赚钱，只是一种致富模式。"

对整个安吉而言，余村的农家乐仅仅是一个缩影。我甚至感到，这块土地上的每一个农家乐都是一块令人爱不释手的宝玉，它光艳明耀，又各具特色，享受一次，就会醉倒一回。

那天从余村的春林山庄采访出来，安吉宣传部的同志提出让我"领略"

一下大山深处的农家乐。我欣然接受。

几十分钟后，我们进入了一片深深的山谷，到了一个半山腰的地方停下来。

"何作家，老树林欢迎您！"在一块醒目的招牌前，时任县委宣传部长陈旭华女士热情地向我伸出手来。

大山深处有这一坊老树林，真是既意外又令人好奇。当我在此落停住下，再细观这家悬在山崖之上的农家乐的全景时，不由心潮起伏：连绵的大山，满目皆是翠竹绿林，山谷间吹来的阵阵清风，爽透心腑。在此吮吸一口气，仿佛就有荡除腹中数年之浊的感觉，一切疲劳和烦恼似乎就此消失。尤其是夜宿老树林，那种出奇的静寂叫你有种进入了深深的渊底之感，真有些空荡与恐慌。可能是由于负离子特别丰沛，第二天醒来，竟然比平时晚了近两个小时。站在栖息的小阳台上伸伸懒腰，全身上下像换了个人似的那么轻松舒展。

这时，看到几位老树林的女服务员正在忙碌着给我们做早餐，便过去与其交谈。

"嗐，你们都是大姐级的服务员啊！"我见她们都是四五十岁的大嫂大婶，不由得更加好奇，"这农家乐是你们开的吗？"

"不是，以前是德清的一个人来承包的，后来又承包给了上海老板……"她们笑嘻嘻地给我介绍。

"噢——"我看着一栋栋形态各异的老树林山庄别墅，"以前都是你们的房子吗？"

"是。"一位年纪稍长的妇女回答说，其中有一栋原来是她家的老房子，前些年承租给了现在的老树林老板了，"我用租金在山底下买了新房子，因为儿子媳妇都在镇上上班，小孩子还要到学校上学……"

"这么好的地方，你们为什么不自己办农家乐呢？"我有些疑问。

"开始是我们自己办的，这里风景好，前些年有外地来深山探险的，常常住在我们这里。时间一长，我们各家就都开起了农家乐。后来被大老板看中了，就来跟我们谈合作经营更高档次的农家乐，这就是今天的老树林……"

原来如此。我从这些女服务员口中知道，现在的老树林在上海等大城市和探险界名气不小，特别是周六周日，客房满满的。"我们觉得很开心。白天在这里工作，拿旱涝保收的工资，晚上可以回家干家务活。自己的老房子每年也能有收益，老树林让我们过上了幸福生活。"

走出老树林山庄，漫步在山村的盘山公路上，我清点了一下，这个悬在半山腰上的自然小山村，现在基本上都改成了农家乐。住在上面的百姓已经很少，倒是说着各种语言的游客很多，他们与我一样，兴致勃勃地在清新的晨曦中散步、观景……

"太美了，简直就是人间仙境！"游客们不由得发出一声声惊叹。

上午10时许，在离开老树林时，我发现路边有一块小木牌，牌子上有一个向上的箭头，还写着"九亩田"三个大字。

"山上面还有好地方啊？"我不禁问。

陈旭华部长笑："最好的风景在山的最高处。'九亩田'应该是山川乡最值得去的一个地方！这次您的行程太紧，下次您来了我们去感受一下'九亩田'的农家乐……"

太遗憾了！我口中说着"行，行"，心里满是叫"亏"。不过，后来看到游客到九亩田后写的游记，多少弥补了我的一点遗憾。

九亩村的由来，据说跟九位女子有关，这中间的传说，一共有两个版本。

一个版本是：传说在安吉人还不是很多的时候，由于外地战乱不断，九位妇女为避战祸，来到了这里最高的一座山上，过起了与世无争的生活。这里环境清幽，生活也很平静，妇女们在这里种地耕作，繁衍生息。她们的后人继承了母亲的传统，世世代代在这里辛勤劳作，悠闲生活，村子也日渐扩大，成了现在的规模。由于村庄的由来与这九位母亲密切相关，所以村子就被称为"九母村"，后来逐渐演变成了"九亩村"。

另一种版本的说法是：相传很久很久以前，天上有九位仙女因羡慕人间生活，生出了思凡之心，于是偷偷下凡来到人间，正好就落在了山川乡最高最美的山上。村里流水潺潺、竹海滔滔，让仙女们乐此忘返，久久不肯离去。于是，决定永远留在这里，过凡人的生活。她们开垦了九亩田地，在这里种上水稻和各种作物，并繁衍出了许许多多的后代，渐渐地，这里变成了一座村庄。后来，人们根据这个传说，将这座小山村命名为"九亩村"。

我总认为，在中国的农村，有许多地名就像我们祖先留下的方块字一样，里面包含了先人对自然的认识与生活情感的诸多信息。这些信息极其珍贵，不应轻易被现代文明湮没或覆盖，更不能随意被人为地抹去。九亩村便是一个很有意境的村名。她的美蕴意着优美文化和自然风光。

九亩村地处千米之高处，最高峰——仙人石，主峰海拔达 1064 米，这在平均海拔只有一二十米的太湖地区，已经是相当高的高度。其环境优美、气候宜人，冬天能赏雪，夏天能避暑，算得上城里人最理想的农家乐。

还有一个叫作"船村"的地方，它与九亩村之间，有一条 6 公里长的峡谷，叫井空里峡谷。它是安吉境内最值得一游的大峡谷，其尽头为浙北第二高峰——赤豆洋，海拔 1148 米。其东北角与藏龙百瀑景区相连，北与临安接壤，西指余杭，顶端有百余亩地势平坦的高山沼泽地。其上苔藓尺厚，杜鹃遍生，堪称奇观。井空里峡谷内流泉飞瀑、石奇水清、山险林密，自然景观异常优美。此外，峡谷内还有丰富的动植物资源，时可见古木摇曳，时可闻空谷鸟鸣。有游客总结道：在这里，你既可以春赏山花烂漫，夏探幽古避暑，又可以秋攀险处气爽，冬悟雪谷井空，真乃人间仙境也！

安吉的同志告诉我，像九亩村那样的美景胜地，安吉还有很多，那里皆有各具特色的农家乐。

第五章　流金的小溪

在得知余村潘春林的农家乐"金""银"装满口袋时，我就在想：如果余村经验遍及全国，中国"美丽乡村"建设也成为贯彻落实习近平总书记"两山"理念的重要实践成果，那么它的经济效益到底是多少呢？

也正在这个时候，电视新闻里正在播出的一个数字吸引了我的眼球：2016 年，我国休闲农业和乡村旅游接待游客近 21 亿人次，营业收入超过 5700 亿元。

5700 亿元是个什么概念？不知。我只知伟大的三峡工程当年因为要花 1000 来个亿，举国上下整整争执和论证了一二十年方确定上不上马。20 多年前的中国经济自然比现在差许多，然而即使在今天，5700 亿元仍然是个大数字，大到我不知用什么来形容它是什么样的山、什么样的峰……

都说文人没有数字概念，我也一样。不过如今网络搜索可以弥补我们许多知识上的缺陷。搜索的结果是：黄金每克大约售价 300 元人民币（实时浮动），1 千克就是 30 万元。5700 亿元能买多少千克黄金呢？约 1900 万千克！

你见过 1900 万千克的黄金吗？估计除金库工作的人以外，基本上都没见过。那我想象：1900 万千克的黄金放在你面前，一定是座闪闪发光、让你心率不由自主突然加速的高高的金山啊！

如此比喻和计算，让我有可能从直观的角度，将习近平总书记当年在浙江所提出的"绿水青山就是金山银山"理念，形象地给读者一个概念：绿水青山真就是能够为人民带来福祉的金山银山！

　　我以为在余村这么个小山村，潘春林吃绿水青山之饭，吃出了谁都无法可比的、人人羡慕的"金山银山"。但我错了，错在小看了余村人，当然更看低了"两山"理念给余村和安吉乃至整个浙江大地带来的影响力与致富推动力。

　　余村的另一个故事应该从穿过村子的那条余村溪讲起。

　　如果问余村和安吉的山有多美，你可以用尽天下最美的文字描述，因为这里的山虽不高，但景致别样、千姿百态，什么样的形状皆可寻觅到。我们自然羡慕高入云霄的喜马拉雅山，也会被黄山的奇峰怪石摄魂吸胆……天下峰峦岩崖，各尽风流万万年。显然，小小余村的那几座几百米高的青山，无法与诸多名山相比，但大致代表了安吉一带浙北丘陵的特色。有道是，山不在高，有仙则名。余村和安吉的山中之仙在何处？为何物？这，需要你抬足入山，身临其境方可知也！

　　那一天，村干部带我沿着蜿蜒崎岖的山路向上攀登，几阵喘息之后，我们登上了余村的一座峰顶。"你看，我们余村像不像一只金元宝，三面是山，一面敞亮，众峦中间是一片狭长的平原，生息着我们余村的世世代代……"时任村主任俞小平那天情绪格外饱满，怀揣一份对家乡的特殊情感，他指着眼前和脚下的余村万千风物，如此说。

　　小山村确实很美，尤其是漫山遍野的绿树青竹间那片片升腾而起的漫雾乳云，带着溪流的湿润和泥土的芬芳顺风扑鼻而来时，那种惬意和心旷神怡实在令人陶醉。如此的山，如此的地，如此的小小余村为什么充满毓秀之气？我举目远眺，再回首俯瞰时，一下子被山峦间的一道哗哗作响的溪流所吸引——那溪流从半山腰处袒露身姿，然后沿叠叠岩崖顺势而下，时而在岩缝中细流涓涓，时而在峭崖边奔腾咆哮，又时而在平如桌面的宽阔岩石边像白发仙女一甩秀发，形成织锦一般的瀑布；或突然又隐藏于沟谷深处，不见闪光盈盈之身，只听屑金碎玉之声……

　　"啊，我找到了！找到了！"那一刻，我情不自禁地叫了起来。

　　"找到什么啦？啊，你找到什么啦？"陪同我的余村老乡有些吃惊地问我。

　　"我找到你们余村众山的'仙'了！"我说。

　　"哈哈……真有仙啊？！"

"有啊！那不是'仙'嘛！"我指着远处一条条哗哗作响、流彩闪耀的山间溪流说。

"嗯，这你还真说对了！"俞小平频频点头说，"在余村，在安吉，通常向客人介绍时都会说这里一分地七分丘，还有二分是溪流。这一分地想养活我们这些人是难事，那七分山若没有水的滋润，也等于是石头一块，什么都不灵。溪谷之水才是我们山村和安吉百姓能不能活下去、活得好不好的仙灵之物！"

是的，当我的采访步步深入之后，渐对生存于余村和安吉山地间的那条条潺潺而流的溪水产生了特殊感情——原来，它们不仅是大自然衍生的灵性之物，还是今日之余村和安吉百姓依靠绿水青山幸福致富的活水源头。

我的认识始于初日访余村之感，但结论则是在一位余村"大仙"那儿。此"仙"不是别人，乃余村村民胡加兴。

见胡加兴之前，先见了让他龙腾虎跃、幸福生活节节高的余村溪——那条穿村而过的溪流。余村数百户人家，基本都临此溪而居，几百年皆如此。吃的喝的用的洗的，从没有离开过这条溪流，即使是在冬天，虽然溪水无法与夏日的滚滚洪流相比，但仍然足以供给村人使用。我去时正值清明时分，此时的余村溪尚属弱流，所以显得温顺平和，犹如一位刚刚醒来的秀女，懒散中带着几分随意，即便如此，仍可于娴静之中想象其磅礴汹涌时的气势。三四米宽窄不等的河床，从远处的峻岭沟壑间搭台阶而下，流淌于小村中间，再弯弯折折，与安吉其他万千条溪流一起汇入西苕溪，形成奔腾不息的巨流，以势不可挡的潮洪，入太湖，再浦江，再扑入东海……

这只是我眼见和想象中的余村溪，一条能给小山村百姓生息的源流而已。

"胡加兴靠这条溪可是发大财了！他搞的漂流远近闻名，日进斗金哩！"俞小平这么说。我有些不信，因为在我的意识中，能进行漂流的地方一定是名山名川，这小小余村，区区乡间小溪，也能漂流？

站在村边的溪岸，望着河床上那断断续续流淌于裸岩间的涓涓水流，无论如何我也想象不出这样的地方竟能让玩遍了世界、玩够了刺激的上海人、杭州人和我的苏州老乡如痴如醉地来玩乡间漂流……

主人胡加兴出现了。

"小看我们山里人了吧！"五十开外的胡加兴，依然英姿帅气，关键是还总挂着一脸笑相。

一旁的俞小平说，他胡老板这些年靠村前这条滚滚而流的溪水，满口袋满口袋地装进银子，现在是余村的富翁，每天做梦都要笑醒。

"是，是。过去没发财时，我的脸上跟大家一样，都是苦相。尤其是在矿上和水泥厂做工时，你想笑也笑不出来，笑比哭还难看——整天被泥巴、烟尘糊住了脸，只剩下两只眼珠子还表明自己是个人……"胡加兴说，他在十七八岁时就到了矿上当窑工，他的父母也在窑上。"那个时候，能到矿上、窑上干一份活，也算是比扒黄土种地的高一招呢，因为能拿工资啊！"

"但矿上的活儿实在太苦，即使比种田的多拿几个钱，寿命也肯定要短好几年，所以后来我出来单干，自己买了一辆三轮车，在矿上贩菜……"胡加兴说。

看不出来，这么个搞"漂流"的大玩家，想当年竟然是在工地上贩菜的！眼前这位乡间漂流大侠的往事让我有些疑惑。

"没错，别看胡老板现在财大气粗、豪气冲天，想当年也是淌着汗水、低头推着小三轮到处吆喝的菜贩子哩！"俞小平与胡加兴是从小一起在村里厮混长大的，话里话外，无不透露着那种直接与爽快。

财富积屋的胡加兴，如今对他人的任何评价都满不在乎了，依然笑逐颜开。碰巧，我们去他家时，他儿子刚结婚不久，胡加兴的妻子仍然着一身大红的衣衫在堂里堂外招呼客人。

胡氏山庄的规模仅次于春林山庄，但对胡家来说，二三十桌的农家乐并不是主业，它只是漂流的副产品。

胡加兴自始至终也没有把自己家的农家乐放在嘴上，他的心思全在激情澎湃的如漂流一般刺激他的生意经上……

"我这一二十年里，干过活、走过路，可以说是天南海北、地狱天堂，村里的人说我从来没有踏空过，但我知道，真正让我顺风顺水的，还是从蹚上了这条溪水之后……"我感觉胡加兴的这些话，落在余村这块土地上，似乎格外掷地有声，也特别有深意。

"村里开矿时，我骑着三轮车，从县城把菜拉回来，再到矿上去卖给那些没有时间出去买菜的乡亲们。一天拉满一三轮车，鱼、肉、螺什么的，一斤赚几分钱，一车卖掉能挣五六十块、六七十块。矿上工作一天四五十块，我拣个省力些、少危险的活计，一天能多赚个十块八块。在村里开矿的年份里，村民们拼死拼活地干，我是起早摸黑地卖，图的就是肚皮吃饱，外加口袋里有几个零花钱而已，但大家的身体差不多都垮了、坏了。污染实在太严重，整天看不到晴天……"一直挂着笑脸的胡加兴说到这里神情凝重起来。

"当时我就想着离开余村，出去闯荡，但乡下人尤其是已经拖儿带女的乡下人，想离开自己的家谈何容易！"胡加兴说，"好在我卖菜脚下有轮子，后来就到德清去贩猪苗，就是贩卖小猪崽。"

"德清是安吉的近邻，他们那儿的幼猪很出名，我们安吉这边养猪的人比较相信德清的猪种，所以我就做起这档生意，几天贩一批猪崽，一个月赚回万把块钱。"胡加兴抹抹嘴，说，"按理说一个月赚万把块钱非常不错了。但从我们这儿到德清要翻山越岭，路况不好，加上中途常常有不三不四的人捣乱，你提心吊胆辛苦一个月，弄不好只要有一次碰上这些人，就等于整个月白忙活。所以，一年后，家人不让我再干了。"

回到家里，望着屋前哗啦啦流淌的溪水，胡加兴左思右想着，再干些什么才能有个好日子呢？听说天荒坪镇的水电站开建，每天都有上万人从山下到山上，再从山上往下走，载人拉客肯定能赚钱！胡加兴这么想。

于是，他把装货的小旧三轮车换成了能载人的新三轮车，开始了工地客运生意。天荒坪水电站工地上，人山人海，余村的胡加兴就成了这支混杂纷乱的民工洪流中的沧海一粟，疲于奔命地飞奔在天荒坪岭与县城之间的崎岖山道上……后来，他把三条腿的车子换成了四轮车。

"13个座位的车子，有时要拉30多人，而且是在山路上行进，你说危险不危险？可有什么办法，为了生计嘛。"胡加兴长叹一声，"那时候，我和搭乘我车的人一样，今天不知明天……"

一些日子后，水电站建好了。胡加兴把拉民工的车又换成了出租车，干脆到县城开出租车去了。

"我们安吉县一二十年前还是非常落后的。当时全县城只有40辆出租车，所以我想，开出租车一定是不错的生意。"胡加兴的"车子经"练到了家，但在安吉县城开车只有3块钱的起步价，生意仍然惨淡。此时县城里有不少老板在做转椅生意，跑杭州的比较多，可他们又多数没有专车。胡加兴瞄准了一家做转椅的老板，心甘情愿地被"包"了起来——专职为该企业跑外地业务。

"这生意能养活自己，但根本养活不了全家！"胡加兴在屋前的溪河边长吁短叹，这日子到底怎么过，他的眼里充满了迷茫。

家对面的水泥厂仍在冒着浓雾一般的烟尘，仿佛一顶沉沉的黑锅将胡加兴的心重重地罩住，罩得他喘不过气来。

"日子总要过吧！"这回胡加兴咬咬牙，狠了一把：把出租车卖了，把所有家底都拿出来，到县城买了两套房子、一个店铺，他要离开余村，到城里做卖鞋的生意。

哪知这开惯了"轮子车"的胡加兴，重新再穿一双"鞋"走路，怎么也走不顺。不久，他的鞋店就关了门。

还是回到车道上吧！

胡加兴一赌气，把车换成了一辆奥迪。聪明的他，将这辆私车整租给了县里的一家园林公司，每年收取租车费用。"人家养车不养人，省下一份开销。"胡加兴解释道，"还好，一年下来，十几万元收入，但绝对富不起来。"

时间到了 2005 年，习近平同志的余村之行仿佛给胡加兴们带来了改变命运的希望。

"这一年我被这条溪吸引了！终于扔下了轮子，顺着这涌动的溪水，走上一条捡金子的致富道路……"胡加兴噌地一下从凳子上站起，指着屋前的溪河，笑容满面地说。

"有一次我跟一个园林公司的老板到宁波办事，看到一条溪河里有许多人在漂流，很好奇。一打听，说还很赚钱！我是蛮有生意头脑的，就仔细看了看那条漂流的河道，觉得跟我家门前的溪河没什么差别，如果说水的落差，可能还不如余村的溪呢！他们能搞漂流，我在余村为什么不能呀！"胡加兴说，"这一次看漂流，是我有生以来最心动的一天。心想，前些日子，村里的干部还在说省里的习近平书记到了余村，说如果我们把山变青了，水变绿了，就可以转化为金子银子了！当时大家还不太明白，怎么就能把绿水青山变成金子银子呢？我的天呀！想到这儿，我猛地拍了一下自己的大腿：如果把我们家门前的溪河改成也能够漂流的水道，这不就是'绿水青山就是金山银山'了吗？我向村里汇报了我的打算和想法后，鲍书记高兴了，说加兴你这个思路好！余村如果在自家的溪河上搞起漂流旅游项目，不仅使我们余村闯出了一条致富之路，而且对整个安吉都是了不起的好事啊。安吉境域内有多少条跟我们余村一样好，甚至更好的溪河啊！"

"村里当时非常支持加兴的想法。"俞小平说，"自习近平书记在省里提出'生态立省'后，尤其是在余村首次提出'绿水青山就是金山银山'开始，浙江全省上下都轰轰烈烈地加入'千村示范、万村整治'和'美丽乡村'建设的活动中。"

"治理河道、让水干净起来，本来就是我们村里要做的工作，加兴提出整治溪道、搞漂流旅游项目，对村里来说是一举两得的好事，所以非常支持。"

"农村人玩过水，但从没人搞过什么漂流。村民们开始帮我干活时，就嚷嚷说：这回加兴是要把我们扔进河里了，干了也是白干的！意思是说，我干这漂流项目肯定要赔大本，到时连他们的工钱都给不了。"胡加兴苦笑着摇头道，"老百姓是最讲实际的，后来我对大家说，你们尽管放心，在我这儿干活，干一天我就先给一天工钱，当天结清！你们只要按照我的要求，努力干活就是，其他的不用管。"

有胡老板这句话，大家总算把心放了下来。2008年5月1日，余村溪河中的一段流域按漂流的要求改建和整治完毕，余村"荷花山漂流"正式开张。那天胡加兴动员全家老小外加几户亲戚，一起充当漂流管理员，同时村干部也义务上岗——那可不是闹着玩的，一旦漂流有淹人、伤人甚至死人的事故出现，传出去不仅胡加兴完了，整个余村也可能因此翻不了身！

村小学老校长开始最反对胡加兴搞漂流，说弄不好死人怎么办？咱余村干什么都行，非得玩水？老校长生气的不仅仅是因为胡加兴搞漂流，还因为他孙子爱动，一听说胡老板在开张的前几日搞免费"漂"，吵着非要去"漂"不可。老校长气得口中直嚷嚷：老朽不信这玩水能玩出名堂！现在自己的孙子要去冒险，他老人家只好无奈地跟着到了漂流地。

"爷爷，你也来吧！来吧！"孙子拿着皮筏，在水中又蹦又跳，任性地非要爷爷跟他一起漂流。

"我不去！"老校长又气又恼，可又担心孙子在水上不安全，于是他在溪边时退时进，左右不是。

"老校长，您不妨也去试试。我保证您老绝对安全……"胡加兴见状，毕恭毕敬地过来请老先生。

"我才不上当！"老校长一扭脸，生气道。

"哎呀，爷爷下来吧，可好玩呢！快快……"哪知孙子撒娇，不管三七二十一就将爷爷拖到了水里。

"这，这……"

已经晚矣——胡加兴乘势将老校长安抚到漂流筏上。只见一股湍流自上而下奔腾而来，顷刻之间，载着老校长和他孙子的漂流筏随波逐流地顺着倾斜的地势向远方漂去……

"啊，哎——"

"哈哈……"

溪流间，水声、叫声与笑声交织成一片，震荡在绿水青山间，好不热闹。

"校长放心好啦！我们在岸上看着您呢……"惊恐中的老校长见岸边的堤上，穿着救生衣的胡加兴寸步不离地随漂流筏奔跑着、呼喊着。

"不用你跑啦——"几分钟后，老校长突然冲岸上喊道。

"什么——"

"不用再追了！我很好、很安全——"

这回胡加兴听清了，看到水中的"犟老头"正像孩子一般跟孙子一起漂得开心，他大笑起来……

"太好玩，太刺激了！"这话是老校长第一次漂流后一边摇头一边不停说着的一句话。老人家像喝了酒一样兴奋，好几天搁不下这句话。

"现在每年漂流开始后，他都忍不住要来漂上几回……"胡加兴乐得怎么也合不拢嘴地告诉我。

有趣！真想看看老校长的"漂姿"和"漂态"，那一定是异常欢快的景致。

农民办漂流本来就是一件新鲜事，"第一个吃螃蟹"的胡加兴，把余村的乡村漂流搞得风生水起，实属不易。说老实话，我最担心的并不是有没有人到余村来漂流，而是农民们办这样的惊险性游乐项目，会不会在安全方面出问题，人命可是比金子还要贵重的东西啊！

"向何作家报告：2008年我的漂流开张到现在，近十年里没有出现一次生命安全的事故，就连骨折都没发生过。"胡加兴非常自豪地对我说，"当然，擦破皮、流点血的情况还是有的。总之，大的安全事故一个都没发生。"

"这就让人放心了！"擦破皮、流点血在漂流这样的剧烈运动中是不能算事的。听了胡加兴的话后，我松了口气的同时，更对余村农民深怀敬意。

"别看胡老板这个时候很潇洒，到漂流现场，他就成了跳上跳下的猴子了！"一旁的俞小平看了一眼胡加兴，窃笑道。

胡加兴用手指点着俞小平，笑嘻嘻地对我说："给你看一段我在漂流现场的工作情形……"说着，随手打开一段手机视频给我看。

屏幕上的胡加兴，身穿红色救生衣，手举喇叭，一边"哇啦哇啦"地喊着注意事项，一边骑着小摩托在溪岸头奔跑着，看不到半点儿的潇洒，确实像只顾头不顾尾的山猴。"没办法，责任重啊！真要有一个人、一群人在漂流中有个三长两短的，我这小命能担得起吗？"

潇洒的漂流老板其实压力特别大，这一点只有胡加兴自己知道。"游客玩一趟，乐得前俯后仰，恨不得躺在河滩上抓起啤酒瓶再来个一醉方休。我呢，一天在河道上至少要跑上跑下三五回，这只是在大家眼里看得到的我，看不到的事你知道还有多少吗？突然间老天爷下起一场大雨，起了洪水怎么办？年轻的小伙子们在水里开仗了你也得管啊！总之，玩漂流的游客寻找了一回刺激，而我这办漂流的老板则要操十倍的心。不能有半点马虎，不能有分秒麻痹……"胡加兴动情地说。

"没打过退堂鼓？"

"没有。漂流玩的就是心跳，我搞漂流的人不玩心跳就吸引不了游客来玩这心跳的项目！"他的话似乎有些道理。

胡加兴靠水吃饭的生意后来越做越大，"荷花山漂流"在上海打出的宣传广告也蛮有名气，喜欢这项运动的上海人十有八九知道美丽乡村的安吉有个"荷花山漂流"。

"游客最多的时候一天两三千人。"胡加兴的脸上放着光说。

"那不像煮饺子似的！"我说。

"哈哈……你这个比喻贴切！"

"胡老板这个漂流搞起来后，把我们余村青山绿水的水平也一下子提升了一大截。"俞小平介绍说，"胡加兴和余村的这个漂流项目在安吉乡村游中是同类项目中开办最早的一个。在安吉的数百个崇山峻岭间，有许多可与余村溪流媲美的溪泾河道，但并不是落差越大、沟谷越峻险就越可以开展漂流。能够把漂流作为运动与旅游项目的关键一条，首先是水质要清澈干净，水温适中。我们余村的溪流能够做起漂流运动与旅游项目，从另一个角度也证明了我们这儿的山水生态环境达到了相当好的程度。"

于是，在余村漂流的带动下，安吉农民的漂流项目在几年时间里纷纷开办起来。现在，整个安吉有名有姓、在旅游和环保部门注册挂号的漂流点就有十来个，其中有：龙王山漂流，全长4000米，途经30个弯道、56个滑道，真可谓峰回路转、刺激无限；深溪悬崖漂流，又称"江南红旗渠漂流"，其情景恰似人间天河，妙不可言；石马湾漂流，是利用水库下游的水流开发的漂流点，沿途两岸绿树婆娑，鸟鸣虫唱，情趣无限；将军关漂流，130米落差，构成惊心动魄、层出不穷的险境，刺激非凡，适合年轻人和勇敢者探险；黄浦江源漂流，是安吉水质最好的漂流点，外加特设的五大闯关项目，玩趣非凡……

余村的漂流、安吉的漂流在给当地农民带来拥有金山银山般生活的同时，也让我们体会到绿水青山的价值。

伏案写作时，我特意搜索了一下网络，点击了"安吉""漂流"两个关键词，何曾想到，搜出来许许多多到余村和安吉其他地方玩过漂流的游客所写的漂流游记或日记，从其言语中强烈地感受到游人被安吉漂流之趣所深深地吸引。此处仅摘一位叫戴昕炎的小学四年级学生的一篇安吉"漂流日记"。

一大早我们就自驾前往景色宜人、空气清新的安吉，经过三个小时的车程，终于来到了安吉深溪峡谷——就是我们今天漂流的地方。

下午，我们买好了门票，沿着山路前进。山路两旁是连绵起伏的山峰，中间是一条小溪，在阳光的照耀下，水面波光粼粼，群山倒映在水里，看得我入了迷，不知不觉中就来到了漂流的入口处。

我们穿上了救生衣、戴好了头盔，坐到了指定的皮划艇上，漂流马上就要开始了。

我和爸爸、妈妈坐在一条皮划艇上。开始我们是在一个很平静的水池里，我非常兴奋，期待漂流马上开始。当漂流处的工作人员把一个挡板拿掉后，我们的小艇在瀑布边一下子像利箭一样冲到两米下的溪道里。此时我的心跳得很快，非常害怕，紧紧地抓住皮划艇两旁的绳子。只听见"哗"的一声，一米高的水花扑面而来，我们浑身都被溪水打湿了。又到了一个下坡，又一个大浪向我们袭来，溪水再一次把我们淋湿，并且小艇里也是水满为患。我们齐心协力将皮划艇里的水全部弄了出去。漂呀漂呀，又到了一个急流区，尖叫声连绵不断。和我同去的小伙伴都害怕地哭了。经过了小溪的九转十八弯，一路颠颠簸簸，我们短暂而又漫长的漂流终于到达了目的地。

一场期待很久的漂流在紧张而又开心的气氛下结束。这漂流真是太有趣了！

漂流对漂流者而言是一种放松、刺激、冒险和新奇的体验。很多人跟我说，只有亲历一次漂流运动后，你才会感受到前所未有的心灵与身体的特殊触动，有时这种特殊触动的体验，会改变和解脱人的许多问题与弱点。

"人是大自然的一部分，当我们真正回到自然界的时候，那些日常生活中所沾染的顽疾会在一定过程中获得释放与消失。因此，我们要特别感谢那些为自然界争得美丽的人们，他们的努力和辛勤应当受到尊重与倡导。"一位自然科学家如此说。

第六章 "当代陶渊明"史话

　　到余村采访的第二天，我同随访的村干部步至村尾，远处二三百米处田间的一幢农舍和一片塑料薄膜搭起的菜棚格外醒目地跃入眼帘。

　　"这是金宝农场，主人是余村的'生态公民'，我们俞氏本家俞金宝，他家的农场……"村干部俞小平一边说一边直奔而去。

　　"慢点慢点，刚才你说他是'生态公民'？"我突然止步，拉住俞小平，想澄清一件事。

　　"是。'生态公民'是前年一群老外到他家给他起的名。"俞小平的脸上露出了骄傲的笑容，"在余村，'生态公民'比过去'农业学大寨'时的五好社员还吃香！"

　　"生态公民"，听词义很容易理解，但到底什么样的人和什么样的生活状态算是"生态公民"呢？令人很想探究一番。

　　"这就是'生态公民'俞金宝。"进了农场大门，俞小平指着迎面而来的一位身着灰色衣服的中年男子介绍道。

　　"果不其然，满身生态！"我打趣地跟浑身上下都是泥巴的农场主人边握手边开了个玩笑。

　　"不好意思，今天有两个葡萄棚要搭起来，身上弄得全是泥……"长着一对虎牙的俞金宝满脸羞赧地搓着手，一看便是个老实本分的农民。

　　"这四周都是金黄色的油菜花和绿油油的菜地，就你一户居于田园之中，此乃真正的田园生活啊！"我看了看俞金宝的农场内置，原来是几间草叠土搭的房屋，很原始，也极生态，不由触景生情地哼了句陶渊明的诗句："采菊东篱下，悠然见南山……"（陶渊明《饮酒·其五》）没想到，话音刚落，一间小木屋里立即飘出一串清脆之声："莫笑农家腊酒浑，丰年留客足鸡豚。山重水复疑无路，柳暗花明又一村。箫鼓追随春社近，衣冠简朴古风存。从今若许闲乘月，拄杖无时夜叩门。"（陆游《游山西村》）嗬，谁在吟诗啊！

"我的客人，杭州来的大学生。"俞金宝忙说。

"世味年来薄似纱，谁令骑马客京华？小楼一夜听春雨，深巷明朝卖杏花。矮纸斜行闲作草，晴窗细乳戏分茶。素衣莫起风尘叹，犹及清明可到家。"（陆游《临安春雨初霁》）嚯，这是一个小女子的声音。

"你这里莫不是田园诗地！"听着琅琅吟诗声，我忍不住惊叹起来。

俞金宝有些不好意思："我没念几年书，听不太懂他们的叽里咕噜。住我这儿的城里人，都喜欢在这里一边看着风景，一边摘着葡萄，一边嘴里念念叨叨的。时间长了，两天听不到这吟诗声，心里就有些发慌，怀疑自己哪里服务不周了……"

我笑了。俞金宝真是个老实巴交的农民，虽没有多少文化，但心像秤砣一样实在。

年轻时，俞金宝也是余村石矿上的一名苦力，开运石的拖拉机。"1吨载重的车子，我们常常要装八九吨！石头装过头顶好几尺，不开动车子都看着心悚，一发动，车子摇摇晃晃地在山道跑着，真不知道什么时候车上的石头就会砸到你的后背和后脑勺上……"到矿上干活时，俞金宝刚满23岁，明知干这运石的活危险得要命，但为了一天能多挣一两块钱，他也干起了这"棺材边爬进爬出的活儿"。

"没办法。那个时候，为了挣钱，就是不要命。"俞金宝说，"跟我一起到矿上干活的另一名拖拉机手，就是在运石途中被石头压死了，一起死的还有一名帮手。"

"后来我到了水泥厂工作。厂里干活虽说没有在矿上运石危险，但也不是人待的地方。"俞金宝说，"那更是短命的地方！"

"嗯？"我不懂。

"污染太严重。一天干下来，鼻孔里能倒出几两灰……我们村里许多人因此得了肺病，或者落下残疾，或者不到四五十岁就去见阎王了。"俞金宝想起往事，连连摇头、叹气。

"所以，后来村里关掉石矿、搬走水泥厂，我举双手赞成。"俞金宝不是个能说会道的人，但讲述自己的亲身经历时，也能倒出一盆闪闪发光的珠子来。

"开始村里人确实很担心，因为我们余村过去是靠开矿办厂致富的，比起邻村，我们最差的人家也要算富的了！但关矿搬厂后，大家收入一下子低了很多。一时间，不知道前面的路往哪儿走。"俞金宝说，"后来村里向我们传达了当时的省委书记习近平的话，说'绿水青山就是金山银山'。我们是农民，不懂太深的道理，可习近平同志这句话我们懂啊，就是说，过去我们开矿办厂虽然能发财，但那样把山破坏了，环境搞坏了，人得毛病死掉了，结果什么都没有了！那种日子，即使口袋里装满了金子银子也没有用！习近平同志的话就是说，像我们余村这样的山村，如果山重新长绿了，水重新变清了，城里人就会来游玩，他们来了，我们就有了金子银子，生活就会更好……当时，我就是这样理解习近平同志的话的，这些年也是照着这个话做的，一直做到今天。"

"听说这儿连老外都喜欢上了！"

"是。杭州开 G20 峰会时，一批老外来我这里，都是欧洲人。听他们自己讲，以前一提中国的乡村，印象中都是些又穷又脏又落后的地方。哪想到他们一来就被我们村里的好山好水迷住了，而且都说在我这儿玩得开心、吃得放心，还夸我是'中国生态农民第一人'！他们来了又是拍照，又是摄像，很快就把我这里的一景一物传到他们的朋友圈和国家去了，我一下子出了名！后来就有老外接二连三地来。看着我的生意好，村里的人非常羡慕，说我命里注定福气好，因为我的名字里就有金银财宝……"老实巴交的俞金宝其实还有幽默的一面，他的话惹得众人哈哈大笑。

俞金宝的农场正房，是个"井"字形的中式庭院，看上去很土。"老外喜欢这个样儿！"俞金宝一笑就露出一对虎牙，显得格外憨厚。就在我直想摇头时，他拉开侧屋的后门，引我踏进他的"暖房"。这下惊呆的是我——此处真是别有洞天。塑料暖棚下，有古趣横生的小桥流水，有鲜花盛开的花圃，有参天高昂的松柏，有露珠滴翠的青竹，以及茶座、居室、观景亭……和与之连成一片的葡萄园、蔬菜园、茶园、竹林，甚至还有一条两岸盛开着油菜花的清澈河道。

"原来金宝农场的宝贝全在这儿哪！"凡第一次观光者无不为眼前的这番景象所感染、惊喜。

俞金宝自信地说："来我这里吃喝玩乐，一切尽可放心，所有的东西都是有机和纯天然的，而且保证所有庄稼地里采摘来的、河里抓来的、棚圈里揪来的，都不会沾半点农药，绝对生态！"

"名不虚传的'俞生态'呵！"我抓过放在桌上的煮笋，边吃边夸赞这四季如春的生态房。

"除了地里种的、圈里养的，其他你们看到的，都是我女儿设计的。"俞金宝骄傲地告诉我，女儿在南京上大学，学的是园林设计。

"我说嘛，外行谁能设计得这么有品位，这么专业！"终于明白是怎么回事了。

俞金宝的生态农场最出彩之处，是让他远近闻名并且大把赚钱的"金三宝"。

"金宝，你快亮亮家底！"村干部俞小平扯了扯俞金宝的袖子，农场主竟然满脸羞涩地喃喃道："就是地里的这点白茶树、葡萄园，还有山上那些毛竹……"他指了指青山上绿油油的竹海。

白茶、葡萄、毛竹，这三样东西确实是俞金宝的"三宝"，因为它们是这位余村人致富和成名的金贵之物。第一个宝是毛竹。青山上的毛竹，不仅可以满足俞金宝一家最基本的收入，还可以保证他开设的农家乐饭店长年有吃不完的鲜笋及竹园里养殖的活鸡等家禽和菌类，更主要的是能够让远方来的洋客人和城里人一年四季到余村来都有处可玩，有景可赏。这不是宝还能是什么？第二个宝是白茶树。白茶树是余村和安吉人除毛竹之外最重要的宝，俞金宝自然知道这一点，自己的白茶园就是一个小银行，但这都不是俞金宝的得意之作。第三个宝是葡萄园。俞金宝说到葡萄，就像说到他在南京上大学的女儿，立即喜形于色。

"我的葡萄跟人家不一样，他们是在路边摆摊卖，10块钱1斤，我从不拿出去卖的，是客人到我葡萄园里采摘后按斤算钱的……"俞金宝很得意这一点，"关键是我的葡萄比城里和路边上卖得要贵，一般都在30块钱左右1斤，而且供不应求。"

"为什么？越贵越有人要？"我有些不解。

俞金宝憨笑中有几分狡黠："不是，是我的葡萄生态。"

"怎么说？"

"我的葡萄园里从不喷洒任何农药和添加剂，一般的葡萄种植都做不到，可我做到了，而且一直坚持下来，所以葡萄的口感和含糖量绝对与众不同。"原来如此，长着一对虎牙的俞金宝真不一般哩！

"可据我所知，凡是农作物，免不了有虫啊蝶啊的，你怎么除掉这些危害葡萄的'坏蛋'呢？"我的问题虽然有些幼稚，却是农民无法回避用农药的关键所在。

"你跟我来。"俞金宝说到这里，领我走进了几十米远的葡萄园。

4月的葡萄园，新苗还不茂盛，不够壮观，这使廊架间显得有些空荡。俞金宝走到葡萄架中间，一边掐着葡萄嫩头，一边对我说："种庄稼少不了虫啊草啊，一般都靠农药或锄头来解决，但那样结出的果实里肯定会残留些药物，对人体多少有些危害，可不打农药，不施一些添加剂，像果树这类东西产量又不高，怎么办？尤其是像葡萄这些蛮娇气的植物，你还得经常松土除草，地里的营养不能被茂盛的杂草抢了去，但葡萄园里棚棚架架的，人在里面活动多了，有可能会撞坏果实……"

可不，还是不小的难题呢！

"你怎么解决的？"我好奇地问。

"我在葡萄园里养鸡、养鸭，让它们吃虫子、吃草……"俞金宝说这话时一脸憨笑，"结果虫子除了，草除了，鸡鸭长大了，还能生蛋，可以给客人供应味道不一样的土鸡、咸鸭蛋什么的。它们的粪便又都留在田园里，成了葡萄的肥料，这不是一举三得嘛！"

原来如此！"俞金宝啊俞金宝，你太厉害了！你不发财谁发财嘛！"我听后，不由连连瞪眼惊叹。这个余村人太不简单，别看他一脸憨相，其实很精明。

"也不是什么精明。当年听了习近平同志'绿水青山就是金山银山'的话后，我就想，我是一个农民，怎么才能把环境和生活变成生态的呢？农民种地，过去只是想着把粮食种出来，没人去想种的东西、吃的东西生态不生态，或者说生态不生态跟我没关系。可后来不一样了，我们余村曾经靠开山挖矿挣钱过日子，后来矿关了山封了，靠什么过日子？我们农民不能把绿水青山喊成一句口号，还得把它变成实实在在的能填满肚皮、能给儿子盖房子、给女儿做嫁妆、过上好日子的真金白银啊！是不是？"

俞金宝其实很能说，尤其说他自己的事，滔滔不绝。

"在村里的企业关停后，开始几年我自己也办过厂，在外地跟着人家学。后来听说村里的胡加兴搞漂流，人气旺得很，就有点眼红。于是就回到村里，也想着搞点既生态又赚钱的事。'绿水青山就是金山银山'在我们这些农民眼里，就是想办法让自己的地里、家里变得干干净净、清清爽爽、有滋有味，能让城里人到你这儿来吃喝玩乐，再开心地住上几天；就是人家一批一批地走了，又一批一批地来了，你自己一口袋一口袋装钱的光景……不知我这样的比喻对不对，反正我是这样走过来的。"农民的话很朴素，但道理深刻。俞金宝用自己的实践和行动，抓住了"两山"理念的根本。

"我感觉习近平同志讲的'绿水青山就是金山银山'，就是个生态问题，就是让不好的生态变成好的能够变金子换银子的好生态。"俞金宝说，"照着这个理解，我先把竹林管理好，让它一年比一年茂盛，跟村里的大竹山环境融为一体，让整个农场的空气新鲜、清纯；再利用竹林的优势，开辟一些游玩的小项目；然后再把茶园建设好，保证有较好的固定收入。在这个基础上，我开了农家乐，有了来自四面八方的客人后，我又开发了葡萄园。采摘的人一批又一批地来了，回城的时候总要带个十斤八斤回去，这样我的葡萄不用到市场就已经卖完了……现在每年供不应求，利也不薄。"

这就是俞金宝的聚金蓄银之道。

"其实就是两个字——生态。我赚的都是生态钱！"在余村，在安吉，像俞金宝这样的农民，依靠生态赚生态钱的人很多，甚至可以说，在这块美丽的土地上，讲生态、行生态，将自己的生存与生活融于生态环境、生态学问之中的人和事，比比皆是，蔚然成风。

探访余村的日子里，我走了安吉的一些地方，结识了许多令人敬佩的"安吉生态人"。任卫中是其中的一个。他在安吉可谓大名鼎鼎。

也许除了上海和安吉之外的人并不知道，"安且吉兮"之地还有一块金字招牌——"黄浦江源"。

我们对上海的黄浦江都太熟悉了，但连我这样的"半个上海人"（我母亲的娘家和我的娘舅都在上海），对它的发源地也是不清楚的。是太湖，还是其他？初到上海的人，必到黄浦江，因为那里是上海最美和最具代表性的地方。上海因为黄浦江才具备了"海派"的妖艳与风情，因为黄浦江才有了激荡的历史声浪与文化内容。

小时候，没有想过黄浦江源头的问题，只知道上海因黄浦江、外滩才那么美。我们年轻时的那个年代，能把谈恋爱的对象牵到黄浦江边的外滩并借着若明若暗的街头灯光，听着江上轮船汽笛声声，倾诉心中的那份羞涩，总觉得是最美最惬意也最过瘾的事，常流连忘返，心醉人不归。那个时候，我们只是去享受黄浦江给予不夜城的那种风情与浪漫，而不曾有人想过黄浦江的"母亲"是什么样，在何处。

现在的上海人，包括我这样的"半个上海人"都知道了，黄浦江源头在浙江北部的安吉。是谁想起了"黄浦江的母亲"？又是谁找到了"黄浦江的母亲"？上面提到的任卫中，就是这一事件的亲历者和推动者之一。

我称任卫中是"现代的陶渊明"，或者说是个当代生态理想主义者。

那天，我被安吉当地人带到一个叫"剑山"的村庄，进了一个院子。那院子里有五栋楼，仔细一看，全是木结构和土制墙的房子。院子中央是一片菜地，那蔬菜都被一个个一米见方的"盒子"框着——别开生面的院子。

这时，一个50来岁的男子过来与我们握手。他说他就是任卫中——安吉民间生态第一人。他自我介绍后引我进了他居住的"正房"……

一栋内有小天井的土楼，上下三层。"你看，我这房子没有用一根钢筋，全部都是土木结构。桌椅板凳、日常用品，也都是就地取材，还有我们农家养的植物。"皮肤黝黑、浑身上下沾着泥土的任卫中似乎不像一个知识分子，倒像一个道道地地的庄稼人。他太太看上去比他年轻许多，但也是一副农妇模样，默默在一旁为我们倒水沏茶。

"为什么想起建这样的土楼呢？"我对任卫中这样的人格外感兴趣，因为当城里人都在抢着买别墅，乡下人不惜一切代价或到城里买高楼大厦里的商品房，或在自己家里建"铜墙铁壁"的小楼房时，他任卫中却格格不入地琢磨着建"猴子住的土楼"——乡亲们这样嘲笑他的行为。

"我这房子最早的已经建了10年了。"任卫中指着院子里的另一栋楼说。

"就是说，10年前你就动心思住生态房了？"

"应该说还要早。"任卫中说。

"难怪人家说你是安吉民间生态第一人！"我有些敬佩他了。又问："10多年前，习近平同志指出'绿水青山就是金山银山'你知道吗？受没受他话的影响？"

任卫中肯定地点头："知道，而且我确实受习近平同志这话的影响比其他安吉人都要大……"

"怎么讲？"

"因为在他讲'绿水青山就是金山银山'之前，于2003年初第一次到我们安吉时，就特别提到了'生态立省'，当时可以说没有一个比我听到这话受鼓舞更大的人了！习近平同志在提出'生态立省'时，具体到落实环节上，专门推出了一个'千村示范、万村整治'计划，那是真干啊！你说我听到习近平同志的这个决策能不受鼓舞啊！最受鼓舞了！那些日子我激动得睡不着觉，心想这回多年的梦想总算在习近平同志的决策下有望实现了！我告诉你，就在2003年这一年，我们安吉举办了首届'中国·安吉黄浦江源生态旅游文化节'。你应该注意到了这个节中有'黄浦江源'的字眼吧，这事跟我直接有关……"

"老任对发现黄浦江源是有贡献的，而黄浦江源的确定，可以说是安吉能够依靠绿水青山、美丽乡村资本实现快速发展的一个特别重要的因素，与之持久保持如此美丽的生态环境有着千丝万缕的联系。"同行的安吉县干部这样评价任卫中。

"其实这也是既意外又意料之中的事，我只是尽了一份心而已，换了哪个安吉人都会这样做。"任卫中说得平淡，可过程并不简单，这得回溯到他年轻时那个年代的安吉。

二三十年前的安吉县是浙江省的穷困落后县，任卫中的老家在剑山村十几里外的另一个山沟沟里，叫统里村，与其他村环境都差不多，没有人关注过它。县里的干部说，那时他们到省里开会一般只会坐在会场最后一排，不敢抬头看省里的干部，因为别的县市早已富得流油，他们安吉一年GDP不足几个亿，"连汤都喝不上"。

"后来我们农村到处大兴土木建楼房，开始对环境的破坏还只是建房子伐竹伐木，破坏了一些绿水青山，后来则是把土房子扒了，换成了钢筋混凝土的楼房，墙面也都贴上了马赛克，不知有多难看！与山清水秀的环境格格不入。乡亲们拼死拼活挣点钱，甚至是一生的心血，全都用在了为儿子讨媳妇所需的房子上。大家又不懂生态，为了房间好看，墙面不是贴瓷砖就是贴墙纸，哪知道这些东西如果质量不达标，会含有有毒的物质，造这样的房子是真正的劳民伤财，得不偿失。于是，我从学校回到家乡后，就想建一个跟我们美丽家乡衬托交融的秀美村庄，住着舒服又健康。这是我的梦想。"任卫中说。

"我们安吉境内有条河流叫西苕溪，是安吉的母亲河。1985年起，我就在这河上当了一名水上交警。许多人甚至不知道我们这个工作是做什么的，其实我当时拿的钱比同年龄的公务员要多出一倍，也就是说待遇很不错。可每天在河上工作，看到母亲河脏得臭气熏人、垃圾满河道的情景，心里真是难受。那个时候，西苕溪上流有两个造纸厂，污水都排在这条河里，日久天长，水质污染严重，水面上形成了很多泡沫，还有垃圾堆积在河床上。发大水的时候，它们就像小山一样在河面上滚动，看着都恶心……我整天生活、工作在这样的河道上，太痛苦了！所以，有一天我向领导提出不想干了！领导问我，你想干什么？我说，我要去建个比陶渊明住的'桃花源'还美的村庄。

"1992年，我到过一次上海，但很快又回来了。上海人的生活对我刺激特大，不是他们住在高楼大厦的生活吸引了我，而是他们每天喝的漂白粉气味浓烈的自来水让我有了许多想法。我当时就想，虽然我工作的西苕溪水质被污染了，但上游的潺潺溪流依然清澈而干净，甚至喝起来有点甜。看到上海外滩上一瓶矿泉水要卖五六块、七八块钱，我就想，如果我们把安吉山上的水装在桶里运到上海，再卖给上海市民们喝，生意肯定好得不得了啊！而那才是天然的矿泉水！哪里用五六块、七八块一小瓶嘛！只要一块钱一桶就够了，既能让上海的消费者喝上物美价廉的安吉山泉水，又能给安吉人民增加收益！为此，我还专门给《文汇报》写了一封信，希望上海与安吉建立一种联系，但没有回音。到了1998年下半年，我看到《文汇报》上刊登了一篇大学生出游考察生态的报道，我就动了心，拍了些安吉西苕溪上游的风景照片，托在上海工作的朋友寄给了带领大学生进行生态考察的上海师范大学的陶康华教授，想以此感动陶教授带他的学生到我们安吉来，可这事也石沉大海……"

但任卫中是幸运的。第二年，身在安吉山村继续做着"生态村长"之梦的任卫中突然接到一封来自上海的信，希望把安吉作为考察的目标。信是上海"绿色营"寄来的。

任卫中立即将信交给县里有关部门，并亲自着手给上海大学生考察队制定了一个旅游考察线路：溯西苕溪上游，探寻黄浦江源。

当年 8 月 26 日，也就是学校暑假最后一周，由上海 10 所大学的 26 名"绿色营"队员组成的安吉考察团开始了第一次"上海—安吉"特殊寻源活动。

"最激动人心和令人永生难忘的是第二天……"当年的考察队队员沈若愚回忆起那次黄浦江源探秘的情景时，仍然难掩激动。"我们一队人中只有 4 个人用了整整 8 个小时才登上了龙王山的最高峰！"沈若愚说，"那情景让人心潮澎湃！我们都是第一次看到黄浦江源清澈的涓涓流水，层层瀑布顺石级滚滚而下，发出悦耳的声音，气势磅礴，势不可挡！周围，又是万千绿色世界和鸟语花香的田野风光，实在让我们太陶醉了！关键是，我们作为 2000 多万上海人的先行者，最先目睹到了黄浦江源头，等于说最先认到母亲了！而且见到了这么个美丽无比的母亲，能不激动吗？"

大学生们回到上海后，将"见了黄浦江母亲"的消息一传播，把所有上海人的心搅动了！"安吉，安且吉兮"这几个字很快在上海市民中传播。

黄浦江要认宗拜祖可不是件小事。一个月后，由上海师范大学陶康华等多位教授、博士组成的"黄浦江源"课题专家组，正式到安吉考察，并且初步确认龙王山的水流系黄浦江源头。查地图可知，黄浦江与安吉之间连着一个庞大的太湖，黄浦江的直接水源首先来自太湖之水的补给。那么先确认太湖水与安吉的西苕溪到底什么关系才可以确认黄浦江源来自何处，这既是个实际问题，也是个学术问题，需要确凿证据与理由。

陶康华等教授经过认真、周密、严肃的考察后得出结论：太湖分别经望虞河、浏河、吴淞江和黄浦江流入长江，再至东海。黄浦江承接了太湖 60% 以上的水量，太湖水 60% 以上的水又来自苕溪，其中又有 60% 的水来自安吉母亲河——西苕溪，故安吉西苕溪与黄浦江的主干关系一目了然，清清楚楚。

安吉，南倚天目，东瞰沪杭，青山逶迤，溪流婉转。浙北首峰龙王山矗立其弦，西苕溪自此发源，入太湖，汇黄浦，湖申眷连。为溯申域母亲河源，十八年前曾率众寻访安吉，悉其为保河山生态，行壮士断腕之举；再登仰天之目的千亩田湿地，一览翠山联屏，碧水相彰，往返驻足，感佩交加……十八年后的今天，安吉绿色发展理念日渐深入人心，美丽乡村营造更是遍地炊烟，最美县域建设已然初展年华。

这段话是在讲述安吉的一本画册《在这里邂逅最美县域》上的序言，系陶康华撰文。

余村和安吉人民对陶康华教授的感激之情，除了他和其他几位教授、专家先后多次对黄浦江源进行反复考察论证之外，更因为陶康华教授亲手从上海老市长汪道涵那里得到了"黄浦江源"四个字的手书，从此安吉与上海的缘分变得"一家亲"了！

故事到此并没有完。在汪老90寿辰时，陶康华特意将汪老手书的"黄浦江源"的照片制作好后作为寿礼送到他面前，并且告诉他：安吉正是因为有了"黄浦江源"这块金字招牌，接轨上海成为安吉发展的新战略后，县财政收入连年增速在30%以上。

"我们现在一提起黄浦江源，就会想到汪道涵先生和陶康华教授，但是，也不应该忘记任卫中，没有他的积极推介，也许安吉山水不会那么早地走进上海人民的视野。"陪我采访的安吉当地同志这样说。

"我倒没这么想。"任卫中对这事看得很淡，"通过这事，我的收获是结识了许多上海朋友，也让我认识到生态对一个地区、一个城市多么重要，更加坚定了我立志做个'生态村长'的信心……这是2003年的事。"

2003年的任卫中之所以那么明确和坚定地要当"生态村长"，是因为他听到时任省委书记习近平第一次提出建设生态省的战略决策。

重视生态，把生态作为执政的战略理念，其实是习近平同志的一贯思想。2001年，在他任福建省省长时，就有了"建设生态省"的构想。那时他针对福建的特点，非常明确地指出，任何形式的开发利用都要在保护生态的前提下进行。在他的推动下，《福建生态省建设总体规划纲要》当年即通过国家环保总局（现环境保护部）论证，福建成为全国首批生态省试点省份。此后，建设生态省的接力棒在福建一任传一任，森林覆盖率连续九年全国第一。

回忆当年习近平考察安吉时的情景，2003 年时任安吉县县长的唐中祥说："2003 年 4 月，时任省委书记习近平第一次到了安吉，那一次在安吉考察的就是生态，安吉的好山好水和一些地方的严重污染都给习书记留下了深刻印象，所以回到省城不久，他就在省委会议上正式提出了生态立省的重要战略决策，同时配套的还有'五百行动'，就是从省到地级市到县里，每一级都要抽调不少于 500 名干部到一线抓生态建设。直到现在，'五百行动'还在继续……"

"我就是在这次'五百行动'中从港航管理处水域执法工作岗位上跑了出来，到了现在的剑山村。"任卫中说，"因为了解了习近平同志的生态立省工作安排，我就向县委组织部领导写信提出到村里去当指导员，这样我才离开了原来的工作岗位。"

"这一来，就是十几年。我的'生态村长'虽然没有当成，当了个生态公民，也算对得起自己了！"他指指院子内的四栋土房，又从玻璃柜内拿出一张证书自我安慰道，"你看看，这是清华大学聘我去讲课的证书。十几年弹指一挥间，最初是我自己摸到清华去听老师们讲建筑课，后来是他们请我去讲课，算我没有白努力。"

"任老师你现在可厉害了啊！全国各地的大学都聘你当教师，上门拜师的你都接应不过来了！"

安吉人对现在的任卫中好不羡慕。因为别人搞的农家乐、种白茶、伐毛竹做竹业品，怎么着还是要靠流汗出力，赚的是苦力钱。但任卫中赚的是省力钱：建几栋花不了多少钱的"土房子"，竟然吸引了很多远道而来的大学生和大学教授们，甚至还有洋学生、洋专家来他家东看看、西瞧瞧，吃住在他任卫中家，临走时扔下一大把钱——他赚的是省力钱！

瞧，他现在还弄起了一个教室，教的都是些名牌大学的学生！原来村里人叫他"任疯子"，现在都改口叫他"任老师"了。这一叫法上的改变，使任卫中由被人瞧不起的"泥土"，一下变成了黄澄澄的"金子"！

不仅乡亲们眼红，连我都感觉任卫中的"生态房"实在有些"那个"——钱太好赚了吧！

"说实话，这种土建筑成本确实低，但也不像传统的乡村农舍不防潮、不防冻。我用泥土做墙，是有讲究的，工艺全是我自己研制的。如果用价格来计算，我的这些土房，一栋假如200平方米，总成本大概在三四万元，因为材料全是就地取材和乡亲们手中扔掉的那些废木废竹等废材料。房子冬暖夏凉，透光度好，墙体比一般的传统农家房甚至比钢筋混凝土建筑都更具有防风防雨能力。"仔细察看任卫中的"土房"，会发现它很时尚，也很科学。"别小看我这土房子，有两栋的图纸还是欧洲专家与我一起设计的呢！"任卫中指指5号房说。

难怪。这房子内部与外形都融进了适合现代人居住的元素，初看很土，实际很实用很时尚。

"2006年时，我就看到一则消息，建一幢面积200平方米的别墅，排放的温室气体就超过100吨。目前我国农村每年竣工的建筑面积大约有几亿平方米，那是多大量的温室气体啊！像我们安吉这样的美丽乡村，如果让每家每户的农民建筑能够生态起来，这是多么大的好事，农民兄弟们既不用忙碌了一辈子只够给儿子娶媳妇造一栋房子，也可以让自己永远生活在生态的居室环境里……"任卫中说完这话时，自我嘲讽道："看来我当生态公民是不成问题了，但要当'生态村长'恐怕这辈子不一定成得了。"

"这么悲观？"

"是。虽然通过这10多年的言传身教，也有一些人来向我学习和打听如何盖土房，但大多数人对我的看法仍然没有从根本上改变。他们说这土屋可以让城里人看，也可能赚参观旅游的钱，但让乡下人住这样的房子好像有些'退化'，大家不太愿意。"任卫中无奈地朝我苦笑道。

我一直想问问那位看上去比较年轻的任太太到底对丈夫的"土房子"事业有何看法，然而一直没有机会——在我跟任卫中交谈的时间里，她一直在院子里默默地忙碌。从其认真、卖力干活的样子，我打消了问话的想法，因为任卫中能够走到今天，如果没有家人的理解和支持，他的事业绝对不会是现在这个样。

　　我相信，在任卫中家里，生态公民不仅仅是他一人，更是他的全家人。

　　在安吉，生态公民也不只是任卫中一个，有很多很多的公民自觉在争做各式各样的生态公民。

　　他们组成的生态大军正捍卫着自己美丽的家园。

第七章　一根竹子半爿天

　　春到余村和安吉，问你最喜最爱之物，除了白茶，必定是满山遍野挂着晶莹露珠儿的青竹及春天的新笋……

　　"修竹拂云当户耸，暗泉明玉绕亭飞；石笋嶙峋高接天，筼筜满岫涵风烟。"古人对1886平方公里的安吉之竹早有精美、极致的评价。那俊秀、挺拔、茂盛、葱翠、接天曼舞、一派生机的青竹，是这块土地的"衣裳"。唐代大诗人白居易曾用"此处乃竹乡"5个字对安吉景观作了精确的概括。春夏季来此，观新竹竞接天之景，纳清爽绿意之凉，是与竹共伍的最佳时节。而安吉人自古就有"食者竹笋，庇者竹瓦，载者竹筏，炊者竹薪，衣者竹皮，书者竹纸，履者竹鞋"之语咏竹，竹融入了安吉人的生命与生活的所有。

　　竹，更是余村和安吉的"衣裳"，千百年来一直装扮和保护着这块富饶土地的丰腴与光鲜，而且给生活在这块土地上的子民提供了百食不厌的笋菜。正如苏东坡所言，对生活在南方的人来说，"可使食无肉，不使居无竹。无肉令人瘦，无竹令人俗"。竹在南国，一年四季皆生趣，尤其是春天，在竹林里看着万千尖头儿的竹笋破土而出，其成长神速会令你惊叹不已：一日长几十厘米，甚至可以听到小笋往上蹿长的声音……余村的一位老乡告诉我，他曾在自己的竹山上测试过，长得最快的一根新竹，一夜长了103厘米！我开始不信，后来向安吉的毛竹专家求证，专家告诉我：安吉林业局有人发现过24小时内长了110厘米的毛竹。天！人和其他万物与竹相比，真显得有些微不足道。问题还不在于成长速度上的巨大差异，人们对竹子情有独钟的核心，在于竹的精神。一是竹有"竞将头角向青云，不管阶前绿苔破"的势不可挡的生长劲儿，而且从来都是"咬定青山不放松，立根原在破岩中。千磨万击还坚劲，任尔东西南北风"（郑燮《竹石》）。二是竹的"清廉"形象。元代吴镇有诗赞竹："虚心抱节山之阿，清风白月聊婆娑。"竹在深山幽谷抱朴守拙，虚心若愚，与清风白月相互吟唱交流，构成一曲天地间最动听的守节意境。竹子与生俱来的虚心抱节的特质，是人对自身生活态度的一种纯洁与神圣的借鉴。

中国近代有位名叫吴昌硕的艺术大师，出生于鄣吴村（现湖州市安吉县鄣吴镇），与余村一样，是个竹乡。曾任西泠印社首任社长的吴昌硕，自1844年出生在这个小山村后，其生命和筋骨、气息与品质，皆在竹的熏陶中成长与成熟。山清水秀、修竹成林的乡土赋予了吴昌硕先生特别的灵气，他一生始终秉承了竹子挺拔、坚韧、谦和的品性，使其艺术升华到一种他人难以抵达的高度。后人如此评价他："诗书画而外复作印人，绝艺飞行全世界，元明清以来及于民国，风流占断百名家。"（于右任《挽吴昌硕》）事实上，吴昌硕的艺术之源来自故乡竹的滋养和延伸。他一生视竹为宠爱之物，写诗赞竹，作画颂竹，借以表达自己钟情修篁、关心故里、志存高远的心境。"岁寒抱节有霜筠，野火烧山未作薪。莫笑离披无用处，犹堪缚帚扫黄尘。"那天我站在吴昌硕故居前，举目千米之外的那座俊秀茂盛、生机勃勃的竹山，仿佛重逢大师本人……不由感叹：人有竹子之气，一生高傲不俗；人有竹子谦逊之心，一生处处有亲朋；人有竹子情怀，一生安泰丰足。人若是竹，通体是美。大地有竹，流光溢彩，遍地是金。

余村属"安吉大竹海"范围之内，因此竹景更加完美奇趣。清明时我第一次到余村，只忙着欣赏山脚山腰间竞相蹿高的春笋奇景和采访，没能登高俯瞰小山村全貌。五月芒种时节再访余村时，村里的"秀才"俞小平已升任村主任，宾主皆怀好心境时，他领着我等沿刚修好的观景道，一路向余村的竹山群峰攀登。你无法想象安吉的一个普通山村，因为竹，而让它美得叫你不肯移步，或者让你不想少行一步：往山的近处看，你可见那些在春风中刚刚脱去笋衣的新竹，它们像一个个活泼的少女，穿着格外鲜亮的新衫，亭亭玉立于众兄群姐之间，昂着高傲的头颅，临风起舞，婀娜多姿。在它们的身边，仍有无数吮吸甘露、脱胎而出的"胖娃娃"，正探着嫩生生的小脑袋，拼命地追赶着"哥哥""姐姐"们的成长速度。再顺着这些青春之竹向大山的高处与远处看去，你所看到的群山完全是一幅幅油墨画，那亿万万翠竹因不同的光线照射，呈现着淡青与深绿的不同颜色。静止时，山是画；风来时，山是海——风有多大，海的波涛就有多大。那一天，我们登高远眺，似醉似梦，顿觉涉足仙境，心旷神怡。从山上下来，俞小平带我们走了一条长达 2.5 公里的竹林幽道，这或许是余村一段最美、最销魂的地方：路两旁是丛草与鲜花，一根根的青竹触手可及。它们向远方延伸，往高高的山上昂首整齐地排列着，欢快又毕恭毕敬地站在那里欢迎每一位光临的宾客。你信步此处，才真正感受到踏入竹海的奇妙，那迎面袭来的阵阵清风，沁人肺腑。眼前的景致尽是青绿，只有小道与天连接的空间是浅白色的。这个时候，你那长期在混浊的城市里与电脑前疲劳不堪的眼睛，可以获得一次彻底的清洗与疗养。在这里，花上几十分钟时间，你会由衷地感叹一声：啊，何为享受自然，如此便是！

而在此处，无论是富者还是贫者，都会对"绿水青山就是金山银山"有全新的感受。

余村的整个地形三面环山，一面临水，只有中间一条狭长地带是平缓下斜而走，是人们居住与耕作的土地，青翠的竹子和大地就这样将余村装扮得像只玉制的巨箕。但在"农业学大寨"和只讲 GDP、不讲生态的年代，山上没有竹子，而没有竹子的山就像个秃头的老妪。开采石矿和办水泥厂的那些年里，烟雾与粉尘连埋在山皮下的竹鞭都无法延伸其生命的根须。

当年，一个名叫陈永兴的小伙子，在余村的第三水泥厂干活。从小喜欢竹子的他，无法接受竹山与他一样整天、整年地被窒息的烟雾与粉尘压得喘不过气，后来他一跺脚，辞掉了一个月有几十元的水泥厂工作，跑到义乌小商品市场去找工作。人家问他从哪里来，他说安吉。人家说你安吉的毛竹很有名气，为什么不弄点安吉竹席这类竹产品来？

陈永兴一拍脑袋：可不是嘛！

小伙子回头就往家乡奔。一打听，做竹席的竟然没几家！最后陈永兴是从余村所在镇的天荒坪一家乡镇企业那儿批发到了一批竹席。把货发到义乌后，陈永兴借了他人的一席摊位，等候买家。哪知一等就是两个月，竟然没人来买！

"等我快要卷铺盖走人时，有一天一位台湾人买走了我两条竹席，差点让我掉下眼泪……"陈永兴对我说。

那之后，陈永兴卖了3年竹席。在这一过程中，他发现家乡人开始需要家电产品了，于是他从义乌拉回了便宜的电器，转手就卖出去了，而且赚的钱比卖竹席还要多。这让他改变了卖竹席的初心……这一转行就转大了，他竟然跟着哥哥跑到北京开起了大排档。

"生意好的时候，开过一百桌！那北京啤酒批发价是8毛钱一瓶，我卖顾客3块钱，一个晚上光啤酒就能赚上几百甚至几千元！"不想陈永兴也是性情之人，他说，"关键是在北京那些日子，让我学会了规模经营的经验。"

首都北京，是多少人向往的地方啊。但在北京的日子里，每年春季来临，沙尘天气三天两头地出现……种树！历届中央领导都一个个亲自拎着铲子，到郊区参加植树造林。陈永兴无数次听到北京人说："要是在南方多好，那里到处都是绿油油的树木和竹子……"

"真的是这样吗？安吉是竹乡，安吉的山上都有竹和林吗？"当人们散去之后，"南方人"陈永兴独自在思忖着故乡曾经的记忆。是啊，故乡似乎有竹有林，但也并非北方人所说的到处都是绿油油的。如果故乡到处都是绿的树与青的竹，那该多好啊！陈永兴突然归家心切：不行，我要回家去！回到老家去种竹子、去做竹业生意，让"竹乡安吉"名副其实！

那一天，不怎么会作诗的陈永兴，仿佛在梦里吟诵了一首诗，至今他还记得那诗想要表达的浓烈情感，再三要求用我的笔为他写成诗行——

> 我有一个梦想，
> 让地球生生不息，
> 每年800万公顷的森林版图不再消失。

> 我有一个梦想，
> 让森林基业长青，
> 每月1.5亿立方米的木材不再被消耗。

我有一个梦想，

让自然平衡和谐，

每天约170万平方公里的土地不再沙漠化。

我有一个梦想，

让环境永续绿色，

氧气不再枯竭。

我有一个梦想，

让每一个人都能参与其中，

采用十倍于树木生长速度的竹资源，

以竹代木呵护人类健康品质生活。

这一年是1999年。陈永兴回到故里安吉，特意跑到余村的水泥厂瞅了一眼，发现这里已经在悄然改变：原先供应水泥厂的石灰矿山已停止开采，山上也开始露出茁壮成长的新竹……而且除了余村，安吉其他地方的秃岭荒丘也在一点点变青泛绿。陈永兴对故乡的这份改变大为惊喜！为了新的事业，他用了半年时间，对余村、对整个安吉的竹产业进行了细致深入的调研，最后一拍腿：做竹地板生意！

有朋友嘲讽他：放在北京那么多的钱不赚，几根竹子能赚得了什么大钱！

陈永兴笑笑，说：留在北京当然也能赚钱发财，但在家乡做竹业生意能让"竹乡"的山更青、地更绿，这肯定比纯粹身在异乡赚钱要更有意义。

朋友们开始并不理解陈永兴的话，但看了陈永兴后来10多年里所干的事与他发达的事业，既敬佩又羡慕——

2000年春天，陈永兴租用一间4000平方米的厂房，开始了竹地板生产。机器轰鸣飞转，3个月时间，仓库里的竹地板堆积了3000平方米！可卖给谁呢？"那时，我又一次像到义乌小商品市场推销竹席一样，背着竹地板跑上海、去安徽、走江苏……就靠着这最原始的推销手段走南闯北，可销量就是不理想。在我快要发疯的时候，杭州有家竹地板销售企业看我老实巴交地使笨劲，就到我厂里来看看，最后他们提出，你仓库里的货全要了！条件是：我们要派技术人员帮你一起改进生产工艺与产品质量。我一听简直就要跳起来了！我说：只要你们看得起，我陈永兴的厂门与车间对你们全天候开放！"陈永兴对初创时期的一些事记得格外清晰。

专业公司和专业人员的融入，使得陈永兴原先的家庭作坊式企业思维，开始向专业生产与经营竹产品的联合体企业方向转变。

2000年至2004年的4年间，是陈永兴练"内功"的岁月，他的企业月产能已达到近10万平方米，"永裕竹业"的地板在行内小有名气，其过硬的品质、质量已逐步赢得市场认可。"开始我的企业名称不叫'永裕'，我想用我的名字永兴，结果到工商注册时，人家说'永兴'已经被人注册走了，所以我就用了'永裕'。也蛮好，永远富裕的意思！"陈永兴虽然只是高中毕业，但他的智商与情商都胜人一筹。

"安吉竹子甲天下，安吉的竹地板也应该在大上海和上海之外的地方呱呱叫！"陈永兴在生意场上是见过世面的人，所以当他的竹地板在业内与市场上叫得响后，便迅速把目光投向上海与海外。

在上海，永裕竹业的竹地板，真的很快就"呱呱叫"了。这个时候，陈永兴再次找到一家合作伙伴——在上海的一家外商。这家外商曾经营过强化地板，见了陈永兴的竹地板之后，赞不绝口。这老外从没见过竹子做的地板，一高兴，就买走了陈永兴压在仓库的3万平方米的存货。

那些日子，陈永兴不管见什么人，都要笑一阵。因为他开心啊，幸福啊，满足啊！

你以为他是赚了钱而高兴成这样？错！

陈永兴可是个做大事的人，他才不会为赚一两次钱、发一两次财就乐得不知东南西北。他乐的是明白了要想把安吉的竹业做大、做到让全世界人都知道，就必须依靠先进的技术与设备，当然销售管理也极其重要，但更为重要的是产品质量。如果产品质量上不去、缺乏国际标准与规范的话，再大的雄心壮志，也只能属于自娱自乐。这个时候有人说，陈永兴已经变成"竹痴"了。

2004年时的余村，所有的山丘上，基本上皆是青青竹林了，安吉也至少有1/3的山丘已竹林成荫。陈永兴觉得大干一番竹子事业的时候已到，于是投资 5000 万元建了一个永裕竹业的新厂区，引进了当时全县唯一的一条德国豪迈生产线。次年，永裕竹业的销售收入首次突破 1 亿元。关键是，这一年永裕竹业的产品不仅让欧洲人着实疯狂惬意地享受了一回"东方凉席"，而且获得了全球 FSC 森林体系认证证书，也就是说，他拿到了一张进军国际市场的"绿色通行证"。

永裕竹业和安吉竹品真正被公众认知，是在 2008 年的北京奥运会和 2010 年的上海世博会上。当陈永兴得知北京奥运会的主题是"绿色奥运"时，兴奋得几天没睡着觉。他备足精神，重上京城——这回是带着自己的产品和安吉竹子的招牌而去。

"竹是圆的，你们居然把它压成平板了！跟木板一模一样，而且既环保，又凉爽，太符合我们北京奥运会的要求了！"北京奥运会组委会负责人拿着陈永兴的竹地板样品，左看看右看看，简直是爱不释手。

"就它了！"

永裕竹地板一举成为北京奥运会国家会议中心唯一指定使用的专用地板，同时大会其他所需的地板也都用上了陈永兴的产品。

转眼间，2010 年上海又举办世博会，组委会确定会上所用的筷子等必须是绿色产品。陈永兴再度出击，专门投入 300 多万元引进国外先进设备，研制一种具有防腐、耐高温等性能的竹筷。为了达到世博会要求，陈永兴带着竹地板和筷子新产品，专程赴加拿大一家国际竹品检测机构进行检测认证，最终永裕竹产品再次以绝对优势被选作上海世博会场馆外露天景观的专用地板与嘉宾用餐筷具。

永裕竹业和安吉竹子，就是这样被中外高端人士及世界媒体一夜之间认识了！

"在 2005 年时，我就听说过习近平同志到安吉说的'绿水青山就是金山银山'这句话，让我更加坚定了做大做强竹产业的想法。那时恰逢我们永裕竹业的大发展期。可以说，永裕近 10 年的快速、健康发展，就是坚定不移地遵循了他的这一科学论断，证明了他说的话就是一个真理！"在带着我参观永裕竹业的展览品时，陈永兴这样对我说。不是亲眼看见，你无法想象一根竹子，竟然能生产出几百种产品，有吃的、用的和穿的，几乎无所不能。这让我消除了第一次见时任安吉县委书记沈铭权时听他说"一根毛竹，吃光榨尽，可以收入1000元"所带来的疑惑。

正可谓："我种南窗竹，戢戢已抽萌。坐获幽林赏，端居无俗情。"（朱熹《新竹》）

陈永兴的永裕竹业跟着安吉的大竹海水涨船高，从小到大，目前公司面积已扩张到250余亩，其中生产经营用的建筑面积近10万平方米，拥有700多名员工，还有自己的技术研究院。"竹界国宝"张齐生院士是该院的挂职技术权威。世界最先进的竹业设备、顶级的技术专家、年产300万平方米的竹地板产能、每年1000万支竹子的用量、云南和福建等重要竹源产地的原料基地和产品远销国际市场，使中国安吉的"竹子故事"越讲越神奇。

竹子成就了一个人的事业。

竹子也让一方天地变得五光十色、多彩多姿、富足美丽。

说起安吉竹子，安吉人还要特别感谢电影导演李安。

李安曾对着世界大媒体说：是安吉的好山好水，让《卧虎藏龙》扬名天下。安吉人则这样说：是李安让全世界认识了安吉和安吉大竹海。我的看法不同，我认为准确的说法应该是：安吉的竹子和安吉的人让李安出了大名。难道不是吗？如果没有安吉诗意般的大竹海，如果没有仙境般的安吉竹浪托起周润发与章子怡腾龙舞凤的打斗戏，那些老外电影评委能看懂中国的古装戏剧情？《卧虎藏龙》能获奥斯卡奖，戏中的"景"远超过了"情"，这就是李安先生为什么说是安吉的好山好水让他和他的电影扬名天下。其实，李安还少说了安吉最重要的一"好"——人好！

安吉确实有好山好水，但更好的是安吉人。

没有安吉好人，李安后来的《卧虎藏龙》怎可能如此之好？包括许多安吉人在内，并不知道《卧虎藏龙》最初并非想与安吉的竹海结缘。李安拍《卧虎藏龙》最早选择的是将杭州城内的九溪十八涧作为拍摄地。

李安是大导演，让《卧虎藏龙》借安吉大竹海一举成名。但李安心里清楚：没有安吉人的"导演"，他或许到现在都不知道安吉还有那么美的竹海，那么好的山水。

李安导演的"导演"是一位安吉人。我在"中南百草原"采访的时候，见到了时任县委副书记、政法委书记赵德清。当地领导都很重视我的采访，特意按照我的采访时间，赶到"百草原"和我见面。哪知我的采访在这个晚上达到了一个小高潮——赵德清书记竟然就是"两山"理念产生时的现场亲历者和李安导演的"导演"！

"是这样。"赵德清回忆起十几年前的事，仿佛就在讲昨天刚发生的事儿一样，"习近平同志任浙江省委书记后到安吉调研，这是 2003 年 4 月份的事。当时我是县委办公室主任。习近平同志第一次到安吉，考察的是我们安吉的生态建设。他说他在福建工作时就想到安吉来看看，因为安吉的毛竹很出名。这一次习近平同志来安吉考察，我作为现场的一名工作人员，印象特别深刻的有几件事：一是他在白茶之乡溪龙讲了'一片叶子，富了一方百姓'这话；二是考察安吉后，就浙江'生态立省'提出了很多高瞻远瞩的战略性思考……"

关于"一片叶子，富了一方百姓"的论述，我在另一章中有述；而关于习近平同志考察安吉的生态建设后就提出"生态立省"这个问题，我特意查阅了中共中央党校出版社出版的习近平同志的《干在实处 走在前列——推进浙江新发展的思考与实践》一书，在该书中，有一篇是习近平同志于 2003 年 9 月 24 日在浙江全省"千村示范、万村整治"工作座谈会上的讲话。讲话中有这样一段话：

> 实践证明，"千村示范、万村整治"作为一项"生态工程"，是推动生态省建设的有效载体，既保护了"绿水青山"，又带来了"金山银山"，使越来越多的村庄成了绿色生态富民家园，形成经济生态化、生态经济化的良性循环。

"千村示范、万村整治"是习近平任浙江省委书记后着眼统筹城乡建设发展、精心部署、真抓实干的龙头工程、基础工程、生态工程和民心工程。据曾经在习近平身边工作过的浙江省委相关同志介绍，这年 4 月份从安吉回来后，习近平同志便着手了"生态立省"的战略的准备，当年的八九月份就正式提出了"生态立省"的口号。在 10 月 30 日召开的第三届中国环境与发展国际合作委员会第二次会议上，习近平在书面发言中指出："不重视生态的政府是不清醒的政府，不重视生态的领导是不称职的领导，不重视生态的企业是没有希望的企业，不重视生态的公民不能算是具备现代文明意识的公民。"与此同时，习近平在《求是》杂志上发表了《生态兴则文明兴》的重要文章，专题阐述了浙江推进生态建设、打造"绿色浙江"的战略思考，奏响了振聋发聩的"生态兴则文明兴、生态衰则文明衰"的时代新旋律。

2005年，时任浙江省委书记习近平来到余村考察，当时的县委办主任赵德清负责接待工作。因为他担任过余村所在的天荒坪镇党委书记，并在书记任上关闭了水泥厂，对余村的情况比较熟悉，也比较有感情。其间，他特意向省委办公厅争取到了电视拍摄的机会，并安排安吉县委报道组的同志参加了会议。

当时的赵德清还没有想到这样的一个举动会记录下习近平同志第一次提出"绿水青山就是金山银山"科学论断的珍贵史料。他只是出于工作习惯，连夜组织人员校对了发言录音。在认真听了几遍习近平同志说的"关闭矿山是高明之举，绿水青山就是金山银山"之后，他敏感地认识到这是习近平同志对安吉生态文明建设的认可，更是对安吉推进生态文明建设的鼓励。随后，他要求县委报道组认真领会习近平的讲话精神，通过本地媒体向全县人民传达。

8月18日，由当时参会的安吉县委报道组陈毛应执笔的《希望安吉提供更多更好的经验——习近平同志在安吉考察侧记》在《今日安吉》上刊出，向安吉人民传达了省委书记习近平"绿水青山就是金山银山"的科学论断和鼓励安吉走好"生态立县"道路的殷殷期待。

"那个时候，安吉的生态文明建设已经有了一些效果，全县上下经过几届县委班子和政府的不断努力探索，认识和行动上基本达到了统一，实际工作的部署与推进上是得力的，但也确实遇到了想象不到的压力。比如，为了确保安吉的生态，我们关掉了一批造纸厂等污染企业，辞退了一批引进和合资的不符合生态要求的项目。那个时候全国县域经济主要看工业生产和GDP，由于安吉的发展重心放到了生态建设和文明建设上，结果GDP和财政收入下降得比较厉害，县里主要领导到上面开会或汇报工作时就非常狼狈，在经济发展上没有话语权，提拔任用也受到极大影响。早期抓生态建设的安吉领导是承受了很大压力的，现在回过头再看看当时县里的那些领导同志，真是觉得他们那种敢于担当、勇于挺身而出、坚持走'生态立县'之路的精神极其可贵。安吉有今天，与他们的历史性功劳分不开。"前后在县委办公室副主任、主任岗位上工作了 10 来年的赵德清以见证者的身份这样说。

此时，一同前来的安吉县委宣传部陈旭华部长催促道："赵书记，你得把怎么将李安引到安吉的事好好讲给何作家听听。"

赵德清清清嗓子，开始了他的"重要经历"讲述："1998—1999 年时，我在港口乡当党委书记，搞了安吉第一个旅游景区——中国大竹海，并连续搞了两届生态文化节。搞第三届的时候，听我一个同学说导演李安准备在杭州拍一部武打片，还要冲刺什么奥斯卡奖，说里面的武打场面要到杭州的九溪景区的竹林里拍。一听李安要到竹林里拍戏，我就心头动了一下：如果能把李安拉到安吉拍这部电影就好了，可以好好宣传一下我们安吉的竹海了！我的私心一下就膨胀起来了！我悄悄问同学：有没有可能让李安到我们安吉看看，说不准他就喜欢上了我们的竹海。同学笑笑，说：那就试试啰！还添了一句：好导演对好景致特别在乎。我一听赶紧说：那你无论如何想办法把这个关系接上。就这样，过了一段时间，李安手下的工作人员便来到了安吉；又过了一个星期，他的副导演来了；再过了十几天，李安亲自来了。那天我特别激动和紧张，跟在李安身边陪他看我们的竹海。哪知他才看了十来分钟，就朝助手一挥手说：走吧！我一看这情形，心都凉了！这可怎么办？我心里苦啊，赶紧上前拉住李安，有些乞求似的说：李导，您是大导演，您得说一句话，我们安吉的竹海到底哪个地方您不中意，我们可以帮助您解决，您尽管说出来。谁知李安回头深深地看着我，说：还有什么说的，就这么定了！过些日子我们过来拍！"

"哈哈……"没等赵德清说完，我们在场的人都哈哈大笑起来。

"看看人家大导演的风度！"众人七嘴八舌议论道。

"确实。"赵德清摆摆手，继续说，"后来李导他们在安吉共拍了 22 天。周润发、章子怡、杨紫琼等演员都来了。李导拍得很顺利，临走时他的助手跟我算账，说按规矩，他们用我们的场地，要付酬金，说给我们 60 万元。在当时，对一个乡来说，60 万元差不多是我们一年的财政收入，而且我当时主政的港口乡的财政已经负债 200 多万元！李安的这 60 万元等于是'救命钱'呀！"

"还不赶紧多要点呀！"有人插话。众人跟着起哄："对啊，多要点！至少要他 100 万、200 万的！"

赵德清笑而不语，摆摆手，又摇摇头。"最初一刻，我跟你们想的一样，但一转眼立即放弃了原先的想法。回头我跟李安的助手说：谢谢你们的好意，这 60 万元不要了！人家觉得奇怪，问为什么？是不是钱给少了？我赶紧说，不是的不是的，我是想能不能将这钱变成在你们电影片尾的协拍者名单上加一句话：安吉县政府和拍摄地安吉大竹海……当时我说这话时心里十分忐忑，怕他们拒绝。哪知人家哈哈一笑，一口就答应了！后来的事大家都知道了，《卧虎藏龙》得了奥斯卡奖，我们安吉大竹海就出名了……"

"我没说错吧，赵书记是李安导演的'导演'！"宣传部陈部长很真诚地赞扬道。

在场的人齐声为赵德清这位曾为安吉大竹海作出特殊贡献的幕后"导演"表示深深的敬意。事实上，安吉的绿水青山能够变成今天这样美丽，与安吉一届又一届领导的心血、智慧以及敢于担当的精神有着直接的关系，没有他们无私无畏的贡献和扑心扑肝的努力，安吉的美丽也许仍在"深闺"藏着，或者被彻底毁"容"了。不是吗？这样的事件与事例在中国并不少见。即使与安吉毗邻的那些江南名县名市，曾经也是名噪千秋的"好江南"，但由于过度地倾力在 GDP 上，如今不得不拿出百亿千亿元来重新收拾被严重污染的水系与土地，可那些彻底丧失自我调节能力的土地和湖泊仍然无法从污染或死亡中苏醒过来……这也是让我今天格外喜欢安吉这个地方的原因。

每每这个时候，当我再次举目看着一片片郁郁葱葱、随风荡漾的安吉竹海时，心潮就会变得澎湃与复杂：如果我的江南故乡，如今都能像安吉一样山清水秀，地美村丽，该有多好啊！你那千千万万奋斗一生的游子们，在老了和死去前回归故里时，将会是怎样的安慰与安然！

安吉安吉，安且吉兮，吉兮……

记得到余村的第二天，采访完村里的老支书胡加仁后，他便与俞小平等其他几位村民，带我来到当年他们工作的窑矿旧址，给我讲述他们在习近平"两山"理念提出前后十几年的亲身感受。

旧窑矿址在余村的南边，需要绕过村前的那座青山，再沿一条石子路向山的深处走十来里路。我们很快就到达了一个小水库，它在当年是余村作物灌溉和生活饮用的水源。在开矿烧窑的岁月里，这个水库曾被极度污染，余村人深受其苦；现在这水库是村里的备用水源，而且由于水质特别干净、清蓝，阳光下宛如一面镜子，小山村的历史也因此尽收其眼。

"水库的变迁，从一个侧面也反映了我们余村从传统农业、到工农并举，再到绿水青山的美丽乡村建设之路。"老支书胡加仁的一句话总结得非常到位。

"这就是以前我们村里的矿窑——冷水洞石矿，"胡加仁指着快被丛草与竹子遮蔽的两口破落的窑井，说，"当年这里很热闹，天天炮声隆隆，烟雾弥漫，全村主要壮劳力都在这里干活，每天三班倒……"看得出，胡加仁对这里充满复杂的感情。

"窑矿一开始我就来了，先是当点炮手，后来当烧窑工，最后当矿长……无论干什么，都是每天把脑袋系在裤腰带上。你想想，当点炮手，就是开山爆破。村里什么都没有，弄点火药，再在石头上凿几个洞，把火药放进去，然后用点火棒一点，就赶紧躲起来……轰隆轰隆地几响过后，漫山遍野的飞石乱滚，弄不好就砸在头上！遇上哑炮，你点炮手就得去看呀！这危险到底有多大，完全是听天由命啊！"

胡加仁说着说着，眼里噙满了泪花。

我相信，当年开矿烧窑的一幕幕情景，让这位外表刚强的村干部至今回忆起来仍然有许多悲切。

"窑工确实不好当，你得掌握温度，早晚都要测温。有几次窑温失控，矿石塌下，整个窑穴倾塌，那半生半熟的石头就崩裂开来，烧得满山湾的石头都熔化了。"胡加仁说。

"有没有烫伤人呀？"我急切地问。

"还用问……"胡加仁的答话像大山在低泣。

在场的人都沉默了。

俞小平说："我小时候，耳朵边尽是大人的叮嘱，说听到山上的哨子声就赶紧回家。因为那哨子一响，就是要炸山开炮了……"他用手做了个姿势，说："我和伙伴们经常在对面山上的竹林里玩，一听到哨子声，就拼命地往家里奔。有时候跑得慢一点，就听身边呼呼的石头飞过来，那石块大得像篮球一样，砸在跟腿一样粗的毛竹上，那竹子一下子就烂了！我们回头看见，吓得腿都走不动了……"

"那个时候，你们余村的孩子真不易啊！"我想象着小时候的俞小平们在竹林里听到矿山上的哨子声后惊恐万状、抱头逃命的一幕，是何等的危险与悲怆！为了活命，为了孩子能上学，为了老人能治病，改革开放初期的安吉人与全国其他地方的人民一样，经受了无数辛酸与艰难的岁月。

那时，余村竹林"生不如死"，新嫩的笋节刚刚探出地面，被飞石一击，就结束了生命。可比起它们的"父母"这又算得了什么！每一次炸山，就意味着一批竹子被撕劈砸断而躺下，直到腐烂……

那时，余村的人又能好到哪儿去呢？在矿山工作被压死或炸伤，就连躲在家里也会被厚厚的烟尘呛得喘不过气来……

"复杂啊，我们对矿山、对水泥厂，是又爱又恨。爱，是因为它能给贫困的村民弄点钱来；恨，是刚弄到手的钱不是花在了医院，就是害怕明天不知什么横祸又要降临。"胡加仁对天长叹三声后说。

"终于有一天大家有点觉悟了，知道不能再靠开矿、开水泥厂这些污染企业赚点钱去换山秃、水污、人病的局面。尤其是习近平同志来余村对我们说了'绿水青山就是金山银山'后，我们就彻底吃了定心丸，更加坚决、坚定地关掉矿山、水泥厂这样的污染企业，重新恢复绿水青山，走发展生态经济和经济生态并行的道路。十几年来，我们一直沿着习近平总书记指引的路走到现在，越来越感到这条路走对了。现在，我们准备把这个矿山旧址改造成矿山公园，让游客到这儿体会一下我们余村的今昔对比……"老支书指着矿窑前的一片正在施工的空地自豪地说。

这时，一道夕阳照射过来，霞光沐浴下的矿山旧址，仿佛被染上了一层金灿灿的光芒。我凝视着"矿山公园"四个字，忽然有个灵感冒了出来："支书，习近平总书记的'两山'理念是在你们这儿发布的，十几年来，余村的巨变最有力地证明了'绿水青山就是金山银山'，所以我建议：把'矿山公园'还是改为'矿山遗址'！这样，可以让一代又一代人从余村的历史变迁中真切地感悟到习近平'两山'理念的真谛！"

"好啊！这一改，意味就大不一样了！"胡加仁连声称道。

"太好了！"俞小平和众人也频频点头称好。

我一边凝视着昨日的矿窑旧址，一边又贪婪地吮吸着青竹深处的阵阵清新空气，心头想起李商隐的一首诗——

嫩箨香苞初出林，

於陵论价重如金。

皇都陆海应无数，

忍剪凌云一寸心？

古人早知青竹"重如金"，我等为何今方醒？但毕竟已醒，也算是好事一桩。安吉人醒得早，所以他们富美在先、幸福在先。

余村现在的土地被竹林覆盖得郁郁葱葱，流光溢彩的青山也让流下来的每一滴山泉变得清纯和甘甜。

余村的竹林是安吉大竹海的一部分，安吉大竹海则是我国四大竹海之一。由于它地处太湖近邻、苏南中心，又离杭州、上海、苏州等名城约一两个小时车程距离，旅游和生态的优越性十分凸显，故有人称其是华东的两大肺片之一（另为太湖）。清代王显承早有诗如此描述安吉："遥怜十景试春游，东岭迢迢一径幽。"

安吉的植被覆盖率高达75%，故安吉实际上是天然的绿色世界。万亩竹海风景，并不只因李安的《卧虎藏龙》出名才蹿红，但凡到过大竹海的人，无不称其天然之美。只要你有机会到大竹海走一走，身心必因获得一次"清洗"而感到格外舒畅与轻松。当你漫步在幽静的竹海中，感受轻风摇曳、竹影婆娑的情景时，会恍若置身于仙境而不能自拔。

其实，一般人对竹子的认识是极为浮浅的。在安吉的一家竹品展览厅，我才第一次有了"竹品"与"竹业"的概念。原来青青的竹子真的可以生金——

一只鸟巢形竹编灯罩，标价1万元；

一只灯笼形竹篮，标价2800元；

一块两米见方的竹毯，标价3万元；

一件竹丝纤维男式衬衫，标价600元；

……

"你们能将竹子做出多少种商品？"面对琳琅满目的竹品，我问女店员。

"哎呀，我可不知道竹子到底能做多少种产品呀！不过，我这儿有300多种商品全是竹子做的……"姑娘羞涩地回答。

后来在县城，竹产业局的一位工作人员向我介绍：像余村竹品展厅展出的仅是安吉竹品的一部分，如今安吉的竹品开发已经到了"你只要想得到，我就能做得到"的地步。

"上天入地，无所不能。"余村和安吉人这样自信于他们的竹品开发。我知道，当今世界竹产业日落西山后，五成企业亏损，三成企业无利。唯安吉2632家竹业企业逆袭潮流，全线飘红，2013年年产值达到100亿元，每年同比增长20%以上。

在县城的一家安竹百货店，我轻轻按下遥控器，那百叶窗帘便自动升降。令人称奇的是，这款百叶窗的帘片虽然取材是竹，却轻薄如布，绿色环保，防火、防腐、防霉、防变形，不仅遮光节能，而且隔音隔热。主人告诉我：这款竹子做的百叶窗帘的关键技术是"S"形帘片。一般的帘片都是平面板，连接处总有缝隙，而"S"形帘片如同石棉瓦一样严密无缝，帘片的竹皮厚度只有0.015毫米。为了开发这款产品，企业自行设计出专用的热压机、成型机、分片机和油漆生产线，这款窗帘前年投向市场后立即受到国内外客商的青睐。

"现在我们天天加班都供不上货！"这款窗帘的品牌叫雪强。雪强如今已成为世界上最大的窗帘企业之一。"我们为了'S'形这项发明专利，前后用了8年时间，花去6000多万元费用，仅开模具就花费800多万元……"董事长陈玉强说。

再说说从余村水泥厂走出的陈永兴的竹地板，他的一款用于内装饰的富氧炭竹地板，是通过将竹炭粉用特殊工艺粘在无纺布上组成竹炭膜，然后将膜粘在竹地板上，其主要功效就是"会呼吸"，当湿度超过一定标准时竹炭会吸潮、放潮。与此同时，竹子的吸音功能也是其他材料难以比拟的，此产品一经问世便备受客户喜爱。据称，安吉人在一根翠竹上获得的国家专利就达1753项，其中911项是发明专利。

安吉人正是利用竹子的自然属性和科技创新，以竹代木，以竹代钢，以竹代塑，来引领低碳消费和绿色时尚，抢占国内市场。值得一提的是，安吉竹产业除了新技术引领外，还进入了"全竹利用时代"，形成了竹质结构材、竹质装饰材、竹日用品、竹纤维产品、竹质生物制品、竹工艺品、竹笋食品和竹机械等八大系列组成的一个完整的产业链，有着独有的价格优势和竞争能力。上游的废料成了下游的原料，竹身青表层做竹凉席，中间黄层做竹地板，竹地板的废料碾成竹粉，又成为室外竹材的上等原料。

"让片片绿色自然发光，让根根竹子变成金条。"安吉人用这两句话做足了竹子文章。诚如国际竹藤组织总干事古珍女士所言：世界上有竹子的地方都需要利用安吉成功的竹业技术，世界上喜欢低碳消费的人都会买安吉的竹产品，竹子在安吉人手里简直就变成了"金条"。

余村和安吉已经把山上的竹子变成了金条。毫无疑问。

第八章　一片叶，一个神

在余村采访的日子里，我总喜欢在早晨或者细雨之中，独自在村舍与乡间的小路上走一走，尤其喜欢顺着弯弯的小径往山的深处漫步。那个时候，面对身前身后的美景，总会在脑海里跳出"风烟俱净，天山共色。从流飘荡，任意东西""水皆缥碧，千丈见底。游鱼细石，直视无碍"等古人的诗句。

余村虽小，其美溢满。

前面说过，余村的三面是山峦，那青山常年郁郁葱葱、如诗如画。山和平地通常没有分界，只是看上去山上的颜色略显淡些，这略显淡些的颜色便是安吉著名的白茶。几乎有田地的农户，都有一块或几块茶地，这是村民们的命根，也是余村和整个安吉的命根。白茶与这里的竹子一样，是余村人和安吉人的"左心右肺"，所有生息在这块土地上的人们的呼吸与心跳全仗着它们……

浙江的白茶是绿茶的一种。它像位飘忽不定的仙女，高贵华雍，又深居山林，独寻清逸。现在的白茶很贵，甲级清明茶 500 克售价在七八千元，有的甚至超过万元。上海拍卖市场上，安吉白茶曾数次拍得 1 克 1000 元的"天价"。

清明时分一杯茶，雨天凭窗读华章。

茶是中国第一大饮品，南方人喜欢喝绿茶，绿茶中以杭州的"龙井"为至宝，但这些年你会发现，江南一带不少有品位的人已经悄悄进入了品茶的另一种境界，开始喜欢喝白茶了。有人甚至说，安吉白茶是绿茶中的首选。

我们知道，龙井茶之所以出名，除了其本身的特质还与一个流传久远的"十八棵御茶树"的传说有关。有人说，是清朝乾隆皇帝到了龙井村摘得那十八棵茶树上的叶子回京后的"偶然"，才有了今天大名鼎鼎的"国茶"龙井。其实，白茶之珍贵与龙井相比毫不逊色。

宋徽宗赵佶就是个"白茶迷"，他不仅喜欢白茶，而且还是个茶论家，著有《大观茶论》。宋徽宗当皇帝很失败，晚年成为阶下囚，可即使被发配到遥远的黑龙江依兰县的囚室内，他仍沉醉于茶道之中，故今天我们得以看见浩浩数十卷的《大观茶论》。此书中专有"白茶"一论，曰：

> 白茶自为一种，与常茶不同。其条敷阐，其叶莹薄。林崖之间偶然生出，盖非人力所可致。有者不过四五家，生者不过一二株，所造止于二三銙而已。芽英不多，尤难蒸焙，汤火一失，则已变而为常品。须制造精微，运度得宜，则表里昭彻如玉之在璞，它无与伦比也。浅焙亦有之，但品不及。

赵佶皇帝没当好，但对茶道的论述可谓精到之极。

读者请记住，此处所述的所谓"白茶"，并非"绿、红、青、黑、黄、白"六大茶类中的白茶。安吉白茶，其实是绿茶中的一种"白茶"类科，故它高贵而稀少。

"绿茶中的白茶"，听起来蛮拗口，还是来听听我国著名茶学家、茶业教育家陈椽先生是怎么说的。陈先生在他的《茶业通史》中说："白叶茶的特性是，在最初发芽的第一生长期中出现缺乏叶绿素的白色或黄色幼叶。这白叶随着叶的展开渐以生脉为中心，生长恢复成绿色。白叶生长及硬化时的残留有白色部分，但在下一个生长期（相当于夏季）以后，大体上会变成正常的绿叶。翌年春茶期再度出现白叶，第二年以后，这些白叶再度变绿叶，如此周期反复。"我的同行、茅盾文学奖获得者王旭烽女士是文道、茶道"两栖"的专家，她在请教中国茶叶研究所老所长、当代茶业专家程启坤时，老先生对她介绍：安吉白茶即绿茶，其品种属"白叶茶"一类，就是宋徽宗《大观茶论》中所指的白茶。安吉白茶具有奇异的生化特性与品质特征，因而具有特殊的保健功效和利用价值，是不可多得的优质保健饮料。因此，安吉白茶受到越来越多的行家与普通饮茶者的喜爱。

中国的传统文化中，对茶的论道可谓精辟，而从中延伸出的茶文化及茶生活更是丰富多彩、博大精深。

论茶人士中，陆羽算是最杰出的一位，他的《茶经》可谓茶道中的"圣经"。他的诗篇《六羡歌》，是茶诗中的"诗经"。此诗如此曰："不羡黄金罍，不羡白玉杯，不羡朝入省，不羡暮入台，千羡万羡西江水，曾向竟陵城下来。"其诗之美，可窥见中国唐宋时茶道茶论已相当普及，甚至盛极一时，而茶又让中国的传统文化升华为一种高雅的意境。你听，在杭州当过"市长"的白居易就因茶而如此醉生梦死："食罢一觉睡，起来两瓯茶；举头看日影，已复西南斜；乐人惜日促，忧人厌年赊；无忧无乐者，长短任生涯。"（白居易《食后》）

如今，白茶已经成为安吉主要的经济作物。小小的余村是一个缩影版的安吉，安吉是一个扩大版的余村。安吉全域面积1886平方公里，其中"七山一水二分田"。7/10的山地加2/10的田地，除了连绵的竹林以外，便是白茶田，它们使这片浙北太湖的热土变得异常珍贵，举世瞩目。

习近平同志在2005年8月15日视察余村之前，也曾于2003年春到安吉视察过，就是那一次之后，他在省里提出了"生态立省"的战略。当时，安吉的干部介绍，因为小小一片白茶叶，这里光棍村的汉子娶上了媳妇、"泥腿子"的农民开上了轿车，穷山恶水变成了美丽乡村……习近平同志听后不由感慨道：一片叶子，富了一方百姓。

安吉白茶的发展史和繁荣史，恰恰印证了"绿水青山就是金山银山"的科学论断。

"闻道新年入山里，蛰虫惊动春风起。"喝着安吉"白茶祖"十三代守护人——桂家媳妇沏来的正宗安吉白茶极品，我想起唐人卢仝的那首《走笔谢孟谏议寄新茶》中的句子：一碗喉吻润，两碗破孤闷。三碗搜枯肠，唯有文字五千卷。四碗发轻汗，平生不平事，尽向毛孔散。五碗肌骨清，六碗通仙灵。七碗吃不得也，唯觉两腋习习清风生。

我去朝拜"白茶祖"的那天，正好是清明节。

古诗云："春立云烟腾上下，清明茶韵醉乾坤。"清明和谷雨时节，是南国新茶采收的最佳时节。其间采制的茶叶嫩芽，是新春的第一茬茶。此时的江南春季，气温适中，雨量充沛，因而清明茶色泽绿翠、叶质柔软。其焙出的茶叶香味醇郁，是一年之中茶的佳品，尤其是绿茶。此时捏一小撮茶叶放入热水中冲泡，那一片片扁平秀直的茶条，顷刻变成一朵、一芽、一叶的小花，在杯中怒放，散发出一股股沁人心脾的芳香。入口后滋味鲜爽，醇厚回甘，可谓是：美酒千杯难知己，清茶一盏却醉人。

在余村，在安吉，一路听到的关于安吉白茶的故事和传说太多太多，而且近乎神话。单从习近平同志当年称赞安吉"一片叶子，富了一方百姓"这一句话，就足够令我们去领略和品味安吉白茶的前世今生了！

村民告诉我，那漫山遍野平展展绿油油的白茶树，并非像竹子一样自古野生成林，竟然是从他乡外迁而来。"我们安吉30余万亩白茶树，只有一个老祖。现在全国有百万亩安吉白茶的'儿孙'，也只有一个如今还健在的安吉'白茶祖'……"余村人都知道这个并非秘密的当地神话。

"就在大溪，离我们余村十几里路。"俞小平对我说，"如果你想去看看，明天就去。"

"明天正好是清明节。这一天去朝拜'白茶祖'，恰时恰情！"我听后兴奋不已。

现在的安吉乡村公路四通八达，从余村一眨眼就到了大溪。早在那里迎候的大溪村支书陈军年轻活跃，加之又是文学爱好者，对我的到来表现出格外的热情。听说我要去造访"白茶祖"，他说："那就别坐车了，边走边看，更能享受我们大溪的风光和新鲜空气！"陈军领着我等直往一条坡度较陡的山路上行去。山路旁是一条哗哗作响、水质清粼的溪流。"这就是大溪，我们村的母亲河。"陈军指着坠岩弯曲、时急时缓的溪道介绍说。

大溪不愧其名，溪流虽不大，但潺潺流水声可把四周的大山震荡，仿佛在提醒众山神它大溪的存在。通往大溪深处的一个自然村落沿溪而居，一幢幢农舍现在多数改为农家乐，生意自然很好。尤其是半山腰有幢小楼格外别致，内部、外廊都很时尚，让我们大开眼界的是，其运送食物竟有自己的微型小轨道。据说，这里常常吸引全国各地的年轻人前来游玩和住宿。

"再走一二百米就到了……"走在前面的陈军已经这样说了两三次了，让我们怀疑他的"一二百米"到底是山的高度还是路的长度了。

"这个地方叫横坑坞，过去是一个生产队的名字。"陈军不管这些，只管兴致勃勃地介绍他的美丽家乡，"你们看，现在这里的生态多好！这得感谢习近平同志当年提出的'绿水青山就是金山银山'，要是在过去，我们只能看到溪流两边光秃秃的山头了……现在你们看，林木茂盛，野猪都常有出没！"

已经感觉后背有些汗湿了！有人提议是不是歇息一下。我没有停步，内心一直像有一股要去见自己久别的母亲一样的情感力量在支撑着我的腿……坚持！再坚持！

终于，陈军指着前面的一座两层的旧农舍，说到了。

"白茶祖在哪里？"在距农舍百十来米时，我和其他几位外乡人有些迷茫地问，因为大家想象中的高大的"白茶祖"并没有出现在眼前……

"喏，这就是白茶祖！"陈军走到一块像农家晒谷场的平地上，指指上端的一丛保护起来的茶树说。

原来它就是"白茶祖"啊！见到那齐腰高、一米多见方的一丛密密匝匝的茂盛的茶树，每一个第一次到场的人都轻轻地叹了一声。这叹息既有惊奇也有几丝意外。不过，我的内心突然有股感动的热流涌出——这"白茶祖"跟我八十又五的老母亲如此相近：平平常常、朴朴实实，却有几分淡然中的高贵之气。如果不是茶树上方一块写着"白茶祖"3个红色大字的石碑，很难会有人识得这棵千年茶王的尊容！

"白茶树一般都不高，树身一米左右。这棵茶祖算是相对高大些了。我们小时候就知道它，但并不知道它是今天富了一方百姓的茶王！"陈军说，以前这里也搞"农业学大寨"，把整片的山垦成梯田，种水稻、小麦、玉米等，唯独在不多的荒山和深谷处还残剩些毛竹与茶树。"这棵与众不同的茶树就是这样留下的。因为这里有800米高的山峦，一直以来只有一条羊肠小道。白茶祖就是这样幸运地活到了今天……不过，主要还是因为有桂家十三代人守护着、保护着它。"

"走，去喝桂家的白茶王！"陈军一挥手，我们走进了白茶祖旁的那栋两层楼农舍。一看就知这是20世纪70年代的建筑。"别小看这个地方，它自古就是个驿站。再往上走，历史上一直有挖矿人，所以这里也叫桂家厂。"

"厂"在这里跟"场"差不多意思，一块平地而已。

"来，喝喝今年的新茶。"刚刚在桂家屋前的茶亭里坐下，一位五六十岁、穿着鲜艳、涂着红唇的大姐客客气气地端来清香芳菲的茶水，让我们品尝。

"这可是最正宗的白茶王啊！"陈军说，前些年在上海拍卖场上的白茶可是达到了 1 克 1000 元啊！

"那你说我们现在喝的这杯茶值多少钱？"有人当场问陈军。

陈军摇头，笑道："应该是无价。"

哈哈哈……一阵欢快的笑声在山间回荡。我们喝着安吉最珍贵的清明白茶王，顿时感觉置身于"闻得朝朝茶香，但见处处诗题"之仙境。

"野泉烟火白云间，坐饮香茶爱此山。岩下维舟不忍去，青溪流水暮潺潺。"不知谁在一旁吟诵起唐代诗僧灵一禅师的诗句，惹得我们一行皆端起茶杯望向脚下的大溪潺流。

"此乃绝境！"望清溪美景，饮新茶极品，不由让人飘飘然。关键是，这手中托着的沁人肺腑、清肠洁胃的"无价"好茶，不仅一生可能仅此一回有幸品茗，而且人家白茶祖的主人根本就分文不收——白送我们痛饮！

"这是我们祖传的习惯。清明第一茬茶叶焙好后，都是留起来招待客人的，自己是舍不得喝的。"说这话的正是桂家大姐，她叫潘春花。

"春花"，名字好啊！只是眼前的春花年岁已青春不再，但作为白茶祖的守护者——她与众不同。她衣着时尚，尤其是那两道眉，画得黑弯弯的，特别醒目。耳垂上吊着亮晶晶的银环，很是特别，山里如此打扮的年长农妇可不多见。

"我们的春花大姐几十年来可一直是大溪村的村花，白茶祖有她护着，万年长青哩！"村支书陈军的表扬，令春花大姐笑逐颜开。

"来，跟我们大溪村的春花照一张相！"我提议请春花大姐与我一起站在白茶祖树后留影，她竟然像小姑娘似的腼腆起来。

"第一次跟作家拍照。"她说。

陈军告诉我，潘春花的男人前年去世，现在就她一人守在白茶祖这儿……

看着头顶已有缕缕白发的春花大姐深情地用双手轻拂白茶祖枝头老叶的情景，我的心头涌起一丝忧伤：什么时候她也走了，谁来陪守这千年白茶祖呢？

春花大姐似乎并不像我们那么忧虑伤感，笑眯眯地忙里忙外给我们加水。这当口，我跨进了桂家的堂房，里面空荡荡的，只有墙上两幅很粗糙的宣传画格外醒目，上面介绍的是他们桂家十三代守护白茶祖的简史。在我认真读着宣传画上的文字时，春花大姐走到我身后，轻声轻语地说，她男人的祖上在安徽徽州，姓赵。赵家原来也是旺族，后来因在京城当官的同族人落难，被株连九族，满门抄斩。所幸，有一个人恰好在外做生意才幸免于难。大难不死的他，一直朝安徽与浙江交界的浙北山区方向逃亡。哪知半路被官差截获，盘问其姓名，赵氏怎敢说出真姓实名，万分焦急之中抬头望见远处一棵老桂树，惊吓之余张口就吐出一个字："桂！"

桂花树救了赵氏，赵氏从此改姓为"桂"，并落脚于安吉大溪横坑坞的深山老林之中。

"桂家老祖们到我男人这一代已经整十三代了！我们都是以种茶为生。祖上有个规矩：分家不分茶。"潘春花说。她20世纪70年代初嫁到这里后就一直跟着男人种茶树、卖茶叶。"白茶祖最早有两丛，产量有限，所以珍贵。桂家人丁兴旺时有三五门兄弟，孩子长大后要分家，但这两丛白茶树上采撷下的茶叶从来只共享而不分，并由家族年纪最大的长者保管，随需取之，族人从不为此闹矛盾。现在你们看到的这棵白茶祖，是在2011年的一场大寒雪中救下来的，原来它还要茂盛呢！呜呜……"

春花大姐说到这里，突然哭泣起来。

"那场雪太大，把白茶祖的许多树枝都压断了！后来桂家人只得把死枝残枝忍痛割下，所以现在我们看到的白茶祖才这么小……"陈军不知什么时候也进了桂家堂房。

原来如此，我这才理解了春花大姐为何哭泣。桂家对白茶祖的感情实在太深了！

"之后，桂家的后代一个个搬迁到山下或镇上去了，唯独大姐留在了这儿。"陈军深情地看了一眼他们大溪的老村花。

"你没有想过搬到山下去？"我问春花大姐。

她没有言语，只是摇头。片刻，她的眼里重又噙满了泪花。

"等我不干村支书时，就上山陪大姐和白茶祖！"陈军的话让春花大婶破涕为笑。

"我也愿意。"我竟然也跟着脱口而出了这句话。潘大姐惊讶得两眼瞪得大大的，张开双臂拥抱了我一下："我和白茶祖欢迎你来。"我看到她的双眸再次盈满泪水。

彼时彼刻的我以为，能在风景秀美的溪流旁，陪伴这棵让一方百姓富裕的"神树"，其实是一种超然的惬意和福气，何尝不可呢？

"云鬟枕落困春泥，玉郎为碾瑟瑟尘。闲教鹦鹉啄窗响，和娇扶起浓睡人。银瓶贮泉水一掬，松雨声来乳花熟。朱唇啜破绿云时，咽入香喉爽红玉。明眸渐开横秋水，手拨丝簧醉心起。台时却坐推金筝，不语思量梦中事。"从桂家堂房出来，再品几口白茶佳茗，想象有一天带着家人和儿女居于此处，过着与世隔绝的世外桃源生活，不免随口将崔珏的《美人尝茶行》吟出。正是"清茶素琴诗自成，品茶听雨乐平生。滚滚红尘多少事，都付南柯无迹寻。"那种脱了尘缘杂念的心境是何等的舒畅与宁静！

回去的路上，我突然记起春花大姐讲的故事里有两丛白茶祖之说，便问另一丛白茶祖哪儿去了？

"据说1958年建人民公社时，有人将其中的一棵搬到山下的公社大院，植入一只大缸内，没多久茶树就死了。"陈军说，他听村里的老人讲过这事，"唉，白茶祖哪能搬来搬去的，还植在缸里，怎么受得了！"

"如今，我们看到的这丛白茶祖就成了千古一枝的独苗苗了。它孤傲地独居于深山之中，接受着沧桑岁月的磨砺与考验，更在期待有人能将它的枝根再繁衍一个千秋……"

"这是它的夙愿！"这时的陈军像是个白茶祖的虔诚"信徒"。

"我们可真是把白茶祖当神仙呢！每年在头道茶叶采摘时都要在这里举行祭礼仪式，期望老祖给新一年的白茶带来丰收与福祉。现今村里的百姓一半靠茶叶致富呢！"陈军说，"大溪村共有800亩白茶，产茶叶20吨，人均收入在万元左右，这是全村百姓的'压柜金'！"

在安吉，无论是余村，还是大溪，抑或其他地方，白茶就是这里的"金山银山"，就是百姓致富和保富的"压柜金"，这种意识可谓深入人心。

那天从白茶祖处回到余村，再走进农民们精心护植的白茶田，仿佛换了一种感觉：那青绿成片的一垄垄茶地，在阳光照耀下格外青翠，呈现有章有序的轮廓，不用想象和夸张，其状如一根根巨大的琴弦……那是浙北"中国美丽乡村"大地上由习近平同志当年"一锤定音"的琴弦，谱写了"绿水青山就是金山银山"的时代旋律——

是的，走进茶田，你轻贴齐腰高的茶树，再俯身平视那齐刷刷的树尖儿，就会发现那是一种万马奔腾的生机：所有准备勃发的嫩芽们犹如站在比赛的起跑点上，等候阳光照射的那一瞬……

朝霞斜射，呈淡白色状的嫩芽们开始蠢蠢欲动，随后在一阵暖意的春风吹拂下，飘逸地舞起……那时，你会看到亿万万片闪着金光的叶子，随风飘扬，舞动着缤纷各异的舞姿，或像歌唱，或像吟诵，那情那景，太诱人太壮丽……突然间，我感觉那金光闪闪的叶子变成了一个个活脱脱的神仙，一个个让这片土地上生金出银的活神仙！

是的，安吉白茶，就是活神仙，为之倾情、倾力的所有人也都被这舞动的活神仙带起，蜕变成众神仙了——安吉人告诉我，往前推的几十年，他们还并不熟悉白茶这位"神仙"，只知大溪的横坑坞那座深山里有棵千年老白茶祖，孤守于小溪边上，独吟着那"思悠悠、恨悠悠，恨到何时方知休……"的生命咏叹调，盼着秃绿谢青的荒山能够早日簇绿载青披新装。

千年的守望是寂寞的，但守望一旦变成希望，大地生机将处处呈现勃发景象。

从安吉的千年"白茶祖"到今日之"白茶仙"，是谱写在这块土地上的一曲最动听、最壮美的乐章。40年前，有人铺开了一张谱曲的"白纸"——1976年12月，安吉县林业科学研究所（以下简称安吉林科所）成立。如果没有这个至今仍然破旧简陋的基层科级科研机构，安吉白茶祖或许仍然孤守在那条小溪边哭泣。

"一片叶子，一个神仙"的故事，就是从那时开始演绎的。

起步的道路崎岖艰难。在"以粮为纲"和"农业学大寨"形势下的安吉，谁提种茶树和茶叶生产，谁就会被戴上"走资本主义道路"的帽子……

必须提一下林盛有这人。

他是当时湖州市林业局茶叶科的科长，在安吉林科所成立前一年，林盛有带人先对大溪山中的那棵白茶祖进行了科研考察，第二年安吉林科所成立，省里和湖州市里就有了在浙北进行茶种选育的科研任务。林盛有把"浙

北地区当地茶树品种选育试验课题"的部分任务交给了安吉林科所里唯一的
技术员刘益民，其实就是让刘益民对大溪村的那棵白茶祖进行"传宗接代"
的科学试验。

刘益民的任务是找两位农民进行插苗试验的日常管理。这两个村民其
中一人叫盛振乾，他和他后代的成就是参与了将安吉白茶从"祖"升级到
"仙"的过程。

从这个时候开始，大溪边的桂家不再清寂，因为时不时有头戴草帽、手
持工具的知识分子来看望白茶祖，对它进行各种各样的测试。吃饭的时候到
了，桂家媳妇潘春花就给这些人做饭炒菜，如同一家人般亲近。

茶树的人工繁殖，一般有三种方法：扦插、嫁接、插种。第一年先试了
插种，结果发现茶树返祖了，没有了白化这个物理特征，这意味着绿茶树中
的特殊品种白茶又变回去了，变到了原绿茶；然后试了嫁接，也基本失败，
且费时费力；最后林盛有和刘益民他们选择了扦插。

1982 年 4 月，在大地一片春意盎然的日子里，课题组再度簇拥到白茶祖
身边，他们先是虔诚地向它三鞠躬，然后轻轻地从它身上剪下 537 枝茶穗，
移至林科所预备好的地里进行扦插，结果成活了 288 棵——并没有算上盛振
乾在他自留地里"偷偷"扦插的那几十棵"私生子"。

1983 年，安吉林科所将成活的茶苗移植到良种对比试验小区，种植了
82 丛，成活了 75 丛。次年，白茶项目被安吉县科委列入"星火"计划，种
植规模发展到有五亩三分地的第三代白茶母本园，种植的白茶性状表现出稳
定性。至此，白茶祖正式有了"子孙"！

当时，林盛有和刘益民等特意到白茶祖跟前烧了三炷香，一是报喜，二
是代表那些准备"遍地开花"、各自"成家立业"的白茶后代向"老祖"致
以感恩之意。当然，更多的是企盼白茶像故事里的"神仙"一样，扶助安吉
人民甚至全中国人民走上致富之路……

据说那一天，潘春花给林盛有他们做了 6 个大菜：预祝白茶在安吉和祖
国大地上"六六大顺"。

诚然，一切名贵的东西都有其名贵的道理，道理中间最核心的就是它的
珍稀性。安吉白茶之所以珍贵，道理一样，且还富有个性：它必须吃安吉的
水、吸安吉的空气、根植于安吉之土。不同环境对不同茶树都有要求，安吉

白茶的珍稀性关键在于它还需要一套完整而缜密的工序，即技术人员靠自己长期反复试验得来的"看家本领"——这是安吉之外很难有人学得走的东西，其宝贵和珍稀性就在于此。

第一代"白茶仙"已经差不多离开了这个世界，但他们的灵魂与精神却在余村和安吉大地上随处可见。尤为令我肃然起敬的，是那些因白茶而富裕起来的安吉人始终没有忘却为安吉白茶成功繁衍下去的几位功臣。

在安吉林科所的白茶试验基地，有一块竖起的黑色碑石异常醒目，那上面写着如此一段文字："安吉县林科所，白茶基地，珍稀种实验五亩三分，1987—1990年种植。实施人：刘益民。"

在安吉，人们称刘益民先生是"白茶之父"，足见他在家乡人民心目中的地位。刘益民长期任安吉林科所茶叶研究室主任，从1979年到他退休前的1995年，16年的时间里，他把自己的精力全都花在了白茶的培育和试验工作上，白茶祖的"后代"能够扦插成功，刘益民是第一位功臣，这中间既有他孜孜不倦的科研精神，也有他作为农业栽培者的劳动奉献。刘益民之所以特别受到安吉人民爱戴，是因为当安吉和全国许多地方的百姓一年年分享白茶带来的丰厚利益时，刘益民却一直过着极其清贫的生活。退休后的刘益民为了推广白茶技术，从没有停止过自己的工作，也从不为自己谋一分利益。由于科研院所体制等方面的原因，刘益民晚年的生活异常艰辛，老两口的月收入只有五六千元，还得花钱租房住。70余高龄的刘益民也患有肺气肿和萎缩性胃炎，连说话都有明显的气喘症状。即便如此，刘益民也从不因自己的生活和身体而放弃，仍然专心、专注地为茶农们解决问题。当很多因白茶而致富的百姓前来感谢他时，刘益民总是淡淡一笑："我不过是个技术员，能看到自己的这一片叶子在安吉和全国大地上长得茂盛就知足了……"

"白茶之父"去世后，葬在了他当年培育出的第一代白茶苗的土地里。那墓碑也是普普通通，碑文上讲述的是刘益民生前培育白茶的过程，文字中没有一个修饰或夸张的词。

站在刘益民生前曾经躬着腰、跪着双膝、流淌过汗水的安吉土地上，我浮想联翩：莫不是这位"仙人"与林盛有等第一次跪在白茶祖前祭奠时，就已立下誓言，愿如一片平平常常的白茶树叶一样，为人类的口福留一缕清香，而自己宁愿淡然地消亡于天地之间？他们和这白茶祖的品质与胸怀何等一致！

难怪余村和安吉人都这样告诉我，他们家家户户每年都要在清明前后准备采摘茶叶的那天，以不同形式祭奠茶祖，这已经是一种植根于余村和安吉人心田的文化。"这就是为了怀念和记住像刘益民这样的'茶仙'们为白茶作出的贡献。"一位大伯很朴实、很真诚地对我说。

安吉林科所就在白茶之乡——溪龙。溪龙土地上的故事最多，在这块土地上，几乎流传着每一个与安吉白茶相关的重要人物的动人故事。而溪龙之所以有名，很大程度上是因为这个地方有一片非常之"土"又非常高贵的大山坞。

中国茶界，尤其是白茶界，几乎无人不知"大山坞"这三个字，就像茶界和白茶界现在没人不知安吉一样。大山坞是溪龙乡下属的一个村庄，"大山坞白茶"则是安吉白茶第一品牌，它也是注册最早的安吉白茶名牌（2000年注册），如今它的品牌价值达3亿多元。然而这还不是最主要的，主要的是这"大山坞白茶"和大山坞村皆与一个人联系在一起。他就是当年同林盛有、刘益民一起从白茶祖身上剪下小枝条后，帮助安吉林科所进行扦插试验的农民——溪龙乡黄杜村大山坞自然村的盛振乾。

现在的安吉民间称盛振乾为"白茶大王"。此人的"白茶奋斗史"有点儿传奇：年轻时在生产队当队长，因为爱喝茶，所以在"农业学大寨"时就经常自己上山去采野茶，然后把茶树枝扦插在自己的自留地里。没想到这一次次试下来，竟然有了些扦插茶树的本领。乡亲们高兴，盛队长家有茶喝，味道还不错，关键是不用花钱去买。后来，要茶叶的人越来越多，当队长的盛振乾建议：干脆队里辟出一二十亩地种茶叶如何？乡亲们都赞成，说起来也不算违反当时"以粮为纲"的政策，于是盛振乾就与乡亲们一起，把大山坞的茶树一亩一亩地种了起来，一直种了20多亩。规模一大，茶叶自己村里吃不完，就卖给其他村的人，村里因此也有了不薄的收入——大山坞村民应该是安吉人靠"一片叶子"尝到甜头的第一批农民。

盛振乾自然也是将"绿水青山"变成"金山银山"的第一个"茶仙"了！

时间到了1980年，湖州市林业局的林盛有和安吉林科所的刘益民有了立项的"浙北茶树良种选育培植"科研计划，便决定将大溪桂家守护的那棵白茶祖进行"子孙"扦插，并想找安吉当地有种植茶树经验的农民来实施具体的培育劳作，于是他们理所当然地找到了种茶老手盛振乾。

1981年8月的一天，盛振乾第一次跟着林盛有和刘益民来到横坑坞见了白茶祖。盛家三儿子盛勇成说："父亲生前对我们不止一次说过，说那天他见到有千年树龄的白茶祖时，像是见了佛祖，又激动又虔诚，胸口像有只小兔子在跳个不停……多年来父亲看到好茶树就心痒难耐，就想剪下几根回家扦插培育试试看，但顾虑到林盛有、刘益民两位技术专家在场，不好意思当面说出口，所以后来他专门一个人再次去了趟横坑坞，向白茶祖的守护人桂家再三恳求，剪了一丛枝条带回家，随后悄悄将白茶祖的枝条扦插在了他的野茶树地的一角。"

安吉人工培育的第一批白茶苗从此以两种方式在溪龙乡拉开培育的帷幕：一种是光明正大地在安吉林科所的试验田里进行，一种是偷偷摸摸地在盛振乾的自留地里进行，而这两种扦插竟然都成功了！一个特别重要的原因是：这两批扦插苗，都是同一个人培育的，他就是盛振乾。现在人们称盛振乾是"白茶大王"，仅凭此一点，无人有异议。

其实，盛振乾是一个经验丰富的茶树种植者，既有农民对土地的那种熟悉，更有对茶树种植的实践——在扦插白茶树苗之前，他已经有近20年的野茶种植经验和对茶树培育的理解与心得。所以，在一变十、十变百、百变千的扦插成功之后，就连安吉林科所尚未决定是否大面积推广之时，盛振乾已经在1993年那一年，率先决定种植10亩白茶树。这个举动，在安吉白茶史上可以说是革命性的，因为它意味着安吉白茶从科研成功转化到了正式种植。

这一年，大山坞的10亩白茶喜获丰收！盛振乾声名鹊起！他在大山坞成功推广白茶大面积种植，就像给安吉白茶举行了一次"成人礼"！那一年，湖州市农业部门的专家正式向省里报告"浙北地区当地茶树品种选育试验课题"圆满成功，且新品种"安吉一号"品质超群。

这时的盛振乾对推广白茶的热情与干劲前所未有，并且受着两头鼓励，一头是渴望靠茶叶致富的广大村民，另一头是林农业科研部门的支持与肯定。

1995年，盛振乾已经不是老夫妻两人干了，几个儿子也跟着干了，大山坞的一半村民也跟着、学着他干了起来。这一年，他自家种了50亩，加上村里其他村民的种植面积，应该在百亩之上。100亩白茶树，对今天的安吉来说，根本不算是一件什么事，但在20多年前，它就是一件惊天动地的大事，因为这对过去"只出光棍，不出粮食"的黄杜村来说，可谓翻天覆地的巨变！

"我们黄杜村的百姓，在同一片土地上由光棍村变成如今的富裕村，靠的就是这块绿油油的茶树园……"盛家老三说，他父亲亲手培育的安吉白茶如今欣欣向荣、名扬四海，最生动、最具体地证明了习近平同志讲的"绿水青山就是金山银山"的科学论断。

1999年，盛家的白茶已经达到300亩，盛振乾因此成为第一户承包农场的白茶业主，盛家茶园也成为浙江省农业厅安吉白茶的示范基地。这一年，他盛氏家族也有了第一个品牌——"大山坞"白茶，并于第二年正式注册。"大山坞"一出世，就一鸣惊人，尤其在上海，形成了喝白茶的热潮，"安吉白茶"一时誉满黄浦江两岸。

聪明的安吉人借上海人对安吉"黄浦江源"的认可之际，又推出了"安吉白茶"特色茗茶。2001年，首届安吉白茶节隆重举办。盛振乾和他家的"大山坞"白茶出尽风头，因为当时正规的安吉白茶就三家：盛振乾家的、安吉林科所的和安吉白茶公司的，其他的都是不成规模的零散户。在正规的三家白茶产家中，盛家的茶园又最具规模。

一生与茶树结缘的盛振乾于2008年去世。他是含笑走的，因为那个时候他已经完成了把"安吉白茶做成仙"的凤愿。那年盛家不仅有自家80亩的"一号茶园"，而且还在外面建了4个基地（现在是8个，共1200亩）。最让盛振乾开心的是，他从当生产队长起就想看到大山坞村民家家户户富起来的光景，如今全部看到了，而且不仅仅是他的村庄，还有大山坞之外的道场坞、洪家坞、朱家坞、石坑坞、阴步坞、畚箕坞、茶思坞、大坞里、木竹塔、九里庙、张家上、外黄杜、里黄杜、下思干……

大山坞茶业公司的大厅口，放着盛家那些驰名中外的白茶茗茶，中间是一幅盛振乾老人生前的照片，他笑盈盈地看着所有见过他的人，默默地注视着他的白茶的今天与未来，在喃喃地诉说着他心头的那份满足和希望……

"哈哈……那些当年与我一起'战天斗地''比学赶帮'学大寨的穷兄弟、苦哥们儿，学着我老盛种白茶……那一片小叶子，飘到你们家的院里，落在你们的田地里，栽在你们的山岭上，转眼都变成绿油油的一垄又一垄，一片又一片。收获之后，焙炒之后，你们的口袋跟我一样，装满了金子银子……我们的日子就像满山的青竹节节往上升呀！"

"我老盛这辈子没白活！习近平同志2003年到安吉表扬我们'一片叶子，富了一方百姓'，这就够了。我老盛笑着到天堂，去当个安吉白茶仙。我要坐在天上看着安吉白茶陪着父老乡亲们天天过着幸福日子啊……"

盛振乾在安吉百姓心目中，真正变成了茶仙……

在"安吉名片"中，其实不止白茶一个产业。比如安吉人一直津津乐道的"安吉转椅"及相关产业，从无到有，发展到今天的"绿色家居"……

只是于我而言，名牌形象和产业规模均已蜚声中外的"安吉转椅"，吸引力仍不及安吉白茶。写作期间，一杯安吉白茶清香四溢，更值得品味……

茶，能让黄土变成金；茶，能让俗人变优雅；茶，自然也能让世界变得生机勃发。有茶相伴的日子，一定是最温润的时光。但，颂说茶好的还有一句更诱人的话，叫作佳茗似佳人。其实应该倒过来说，佳人似佳茗。这话是苏东坡说的。

中国人在喝茶上有博大精深之道，无国可比，所以早在千年之前就有茶道。会品茶的人，一般来说都是有些品位的人。而好茶入口，能齿颊留香，口舌生津，沁人心脾。那种饮后小苦回甘的皆为好茶。像安吉白茶等茗品，其叶子如月色清秀，泡在杯中，亭亭玉立，犹如玉兰朵朵，叫人爱不释手，可谓"三漱不忍咽"。

好茶，还得有好水，好水甚至是好茶的一个关键。

安吉白茶能有今天，没有好水，再好也不可能成为茶之极品。有句古话，叫作"女人是水做的"。安吉白茶有今天，同样离不开恰似好水的安吉女人。

在安吉，人们论起白茶娇美时，总会有人时不时地将它与仙子联系在一起。乡下的茶农和茶客们没有那么深厚的文化底蕴，但他们对美的直观理解有时超越了文绉绉的庭院墨客。包括刘益民、盛振乾一代的"白茶仙"，他们最早将清明前后的头一掬白茶泡进水中后，看到那一叶叶青茶如一个个美女亭亭玉立而起、婀娜飘逸时，不知如何形容是好，皆叹其"像仙子一样啊"！

安吉白茶在安吉人口中，何止是一道茶，那就是一群美若天仙的白茶仙子。

白茶仙子在何处？白茶仙子处处有！

不去安吉，你自然不知安吉之美；领略安吉这第一个"中国美丽乡村"之后，你才会明白为什么安吉才是中国第一个"美丽乡村"而不是其他地方。行过几次安吉后，我渐渐明白：安吉不仅拥有别处难以媲美的山水，还有那些美好的女子……

到安吉，你不去大山深处的白茶之乡溪龙走一走，等于没去"中国美丽乡村"。在溪龙乡，有一处帐篷客酒店，坐落在一片景致极美的茶园中间的湖边，四周被茶山包围着。那茶山上的茶树，轮廓清晰，远看似蓝色大海的波浪，近看如团团绿色锦绣。如果站在山头，拿着相机往茶园的任一个方向照去，镜头里都会出现叫你喊出声的万千美景。看茶园通道上插着的牌子，上面写着：仙子茶园。

仙子茶园其实是几座连体的丘陵组成的一片茶树林。由于山体的错落别致，所以这里的景色足以让摄影者和影视剧导演流连忘返，醉倒茶园不起。据说现在仙子茶园既是一块安吉白茶的优质茶品生产基地，也是一个影视拍摄基地，每个月都要接待几拨拍电影、电视剧的剧组。

帐篷客酒店也是溪龙乡的特色企业。"当时我们看中了这块茶园与湖景，稍稍进行了一些改造，引资在这里建了这个有乡村特色的酒店，现在生意好得不行！一般的客人要提前几个星期才能订得上。"当地的乡干部骄傲地告诉我，他们每年可以从这家外包的酒店收入100多万元。"净赚的！一不影响环境；二给茶园也带来了宣传效应。许多人看到这里的茶园像天堂一样美，二话不说，就要多买几斤白茶带回去，你说这种钱我们赚得舒服不舒服？"

自然！到这份上，我已经极其渴望尽快破解那个把这茶树变成"仙子"的仙子！

这一天中午时分，在溪龙乡食堂吃饭时，一位"仙子"突然出现在我的面前。

"来来来，我们的'白茶仙子'，坐，坐！"溪龙乡党委易书记忙向我介绍从门外"飘"来的一位身着旗袍的中年女子。在一个大山里的乡村，竟然会有皮肤如此细腻的女子，简直令我大吃一惊：你就是宋昌美？

"就是就是！"女子一脸笑容地落座，然后也有些意外地问，"你怎么知道我的名字呀？"

"在北京时，我就已经知道你这位大名鼎鼎的'白茶仙子'了……"我说出真情，因为到安吉采访前，我已"背"了不少有关安吉的资料。

"喔哟，难为情了嘛！我有什么名气呀！"宋昌美的声音与她的外表一样美，十分悦耳。

从一份安吉白茶的"群英谱"上，我知道了这位当上党的十八大代表的"安吉仙子"的有关事迹，但绝没有想到安吉茶妇竟然如此美丽，容貌上不仅没有半点岁月沧桑留下的痕迹，反而有着连十分讲究保养的城市白领都没有的细嫩肤色……"你是因为喝安吉白茶才这般年轻漂亮、肤色细腻？"我这话引来全桌一阵欢笑。

"她是代表我们安吉茶农去参加全国党代会的，而且还给习近平总书记带去了安吉白茶……"坐在我身边的安吉白茶协会秘书长赖建红女士向我透露，"宋代表，说说你当时给总书记送白茶的事。"

"是这样的。"宋昌美将几个方盒摆在眼前，向我介绍说，"习总书记当年就是在我们黄杜村讲的'一片叶子，富了一方百姓'的话，我作为安吉茶农的代表去北京参加党的十八大，非常荣幸，就特意制作了这份礼茶……想表达对习总书记的一份情意，并向他汇报。"

"这份是给你的。"细声细语的宋昌美把礼茶盒递到我手里。

"太珍贵了！太珍贵了！"我接过茶盒，看着全部用安吉毛竹精心制作的方盒，深感荣幸。

交谈中，我知道了这位"白茶仙子"的事迹——

宋昌美现在是安吉县溪龙乡女子茶叶合作社社长、党支部书记。她与"白茶大王"盛振乾在一个村，不过她家与盛振乾家不一样，盛家在黄杜村已有几百年历史，宋昌美的父母是1958年才从江苏高淳迁移到安吉来的。

"那时逃荒到这儿来的。"宋昌美说，"黄杜村在大山里，虽然也是穷村，但靠山吃山，再穷也能到山上挖些竹笋把肚子填饱。"

"我父母虽然穷，但从小教育我们要有志气。"宋昌美说，"我们宋家在黄杜村是搬迁时间不长的外来户，小时候也会受到本村人的欺负和白眼，所以我那时就有一种愿望，长大后一定要孝顺父母，不让他们受人欺侮。"

"我们黄杜村因为有了盛振乾老伯，所以成为安吉白茶的主产地。现在家家户户靠白茶过上了幸福生活。我算是比较早跟着盛家学种白茶、卖白茶的农户，从跟白茶结缘那天起，我们的路就是一直上坡的……"我注意到，容貌细嫩如少女的宋昌美说到自己的人生经历时，语气中含着极强的刚毅。

"在种白茶之前，我在集体茶场搞管理，那是 22 岁之前的事……"她说。后来嫁给了黄杜村的张乐平，她也就成了生产队长盛振乾管的社员了。"1992 年，我们本村的盛家已经种了 10 亩白茶，光卖茶树苗赚钱都赚得让邻居和乡亲们眼睛发红，所以我和村里的人一样，也跟着学起种白茶来，哪想到这一步迈出去就一路往上走……"宋昌美说。

盛家的茶业之所以能成功，是因为盛振乾从小就热爱种茶栽茶，又有当生产队队长的十几年里带领农民成功培植野茶树的丰富经验，再加上有 4 个儿子相助，别说在黄杜村，就是整个安吉也找不出第二家能与其比试白茶产业开发实力的了。但十几年下来，甚至连盛家都不曾想到的是，本村的张乐平媳妇宋昌美领导的"溪龙仙子"白茶产业现在跟盛家的"大山坞"白茶产业平起平坐了！

"我自己也没有想到嘛！"宋昌美坦言，"人家盛家要人有人，要技术有技术，要人脉有人脉，我宋昌美什么都没有呀！"

其实，宋昌美有的，或许是盛家的短板——一个敢闯敢干、表里如一、心地善良的美丽女人的特质。

黄杜村种白茶比任何一处地方的茶农都容易，因为有盛振乾在身边，何时出了问题，田头直着嗓门喊一声就能解决。即使盛振乾忙得顾不过来也不要紧，田挨田、地贴地，你盛家怎么做我跟着做就是了！所以，黄杜村的白茶种植是整个安吉普及最早最快的一个村。

光种茶不会炒茶等于白种茶，而且好茶坏茶关键是炒制技术，尤其是绿茶，其制作的过程要经过杀青、揉捻、干燥三个程序，要使茶叶既有香味，又在炒后泡水时保持叶子的青绿没有异常，炒制火候的把握极其重要。一个好茶品种，必须得有一套过硬的炒茶本领。宋昌美聪明伶俐，头脑活泛，深知茶道的奥秘。自家地里种白茶的第二年，她就在盛振乾的介绍下，来到杭州中国农科院茶叶研究所开办的茶叶炒制培训班学习。

"一个培训班 45 个学员，除我之外全是男生。他们多数是集体企业派来的，唯独我是个体企业来的学员，那个时候个体户还是很受排斥的，我是硬着头皮挤到这个班的。"

"炒制技术不是那么好学的，一天下来，胳膊像断了似的，你还得把握节奏、轻重适度，讲究着哩！"宋昌美说，"才学了几天，我的手指已经破皮出血，然后溃烂……但我是自己掏钱参加学习的，再苦也得忍着。最后我在这个班成绩得了第一名。"

宋昌美带着满心希望和信心回到家乡，跟丈夫一商量，决定大干一场。"你瞧盛家今年已经种了 10 亩白茶，少说也能赚几十万元哪！"

"我们哪有钱买苗种茶嘛！"丈夫张乐平为难地说，"你看看我们家这两间破草房……"

宋昌美温柔地搂过男人，说："只要你支持，我就不相信人家做得成的事我们做不成！"

第二天，宋昌美跑到镇上的银行，说要贷款。

贷多少？

两万元。

你拿什么贷？

这个……我也不知道呀！宋昌美被银行的人问住了，她只听说如果有人想创业，银行就可以帮忙把钱贷给你，等以后发了财再还给银行。

哪有这么简单？得有抵押。银行的人问她：你家里有什么值钱的东西作抵押？

宋昌美想了半天，最后摇摇头：其他没有，就两间草房。

银行的人看看她，又问：你是哪个村的？

黄杜村。

银行的人立即拉长了脸，也拉长了嗓门，说：算了吧，你们黄杜村的人没有一家的房子是符合我们银行抵押条件的……

宋昌美终于明白：人家不给她贷款，原因是她家太穷，人家不放心。

"那个时候，不仅是我们黄杜村穷，安吉多数乡村的百姓都穷。"宋昌美说，"我一生气，就与男人一起，带着孩子离开了安吉，到湖州去打工……

一去就是近4年！"

那段时间里，宋昌美的男人在外打工，她带着孩子在亲戚家隔壁开了个杂货铺。几年下来，夫妻俩省吃俭用，积攒了十来万块血汗钱。宋昌美身在湖州，心头却一直念念不忘白茶的事，尤其看到盛家的白茶生意越做越红火，村里种白茶的人也多了起来，而且收入丰厚，不免心动。最重要的是，这时乡干部也号召本乡农民种白茶。"给这补贴那帮助的，这种情况下，我跟丈夫商量，干脆回去再种茶卖茶吧！"宋昌美说。

于是一家人带着打工挣来的钱，重新回到黄杜村。这一回，她宋昌美完全变了个人，从两手空空的农妇，脱胎换骨成为名震茶业界的"溪龙仙子"。这个过程，宋昌美用了十来年时间，不长也不短。"每一步都是上坡的路，虽然苦累一些，但一路往上走的感觉是充实和快乐的……"宋昌美说。

一位只有小学文化的农家妇女，不可能像诗人一样把这一过程描绘得如诗如歌，也不会像小说家那样把所有精彩、曲折的细节掰开揉碎，再用丝一样的细腻文字叙述出来……她只能是粗线条、轮廓性地讲给我们听——她先用10万块的本钱承包下一块10亩的荒山地，然后又是种茶又是炒茶。当然，这个时候制作出来的茶全是和盛振乾家一样的白茶。

黄杜村人在种茶上的本领已经超绝了，那本领是盛振乾摸索出来的，安吉其他地方无人可比。但茶的质量好坏，最后落在炒制上，这功夫就是种茶之外的另一种本领了。在这个环节上，宋昌美显示了女人的优势：技术必须高超，还得精细、用心、用情——她总结出的这四点，也成就了她的茶叶成"仙"！

"那些年里，村里人忙着到县城、省城去卖茶，她却一回回跑到杭州去向师傅讨教炒制经验。"村里人说。

大家后来发现，宋昌美的炒功超过了所有人。她的茶色、香味独树一帜，有股清香与缥缈的"仙"气……

"第一次我把炒好的茶拿出去卖时，也不知道到底能卖多少钱。"宋昌美对当年做第一笔生意时的情景记忆犹新。她说："客户是个部队的同志，他问我多少钱1斤，我愣在那里半分钟没回答上来，心想：到底这茶能卖多少钱1斤呢？那时好的龙井1斤也就卖五六百块。我只知道头回卖好东西必须把价往上开，不然以后就上不去价了。我想想自己这些年为种茶来回折腾、辛辛苦苦的过程，就一咬牙，说：1斤1500元！价钱是这么报出去了，心里想的是，你压到1000元是我的实际心理价。哪想那个部队同志愣了半天，反问我：你说1500元1斤？他意思是根本不相信茶叶会有这个价。但我不能反悔呀，就点点头：嗯，就是1500元1斤！他就不再怀疑自己听错了。于是就说，那我泡一杯，看看你这茶到底好在哪里，怎么这么贵。我说，泡就泡，但我们说好了，泡了后你感觉好喝，你就得买我这茶。那部队同志笑了，说好啊，我喝了认为好，就买。茶泡好后，那小叶片在水里像小仙女似的，妖妖的美，又散出清清的香……那部队同志喝上一口，我看到他眼睛都亮了，再品一口后，就有些醉了！我就赶紧问他：怎么样，好茶吧？他连连称道：确是好茶！比其他的茶都好！那你买吧？我怕他对1500元1斤的价钱反悔，就催他。他问，你有几斤？我说共带了5斤。他说我全要，并且一下从口袋里掏出7500元现金给了我……我当时开心得不知说什么好。接钱的一刻眼睛都湿了，又怕客人看见了难为情，赶紧背过身帮他包装茶叶……"

宋昌美的"生意故事"讲得绘声绘色、精彩传神。

这一回的生意给了宋昌美极大的自信心。从那时起，她不管对想跟着她种茶树的邻居，还是想买她茶叶的客户，从不跟人家多费口舌，只做一件事：先泡杯茶让人家喝，喝完了再谈白茶的事。

"阿美，你真成白茶仙子了啊！"有一天，邻居大姐端着宋昌美刚刚炒出的新茶泡了一杯，品着品着，双眼竟然美美地闭了好大一会儿。双眼再睁开的瞬间，脸上仿佛光芒四射。

从此，宋昌美这"白茶仙子"的美名就在黄杜村和安吉叫开了。20世纪90年代后期，"白茶仙子"是人们对宋昌美的赞誉，到了2000年以后，"白茶仙子"成了对安吉白茶和安吉茶女们的尊称。

"我们后来每年都要评选安吉'白茶仙子'，以表彰为白茶产业发展作出贡献的安吉妇女们。"县委领导告诉我，宋昌美是第一届的"白茶仙子"，也是安吉"白茶仙子"中的"头牌"。老百姓口中的"头牌"，也就是第一的意思。

"第一次评选'白茶仙子'是在2004年。揭晓那一天，真是万人空巷，安吉历史上很少有那样的热闹场面……'我们的阿美可为咱黄杜村争光啦！'"乡亲们谈起宋昌美，都跟讲自己家的儿媳那样荣耀。年底，宋昌美不仅成了安吉"白茶仙子"，还光荣地加入了中国共产党。

"做了党的人，再品品习近平同志说的那句'绿水青水就是金山银山'，好像就是他在鼓励我宋昌美一定要带着乡亲们把白茶这件事做得体体面面，让农民兄弟姐妹们快快过上好日子一样……"宋昌美说。2005 年清明茶卖完，宋昌美再次扩大茶园，达百亩之多。也就是在这一年的 8 月 15 日，习近平同志到了余村，提出了"绿水青山就是金山银山"的理念，宋昌美是从当地报纸上看到这则新闻的，虽然当时她还是个新党员，但她心头马上升起一个愿望——让乡亲们和我一起种茶致富！

对农民来说，种茶并不太费劲，但能不能卖掉、卖个什么价，学问可就大啦！许多农民很难迈过这个坎儿。

"阿美就背着我们的茶叶，跑杭州、走上海，挨家挨店地帮大伙儿推销。"黄杜村的乡亲说。

"有一回阿美卖茶叶太累了，途中困得在车上睡着了，结果身边的茶叶被人偷走了……阿美回来什么都没说，赔本的钱算在自己身上……"另一位大姐对我说，"阿美的心就跟仙子一样美，我们的事托给她做放心。"

2000 年，宋昌美为自己的白茶注册了"溪龙仙子"商标。"溪龙是安吉白茶的主产地，我是这块土地上的媳妇，所以我用了这个家乡的地名。'仙子'，既代表了我们安吉白茶的品质，也有我对自己的一份严格要求，因为仙子在人们心目中是美的化身，我宋昌美做生意不能不求产品的质量美，还有待人接物的行为美。"宋昌美这样向我解释其产品的商标含义。

宋昌美是个女子，她也是个"仙子"。她在白茶界也很霸气：种的白茶要美，美到拍电影、拍电视都往她家的茶园里跑；卖出的白茶要美，美得每枚茶叶都能亭亭玉立、令人心醉；做白茶生意心灵更要美，美丽乡村出来的人里里外外都要讲究最美……

"若不美，'白茶仙子'就枉有虚名；若不美，白茶只能一季春色好风光，其他日子没人搭理。若不美，绿水青山就变不了金山银山，老百姓的幸福日子也不能地久天长。""白茶仙子"宋昌美的一整套"美学"理念，支撑她十几年的白茶生涯步步上坡，越做越大，且把自己从里到外变得越发美丽——这也神了，阿美生意越做越大，整天忙得四脚朝天，可你看她的皮肤，越发光亮、细嫩，真成仙了啊！

"不是都想成仙吗？走！明天跟我一起到北京去，保证你们也会发现自己美得让人馋！咯咯咯……"宋昌美和姐妹们这么打趣。

后来，她真带着十几位安吉"白茶仙子"去了北京专门招待外国元首的钓鱼台，在那里举行了一场安吉白茶质量追溯暨品牌推荐新闻发布会。茶农到钓鱼台国宾馆举行新闻发布会，这真是破天荒的事。第二天，安吉茶女们看到自己上了"洋文"报纸和外国电视后，个个喜得眉飞色舞。

"你们自己看看是不是也都美得成仙子了啊！"宋昌美把报纸上的大照片给姐妹们看。

可不，我们都美得成仙子了啊！姐妹们捧着报纸，高兴得又蹦又跳。

"一人美了不算美，一个村庄美了才是美；一人富了不算富，全村全乡富了才是真正富！"2012年党的十八大召开，已成30万安吉茶农代表的宋昌美，带着亲手炒制的"溪龙仙子"白茶，进京向习近平同志汇报这些年安吉人民如何将绿水青山变成金山银山的桩桩件件农家事……见到习近平同志的那一刻，她激动得热泪盈眶。

"宋代表自参加十八大回来后，变得越来越美，越来越像仙子……"这句夸宋昌美的话来自安吉县白茶协会秘书长赖建红女士。在前面已经介绍过，赖建红真正的身份是安吉林科所的茶叶专家，她同样是安吉人心目中十分敬佩的"白茶仙子"！

当我提出请她讲讲自己的故事时，赖建红连连摆手说，如果要说安吉的"白茶仙子"，叶海珍才是。

于是我知道了另一位让安吉人都要竖大拇指的"白茶仙子"——叶海珍。

叶海珍当时是安吉县政协主席，以前大家称她"白茶乡长""白茶县长"。

当年习近平同志第一次到安吉视察，蹲在黄杜村的田头，一边欣赏着绿油油的白茶树，一边揉捏着一把茶叶，听着叶海珍讲述茶农们如何依靠白茶致富的故事，不无感慨道："一片叶子，富了一方百姓。"

1995年，安吉白茶处在科研阶段，这一年叶海珍出任溪龙乡乡长。这个在安吉东北角的小乡，仅有8000人口，人均收入1000来元，是个典型的穷乡僻壤。

"那时我才30刚出头，从另一个乡调到溪龙乡。一同调任的有乡党委书记、专职副书记和我这个乡长，我们3个人是不约而同到溪龙报到的。"叶海珍在接受我采访时，对当年到溪龙乡任职之初的情景记忆犹新，"这是全县又穷又小又偏的一个乡。乡域内没有一条水泥马路，小车开进乡里，往后一看，50米外就见不着人影了，尽是飞扬的尘土。"

真的没有一条改变乡亲们苦日子的路？初来溪龙的叶海珍，用了3个月时间，走遍全乡，苦觅致富途径。一日，她来到黄杜村的盛振乾家，主人给她泡了一杯自家产的茶。但见杯中的茶叶状如凤羽、色若玉霜，似片片翡翠起舞，若颗颗白玉沉底。叶海珍忍不住端起茶杯，慢啜一口，顿觉鲜爽甘醇，清香四溢；再将茶水含住细品，即刻舌齿生津；再下咽润胃，通心通肠，好不舒畅！"这是什么茶呀，这么好的味道？"叶海珍不禁问道。

"自家种的白茶。"盛振乾将新来的女乡长领到自己宅后的一块茶林，介绍说：这是他从大溪乡的白茶祖扦插成活的一些白茶树，刚才泡的茶叶就是这茶树上长出来的。

"除了你家种外，还有其他人家种吗？"叶海珍问。

盛振乾点点头："有，但不是太多。"

"为什么？"

"一是怕茶叶卖不掉；二是大家对白茶没感觉……"

听了盛振乾的话，叶海珍禁不住一边抚摸着她有生以来第一次看到的白茶树，一边沉思起来。

次年的一天，溪龙乡党委和政府领导带领乡村两级干部到本县的余墩村参观学习千亩早园竹基地建设经验。在清风吹拂的一片竹林面前，叶海珍突发奇想：余墩村能种千亩早园竹，溪龙乡能否发展千亩白茶基地呢？之后，她带着这一课题，进行了3个月的调研。最后，她的结论是：溪龙发展白茶产业，应该可以。

要种白茶，少不了一个人。那就是黄杜村的盛振乾。

对，找他去！

干什么事都有一股风风火火劲儿的叶海珍，又一次造访盛家。

"老盛伯，我想在我们乡里种1000亩白茶，你觉得可能吗？"叶海珍劈头第一句就这样对盛振乾说。

"什么？1000亩？你要种1000亩白茶？"盛振乾瞪大的眼珠子半天没

动一下。之后，他连连摇头："不可能，不可能！"

叶海珍根本没有想到盛振乾会有这么大的反应，问："为什么呀，老盛伯？你不是给我浇冷水吧！"

盛振乾这回缓过气了。他认真看了一眼瘦弱的年轻女乡长，反问："你知道我们那年从白茶祖那里剪枝后，到现在有多少年了？"

"上次你不是说10年了嘛！"

"是啊，10年。可你知道，到现在我们总共才种了多少亩白茶吗？"

"20来亩？"

"是啊。10年才弄了20来亩。可你现在要搞1000亩！得多少年？你想过没？"

叶海珍："我想……3年完成！"

"3年？那不是天方夜谭呀！"盛振乾从小板凳上跳了起来，脖子上的青筋都鼓了，"你你……你们当领导的，得得……从实际出发呀！"

叶海珍苦笑，然后重重地点点头："是的，老盛伯，我们就是从实际出发，从溪龙乡的实际出发……你想想，溪龙乡这么穷，又没有其他优势产业，靠什么让百姓脱贫致富？没有其他项目呀！所以我就想靠你的白茶，让所有的人与你一样富起来，最好明天就富起来！老伯你说，我这是不是从实际出发？"

盛振乾被叶海珍的话问愣了，但回过神后，他又摇头，喃喃道："这种白茶可不像种白菜，没那么容易。"

"如果像种白菜那么容易，你说我还会来请教您老人家吗？"叶海珍把自己坐的小板凳往老人身边挪了一下，靠过去握住他那双满是老茧的手，恳切地说，"你得帮我呀，老伯，得帮我……"

看到膝前年轻女乡长双眸里闪着的泪花，老人的心软了，说："那我……试着看看能不能帮你。"

"谢谢。谢谢盛伯！"此刻叶海珍的眼眶真的发热了，又问，"老伯你一个人育苗能干得过来吗？"

"家里几个儿子现在都学会了，他们也已经可以带徒弟了。可……"盛振乾说着，又吞吞吐吐起来。

"有问题你先提出来。"叶海珍看出老人的心思。

"你要我育那么多苗，得很多成本哪！"老人终于说出了实情。

"你现在一枝卖多少钱？"

"一般六七毛。"

"成本呢？"

"近4毛。"

"好。我想法给你10万元定金……"叶海珍起身说道。

从盛家走出的年轻女乡长，仰头无声地问天问自己：10万元钱，你在哪里呀？

什么叫穷乡？溪龙乡便是。堂堂一乡之政府，竟然不知何处能拿出10万元资金，还能不说是穷乡？我记得，同是20世纪90年代中期的苏南地区的一些乡镇，已经有不少跨入"亿元乡"的行列了，而近邻的安吉溪龙乡，竟然拿不出10万元急用款！

"那个时候，我们安吉多数乡镇的日子都很难过，尤其是我所在的溪龙乡。"叶海珍回忆道，"后来我从县矿产公司借了10万元打给了盛振乾。为了这件事，我在乡里特别注册了一个'林溪白茶开发有限公司'，这样便于操作。我自己任这公司的董事长。"

"育苗的事算有了着落。我又问盛振乾：你能不能教农民扦插和管理白茶，他连连摇头，说他连斗大的字也不认识几个，教人绝对不成。没办法，我只得另想招了……"叶海珍无奈地长叹。

在安吉地盘上被弄得走投无路的年轻女乡长，只得把目光投向省城杭州，那里有个权威的中国农科院茶叶研究所。人家会理会我们吗？去了再说！

到茶叶研究所还算好，一位副所长答应了她的请求，但有个条件：研究所工作已经很忙了，再派人出去不容易，更何况大家都在讲效益。"技术人员也得吃饭不是？"副所长说，"既然是培训，你们得支付5万元咨询费！"

叶海珍倒吸了一口气：哪里再去弄5万元呀！但她咬咬牙，把想说的话咽了回去，改口道："所长，我们乡实在穷得叮当响，能不能……少一点。我代表8000多农民兄弟先谢谢您。"

副所长是知识分子，叶海珍一求，就不好意思起来："那就……2万元行不行？"

"行！"叶海珍真想哭一场，但她没有，只是一个劲地握着副所长的手，连声说谢谢。

其实，2万元也是她后来去借来的。一个如今百亿元产值的"白茶之路"就这样艰难地走出了第一步。

"说好了啊，老盛伯，1000亩啊！你负责供应好茶苗，我负责1000亩白茶的种植推广计划！"回过头，叶海珍又跑到盛振乾家，再次与"白茶大王"敲实"君子协定"。

"我这儿保证不出问题。"盛振乾郑重地点点头。

叶海珍办事虽然风风火火，但考虑问题却很周到、步步扎实，自身性格又坚韧不拔。"事情比我想象的要艰难得多。农民们根本不愿种白茶，没有一个人愿意的！你都想不到动员他们种白茶有多难！"在我面前的叶海珍，回想起往事感叹道，"换了现在这年龄，我真的会打退堂鼓。"

"都是为了乡亲们能够过上好日子，"带着自己的心愿和理想，叶海珍首先找到了盛振乾所在的黄杜村支部书记盛阿林，动员他带领乡亲们先"领"上一二百亩指标。哪知盛阿林一听就摇头，说："盛振乾家是种茶专业户，过去移植野山茶就有本领，我们可不一样，几百块买来一堆苗，到头来活不成几棵，弄不好还赔本，怎么推广？"

"你是村支书，你不带头谁带头？"叶海珍急了。

盛阿林说："乡长，不是我不听你的话，实在是我们没有本钱和底气种呀！"

无奈，叶海珍又跑到另一个村去动员。回答她的比盛阿林更斩钉截铁：不会种，也种不了！人家还反问她：谁能保证真把白茶种出来，就卖得出去？如果卖不出去，我们就不是穷的事了，是能不能活命的事啊！

女乡长听完这样的话，眼泪直在眼眶里打转：难道是我的"白茶梦"真有问题？是我被盛家的一口茶弄糊涂了？叶海珍想来想去，最后还是摇头。那白茶确实好喝，真要大面积种出来，肯定能卖高价，能让茶农富裕起来！回到家，叶海珍拿出那天盛振乾送给她的一小包白茶叶，认认真真地泡在杯中，然后又细细品味，品着品着，叶海珍就感觉那股清香劲儿、舒服劲儿，令她心旷神怡……安吉有此茶，才能称得上"安且吉兮"！叶海珍甚至觉得，过去大家光在字面上理解古人对"安吉"二字的阐释，其实配上这白茶叶，才是完整的"安且吉兮"！

"我就不信，好酒谁都认，好茶就没人认？"第二天，叶海珍带着盛振乾家采的白茶到了杭州，来到中国农科院茶叶研究所进行物理测试，她想看看到底安吉白茶有没有健康价值。这一测试，让叶海珍简直当场笑出了声：安吉白茶的氨基酸含量达 6.25%，比普通绿茶高出两倍以上。评价茶叶的品质，就是看氨基酸含量。大家知道，人的生命主要靠蛋白质，而蛋白质依靠的就是氨基酸。

"这么高的氨基酸含量，加上口感、观感又都这么好，可以说，你们的安吉白茶无可挑剔。"中国农科院茶叶研究所的专家告诉叶海珍，"剩下的就看你们自己的本事了！"

这回叶海珍是带着满满的信心回到安吉溪龙乡的。

但溪龙乡实在太穷，当叶海珍再一次找到黄杜村支书盛阿林时，人家一脸苦笑地对女乡长说："我哪里有钱买茶苗呀！当村干部的都已经 3 年没拿到一分钱工资了啊……"

叶海珍无言以对。但千亩白茶发展计划绝不能半途而废、中间耽搁。怎么办？继续动员，做工作呗！那段日子里，叶海珍几乎天天在黄杜村跑东家走西家、一户一户地游说，一个人一个人地讲述种白茶如何如何的好，可是竟然没有一个人接她火一般的热心。到底这是为什么？她想不通。

"穷呗！"乡里干部说。

"推广种白茶就是为了改变穷日子呀！"她还是不明白。

"是啊，你的好意大家都明白，但溪龙人实在是太穷了！穷得什么都怕。"

听罢这样的话，叶海珍欲哭无泪。夕阳西斜，血红的晚霞照在安吉母亲河——西苕溪上，美不胜收，如诗如画。坐在溪边的叶海珍久久地凝望着自己生活和工作的这块热土上的美景，竟然陶醉了……也许是西苕溪的美景让叶海珍产生了激情，也许是心中的"白茶梦"让她萌发了灵感——搞股份制如何呢？

对，既然一家一户种植有困难，那么就来个"强弱合作"、联手经营！这样不就可以解决盛阿林他们的难题了吗？

叶海珍心中有了这个想法，脑子里立即又闪出一个人：方忠华。

"乡长找我？"方忠华是后河村的党支部书记。此人在任村支书之前，长期在外做生意，叶海珍还了解到，方忠华不仅生意做得好，而且还是在村里很有人脉基础的共产党员。此时的叶海珍，已经被"白茶梦"逼得有些心急火燎。见到方忠华后，她便把自己如何想在溪龙乡实现"三年推广千亩白茶"的雄心壮志一一道来，并且希望方忠华伸一把手，帮助黄杜村人把种白茶的事轰轰烈烈地干起来！

"叶乡长，听你一席话，我真的被感动了。"方忠华说，"你身为一个女同志，还不是我们溪龙人，但你为了我们溪龙 8000 多父老乡亲能够过上好日子，这么呕心沥血推广白茶，我还有什么可说的！明天我就去黄杜村找盛书记！"

"太好了！"叶海珍好不兴奋。

之后，方忠华和黄杜村的盛阿林很快结成了合作种白茶的"股份制"伙伴：一个出钱，一个出地，率先种下了 50 亩白茶苗。

这个开端让叶海珍对推广白茶信心倍增。接着，溪龙乡党委和县政府给了茶农们政策上的支持：凡愿意种白茶的农民，每亩可以获得补贴 100 元至 300 元。

自此，村民们种白茶的心气儿渐渐高起来，一直到"三年推广千亩白茶"的计划在溪龙乡提前实现。

1999 年，叶海珍出任溪龙乡党委书记。前几年的风雨兼程，让这位女干部有了当安吉"白茶仙子"的梦想：溪龙乡要建万亩白茶基地，成为安吉的"白茶之乡"！

两年时间，在叶海珍的全力推动下，万亩白茶基地在溪龙乡成功建起。

采访叶海珍之前，我已经到过溪龙乡。当我把溪龙乡茶农、茶商们的话说给她本人听时，时下任县政协主席的叶海珍淡淡一笑说："'仙子'不敢当，但'疯子'是一个。"

"溪龙白茶达到万亩以上后，全县的白茶种植也跟着上来了。这个时候，市场怎么走法，百姓种了白茶能不能卖得出去，能不能赚到钱，能不能靠白茶富起来，这些事就全都堆在我面前。怎么办？我就想：我们溪龙乡既然是白茶的发源地、主产地，就应该形成一个自己的特色市场。于是就有了建白茶广场和白茶一条街的想法。我把这个想法跟县里领导一说，他们都支持我们溪龙乡建成白茶之乡。干吧！我是那种说干就干、干起来再说的人。唉，后来我才体会到什么叫'闯'……闯的路真是难啊，难到很多时候你根本就不想干下去了！"

为了白茶事业，叶海珍可谓鞠躬尽瘁、事无巨细地亲力亲为。到北京出差时，她到茶叶市场的马连道走了一趟，一下子被市场上用"安吉白片"充当"安吉白茶"的情况气得双手直抖。于是后来就有了独一无二的安吉白茶"母子商标"的创新举动，有了安吉白茶原产地的国家认证，有了安吉参加制订的"安吉白茶"国家标准（GB/T20354-2006）……

在叶海珍的力推下，溪龙乡种植白茶树的热情和"黄金滚滚"而来的生意，感染了周边的乡镇，他们纷纷效仿溪龙乡农民种白茶，形成了前所未有的安吉白茶热。

2001年，安吉适时举办了首届"白茶文化节"，溪龙主场人山人海，一片喜气洋洋。毫无疑问，叶海珍与安吉白茶成为整个文化节的主角。不久，从上海拍卖现场传来好消息，这一年从白茶祖上采摘的50克"头茶"拍得25000元的天价！

听到这个消息，叶海珍和安吉茶农们激动得直想哭。这意味着什么？意味着安吉的每一块绿油油的白茶园，都将变成"金山银山"了！祖祖辈辈过苦日子的安吉人能不激情难抑、百感交集吗？

2005年，有记者问黄杜村党支部书记，种植白茶后村子有什么变化时，他说了一个数字：黄杜村在没有种白茶的10年前，人均收入大约在1000元；2004年他们村里的收入是3000万元，人均2万多元，10年20倍的增长！

正如2003年4月，在黄杜村，当习近平看到农民们通过种植白茶后家家户户盖起了楼房、买了小汽车，口袋里还有鼓鼓的钞票时，有感而发道："一片叶子，富了一方百姓。"

一片叶子，富了一方百姓。

一片叶子，又何止富了一方百姓！

这个时候，叶海珍已经升任安吉县副县长。8年里，这一片美丽而外表柔弱的"叶"，在安吉大地上遍地生根茂长，由最初的1000亩，到3万亩，到现在的30万亩。这片"叶"后来还飞出了安吉，飞到了全国各地，播下了创造上百亿产值的一片片广阔无垠的绿地与一座座青山……

安吉的每片白茶叶、每一个茶农，都是"绿水青山就是金山银山"这一理念的实践者与证明者。

第九章　鲁家村是个奇迹

安吉人都知道，余村作为老典型，从20世纪80年代开始，对安吉其他乡村的影响力就一直存在。自从走上"绿水青山就是金山银山"的发展道路之后，余村每走一步，都有一批周边的乡村盯着，甚至明里暗里一直在对其进行学习与模仿。鲁家村就是其中之一。

去过安吉鲁家村的人都会有这样的感叹：这里学余村、走"绿水青山就是金山银山"之路，建设"美丽乡村"，真是创造了奇迹！

现年41岁的左伟伟是鲁家村村民，他在谈起自己村庄的变化时，也用了"鲁家村是个奇迹"这句话，这让我感到好奇。

左伟伟当过兵，身体很壮实，2015年回村创业之前在县城开了一家汽车修理厂，生意不算差。"我没有想到自己会回到村里办农场，更没有想到居然办了一个做梦都不曾想到的野猪与猎犬农场！"左伟伟坐在他的农场门口，俨然一个"山寨王"。他手中执着一杆鞭子在空中悠闲地甩着，口中自嘲道："我在部队只当过班副，没想到退伍数年后，竟然成了'猪军长''犬司令'……"

若以为左伟伟的"猪军长""犬司令"是调侃的话，那就大错特错了。内行人都知道，在中国爱犬界有个"杜高俱乐部（CKUDC）"，名气很大，能入此俱乐部的成员，家里必有一条或数条名曰"杜高"的猎犬。"杜高"这个名字有点像中国的人名，其实它是一种非常名贵又极其凶狠的阿根廷猎犬，是世界上最凶狠的八大猎犬之一（我们熟知的藏獒并不在其中）。20世纪20年代，阿根廷育犬专家安东尼奥·瑞斯·马丁那兹先生用西班牙獒、拳狮犬等杂交培育出强壮而凶狠的杜高犬（DOGO）。经过一代又一代培育训练，杜高犬渐渐成为忠于主人、善良待客，能独立拼杀又具有团队精神的优良狩猎犬，因而备受阿根廷人的青睐。随着近年中国人生活水平的不断提高，杜高犬越来越多地进入了中国家庭。普通人养不起它，一只杜高售价要10万元，强壮优秀的杜高则值几十万元。如此"高贵者"的存在，也使得它有了一个专业俱乐部——中国杜高俱乐部。

像杜高这种猎犬界的"高贵者"，犹如一名拳击手一般，如果不在拳击的格斗场上与他人搏杀，最终将被人唾弃。那么，谁来证明中国爱犬者手中的杜高是最好的、最具战斗力的呢？

"我！我的野猪场是经过专业部门批准的中国少有的几家杜高犬战斗力测试点之一！所以人家称我是'猪军长''犬司令'！"想象不出当过兵又整天与犬为伍的左伟伟说这话时竟然还有些腼腆。

左伟伟是前年在看到自己家乡的绿水青山、日新月异的变化后才回村的。从小爱犬的他回村后向村干部说出了自己的想法，很快，村里就批准了位于他宅基地后面的80亩山林地作为农场承包地。

"养野猪、吃野猪肉、以野猪来测试名犬的战斗力，定期举办'名犬运动会'，以此吸引游客、致富全家、贡献社会，是我看到鲁家村建设成'美丽乡村'后产生的一个梦想。想不到仅仅用了两年时间，我的梦想竟然已经实现了大半……"左伟伟手指农场后面的那片山林，说他正在设想，要将那片山林扩大到自己的"猪犬农场"里面，这样就可以做成安吉首个户外狩猎休闲品牌项目，使野猪养殖产业链进一步延伸，成为现今丰富多彩的鲁家村乡村旅游的重要一站。"因为我的农场而让鲁家村的美丽光环上多一道色彩，作为鲁家村的一员，我感到自豪！"

左伟伟的眼神里溢满了浪漫与诗意。中国很多农民的眼里缺少这样的情感意韵，但鲁家村的村民不一样，这里的每一个人都被自己的美丽家园和幸福生活熏陶得眼神里充满了浪漫和诗意。

鲁家村就是这样一个奇迹。

以前，这个与余村距离县城差不多远的山村，论条件、资源，都比不上余村。当年，余村遵照习近平同志的话，彻底关停了矿山和水泥厂，义无反顾地走上了一条生态立村之路，渐渐成为远近闻名的富裕村、幸福村、文明村。但直到2010年前后，鲁家村还只有脏乱差的环境和贫丘薄地，甚至连像样的毛竹园都没有。600多户人家、2200多人口、16平方公里的面积，就这么一个摊子。在2011年全县187个行政村的卫生检查中，鲁家村是倒数第一名。仅此一点，就可以看出鲁家村当年的样子了。说到经济，更是一个亏欠大户，账上吊着150万元的负债。

而这个时候，余村和其他一大批乡村已经成为"美丽乡村"，村民都过上了连城里人都羡慕的好日子。

"倒数第一"，对一向要强的鲁家村人来说，刺激实在是太大了！

名曰鲁家村，实际上这里没有一户姓鲁，原因是当年这里曾是战争遗留下来的空巢村，原居民无一留存。后来外乡的手艺人尤其是木匠们一户一户地迁移到此，这些以木匠为生的新居民崇拜他们的祖师爷鲁班，于是就将村庄命名为鲁家村。过去的鲁家村人靠外出做手艺为生，自家门口的土地和山丘反倒无人问津，渐渐变得杂草疯长、竹木乱生，看上去山不像山，田不像田，村居的宅前宅后更是脏得一塌糊涂。久而久之，谁也不把心思用在家园建设上，反正离县城也近，出去弄口饭也能糊上全家的嘴。"村民们各打各的算盘，鲁家村的尊严就是被这种想法害得'体无完肤'。"村民朱仁斌用这样的话形容。

听说过余村也去过余村的朱仁斌，有一日从县城自己的店里回到村中，看着自己家周边脏得发臭的污水塘和自己家荒废的丘陵与水稻田，以及比自己家更脏、更荒废的邻居家与整个村貌，这位体校毕业的农家子弟，脸上一阵阵地发热：在外面生意做得再大、钱赚得再多，可如果连自己的家乡都拿不出手让外人来看的话，能算一个成功人士吗？

那一阵子，朱仁斌连续几天待在老宅里没出门——新一届村委会正在改选，他是一名党员，有领导找他，希望他回村工作。朱仁斌需要做出选择：继续在外做生意，还是回村当村干部？

"余村与我们相隔一座县城，如今人家的日子像在天堂，我们鲁家村这个破落相让我感到无地自容啊！"老支书吴金龙把朱仁斌叫到自己家，语重心长地跟他谈了一上午。

"明天我就回县城把店关了，回村跟你和大家一起干……"在这一刻，朱仁斌做出了自己的选择。

之后，他当了近 5 年的村委会主任。这期间他才有机会了解和思考鲁家村的每一块山丘、每一块土地，也了解了每一户村民在想什么。因为了解了家家户户心里惦记的、期盼的事情，朱仁斌自己的想法也变得越来越多。无数个早上，他独自跑到村头的山丘上，看着太阳从东边升起，再回头看看笼罩在晨曦中的村庄，遐想着那些秃丘变成了金光闪耀的山，那些民舍变成了银光潺流的河，还有山川之间的如跃动的丝锦般的田野，憧憬着村民在如此美丽的景色下尽情享受生活之美的未来⋯⋯

2011 年初，朱仁斌担任村支书，也就是说，从此他成了鲁家村的"第一把手"。

"我有机会了！可以按照自己的想法和大家商量怎么干才能最好最快地把鲁家村建成美丽乡村。"朱仁斌这样说。

习近平同志 2005 年 8 月 15 日在余村调研时提出了"绿水青山就是金山银山"的科学论断之后，安吉全县一直坚定不移地贯彻落实这一理念，并进行了创造性的工作，比如，他们把"美丽乡村"建设作为抓手，在全县范围内每年推出有关创建"美丽乡村"的具体措施。环境整治和卫生检查是改变农村面貌与生活陋习的关键。2011 年新年刚过，安吉县的"美丽乡村"建设再掀热潮。前一年名列"倒数第一"的鲁家村能不能打个翻身仗，新任村支书朱仁斌有了想法。

"不治脏乱差，谁会来鲁家村投资？"朱仁斌的第一招是每户发一个垃圾桶，所有的生活垃圾从此必须放入垃圾桶内，违者点名批评、上榜公布。有干部群众揶揄说：一个桶改变得了几辈子的生活习惯？难！

"就是难，所以要有些强制性措施，还要派人监督。"朱仁斌叫上村支部妇女委员和新选出来的各村民小组的保洁员，挨家挨户，早中晚各检查一次。开始，有一半村民按规定将垃圾投放在桶里；过了几天，多数村民按规定将垃圾投放到了桶里；不到一个月，所有村民全部按规定将垃圾投放到了垃圾桶内。这个时候，朱仁斌让妇女委员带着各村民小组的成员走出家门，沿村子边走边看各家各户的门前屋后，村民们笑逐颜开，道：干净了，干净了，看着顺眼舒服了！

乱扔污物垃圾的陋习改了，朱仁斌接着动员大伙儿整治宅前屋后的环境。这下活儿多了，工程量也大，有些村民就不愿意干了，一是嫌麻烦；二是有的家庭人口少，整治起来很费劲。朱仁斌在支部会上说：百姓感到难办的事，村里就要想法子解决。最后统一意见：由村里派专业整治队伍，按"美丽乡村"的统一卫生与环境标准来整治，用工全部由村里承担。

几十天下来，所有村民的宅前屋后都变了样。大家看看自己的家园，瞧瞧别人的房子，再看看熟悉的村庄，都满意地笑了。地面一干净，人心也就舒服开怀了，最主要的是村民们开始有了以鲁家村人自豪的荣誉感了。

年底，全县检查评比村级卫生环境名次榜一公布，鲁家村的村民们高兴得热泪盈眶——他们竟然得了第一名！

"只要大家心往一处想，力往一处使，余村能做到的，我们鲁家村也可以做到！余村有绿水青山、金山银山，我们鲁家村也要有！"朱仁斌当过体育教师，动员能力和鼓动方法很有一套，这回他"拳打脚踢"全用上了。

鲁家村人仿佛头一回有了尊严与荣誉感，而这份尊严和荣誉感很快就化作了他们改变家乡落后面貌的强大动力。

朱仁斌的"富村"第一招见到了实效。2011年5月，安吉县建设"中国美丽乡村"再掀热潮，这回县里提出的"美丽乡村"是提升版——精品村。所谓"精品村"，就是县里新定出的"村村优美、家家创业、处处和谐、人人幸福"4个大类别下设的45项"美丽乡村"建设精品村考核指标。据说，凡被县里列入"美丽乡村"精品村规划的，通过验收后符合这些考核指标的，每个村将给予300万元奖励性补贴！

"300万元，我要啊！"朱仁斌生意人出身，脑筋活泛，一听说这么个好事，欢天喜地地对村支委们说，"鲁家村穷了十几代人，我们再不能放过这一回'美丽乡村'建设的好机遇了！"

"那300万元也不是现在就给我们呀！得干好了才有。"有人摇头，"村里的账面上只有600元，外头还有150万元的欠债，怎么个干法？"

"余村人也是通过一年又一年的奋斗，才有了他们现在的金山银山，我们鲁家村人虽然现在不如人家，但总不能像掉坑的水牛一样不迈步嘛！"朱仁斌这回真着急了，"鲁家村再赶不上这一波'美丽乡村'建设，我们可就太对不起子孙后代了！"最后，村干部的手都举了起来：困难再大，鲁家村也不能掉队！

"形象非常重要，没有一个像样的鲁家村，就没有一个富裕的鲁家村。"朱仁斌坚信这一点：要让鲁家村变成到处是金山银山的新村庄，就得把破破烂烂、寒寒酸酸的鲁家村打扮成漂漂亮亮、绿是绿蓝是蓝的风情乡村。

鲁家村距县城一眨眼的工夫，离杭州、上海等大城市也就一两个小时车程。像余村一样，把鲁家村建成一个适合城市人游乐的乡村旅游景区，以此造福村民，是朱仁斌等鲁家村支委定下的奋斗目标。

既然把鲁家村定位为乡村旅游景区，那么客人进村的第一站该是"村委会"——未来的"游客中心"。

"拆！建一座至少让人看了舒服些的新房子！"从小过惯苦日子的朱仁斌，深知农民们挣的每一分钱都不容易，但为了村民们明天有更富裕的日子，他提出拆掉 20 世纪 60 年代盖的村委会旧房子，建一栋稍稍像样的村委会新楼。"鲁家村需要一块金字招牌，花些血本，值！"朱仁斌果断地决定。

新楼精打细算，左右合计，招标价定为 300 万元。工程设计和招标书挂出去后，无人问津。

怎么回事？这结果让朱仁斌垂头丧气。一细问，人家朝他笑笑，说，你鲁家村穷得剩下什么货色，谁人不晓？别说 300 万元，就是减一半，我们给你盖好了房子，你们也未必能付得清工程款啊！到时我们扒你的皮也没有呀！

这，这，这……朱仁斌急了，他拿出自己的一张 50 万元存折，对招标的那几位熟人说：我朱仁斌拿自己的家底做抵押还不行吗？如果村里付不出工程款，我给你们！

就这样，村委会新楼的招标项目很快尘埃落定。

"就是这座楼，现在它可值钱哩！"采访那天，朱仁斌指指挂着"游客中心""商务周转中心"等许多招牌的两层村委会楼房，非常得意地告诉我：前些日子有人愿出 600 万元的价格买下它，村里没有同意。

如今的鲁家村，已是个热闹繁华的集市，地处中心地带的村委会楼址寸土寸金。600 万元这个价，换谁都不会卖。

2011 年的朱仁斌和鲁家村人其实有点像在"赌"：除了用"空头支票"改造村委会的"招牌楼"外，他们后来抛出的"纸上画饼"更绝——

"鲁家村要什么没什么，怎么个招商引资？我就跟深圳一家著名的设计公司签了份协议，请他们帮助我们做了一份电脑上的 4D 鲁家村旅游景区图，这可以说是全安吉县乡村一级最好的设计，那图上的新鲁家村美得如诗如画，应有尽有，真正的中国版美丽乡村！"

再好的设想，没有上级的支持就是"水中捞月"。朱仁斌清楚这一点，于是在有些眉目后，他立即怀揣设计方案跑到县里。朱仁斌最想找的是当时主管"美丽乡村"建设的县委副书记陆为民，但到了县府大楼后，朱仁斌心里有些发毛：陆书记能管我们这么个无名小村的事？

"是鲁家村的吗？来来来，到我办公室谈……"正在朱仁斌犹豫不决时，陆为民副书记出现在办公楼走廊。

朱仁斌赶紧答应，并跟着陆为民进了办公室。

"我看你们的方案和设想都很好，就这么干！"听完朱仁斌的汇报，又看了方案，陆为民副书记立即拍板道。让朱仁斌想不到的是，县领导还极其耐心细致地帮助他分析问题。比如，鲁家村在建设"美丽乡村"中需要处理好村域与镇域甚至县域之间的协调统筹关系，要引进有实力的工商资本，注重连片打造、整体开发，让百姓能实实在在地得到实惠。

"谢谢陆书记，您的一番话，让我茅塞顿开。我回去一定按照您的意见好好干！"朱仁斌紧紧握住陆为民副书记的手，感激地说道。

万事俱备，只欠东风。现在就剩下怎么干了！

"不管怎么干，你都是真金白银投进去，这个设计方案得花不少钱吧？你上哪儿借的东风？"我笑着问他。

"知道我花了多少钱吗？300 万元哪！你问我这笔钱是从哪儿来的？"朱仁斌瞪大眼睛，像魔术师似的冲我一眨眼，然后张大嘴巴哈哈大笑起来，笑得楼里的人都过来看他们的朱书记是怎么回事。

"没事没事！你们只管忙去。"朱仁斌止住笑后，对同事们摆摆手，继而又跟我说，"我当时确实一分钱也没了。但我就是拿着这份设计图，借了回'东风'，实实在在地'骗'回了 300 万元现金……"

"到底什么情况？"我的好奇心也跟着上来了。

"是这样。"朱仁斌说，"有了电脑上那美轮美奂的新鲁家村未来图之后，我先向 20 来位在外做生意的鲁家村人每人发了一份'顾问'邀请书。你问这有什么用？用处可大了！外人可能不知，我们鲁家村虽然村子不像样，有能耐的人却不算少，但他们都在外面谋事。这回我想建设新鲁家村，怎么也离不开本村的这些能人啊！所以我想了一招，邀请他们做村里建设的顾问，一来确实需要这些有能耐的人一起谋划，二来是希望他们有力出力，有钱出钱。当顾问挂个名，主要的还是希望他们带着钱来见个面。结果全都中招！"

朱仁斌大笑。

"开始他们各自也就带了一两万块钱，算是给我一点面子，但后来看了新鲁家村的未来设计图后，一个个不是心潮澎湃，就是心花怒放！问我，咱们鲁家村真的能建得这么好吗？我说当然啦！如果你们敢打赌，我可以立字据，不出 5 年，鲁家村完完全全就是图纸上这个样子！大伙见我这么有底气，全都兴奋得嚷嚷起来，说一定要为家乡做点贡献，于是原来准备出一两万元意思意思的人，立马变成你掏 20 万我就出 30 万……最后一点，整整300 万元！"

精明的朱仁斌大获全胜！

他把这 300 万元全部拿来支付给了设计公司。现在，他手上可就真的只有这个好看、似乎能闻到香味的大"饼"——鲁家村最美乡村景区规划图"PPT"。这"PPT"对朱仁斌来说，是他招商引资的"秘密武器"，而对那些投资者来说，就是一张看得见的"支票"！

"现在大家看到的鲁家村的一座座'金山银山'就是这么起来的！"朱仁斌自豪地告诉我。

"来来来，老陈，你给何作家介绍介绍……"朱仁斌确实是个能人，干什么事都雷厉风行。与我说话的当口，他把要找的人都叫到了跟前。

"老陈"即万竹农场场主陈贤喜，是从外乡到鲁家村投资的竹业老板。现在已在鲁家村独立投资近 2000 万元。"我以前在县城搞观赏竹销售，卖到全国各地。"看得出，陈贤喜是个不善言语的生意人，而这样的商人做起事来一般都很踏实。

"2014 年有人给我介绍鲁家村，说这里可以搞家庭农场。我抱着试试看的心思来到这里，哪知朱书记一下就把我'拉下了水'……"陈贤喜瞄了一眼在一旁开心大笑的朱仁斌，说，"本来我就图这里离县城近一点的好处，想不到朱书记见我有意到鲁家村来搞吃、住、游一体的竹园农场，就把村里

129

最好的 300 亩地划给了我，而且还向我保证：以后我的竹子销售全由村里来负责。天下哪有这么好的事！我就毫不犹豫地跟鲁家村签了投资建农场的合作协议，一直干到今天……"

"没亏吧！"朱仁斌笑呵呵地问陈贤喜。

"赚大了！"陈贤喜脸都红了，连声说，"要谢谢朱书记！"

半个多小时后，我们来到陈贤喜的"万竹农场"，那一块地确实是在鲁家村的"心脏"地带，有山有水，山上的竹是陈贤喜的宝贝，目前有百余个不同品种，可谓奇形怪状、美不胜收。"竹业界有句话，叫世界上的名竹看浙竹，浙竹就看安吉竹。我这里光安吉竹就有 40 余种……现在农场的竹子主要供游客观赏和销售给各地的竹子爱好者。"陈贤喜一谈起自己的竹，如数家珍，表情也变得丰富了。

"生意这么好啊！"到鲁家村的那一天是 4 月 22 日。陈贤喜的万竹农场正在试营业阶段，但我见他的观赏竹林与竹宴农家乐已经人山人海，不由惊呼起来。

"多数是村里旅行社拉来的团队客人，一部分是我的熟人……"看着自己兴隆的生意，陈贤喜满意地说，"正式开业后，估计会有一半以上的客人。"

我有些好奇，提了几个问题：

"你这儿不卖门票吧？村里给你反馈些门票收入吗？"

"给的。按照我的农场规模，村里把门票收入的 1% 给农场。"

"游客到你这儿消费，村里收什么费吗？"

"不收，全归我。比如游客吃饭、住宿、临走时带走点竹笋什么的，收入都归我。"陈贤喜又补充一句，"正式营业后，我们会上缴一定比例的餐饮跟住宿收入……"

"觉得合理吗？"

"非常合理！村里为我们搭建了这么好的生意平台，又把基础设施搞得这么好，要不哪有人到这偏僻的地方来看你的竹、买你的货嘛！"

"下一步还有什么打算？"

"我想在鲁家村建一个世界上最好、最全也是最大的有万个种类的观赏竹园，供游客们在这里休闲养生，享受安吉乡村的美竹生活。"陈贤喜又用了约十几分钟的时间，给我绘声绘色地讲述了他的美竹美景图，令我陶醉又痴迷。

朱仁斌靠"PPT"来了个"空手套白狼",虽然看起来像个笑话,但第一年,他就这样左手翻右手、右手滚左手,一连"套"来了1700多万元资金,给全村基础设施进行了一次彻底的"整容",把原先谁也看不上的鲁家村"丑小子",一下子变成了安吉城边人见人爱的"美猴王"!当然,日后,那些应声入"套"的人也各个成了盆满钵满的"金主"。

"美猴王"有七十二变的能耐。2012年春节,长年在外地做生意、打工的鲁家村人回来与亲人团聚,结果许多人竟然找不到自己的家了!通过1700多万元的投入,在朱仁斌等村支部、村委会干部的带领下,留守在家的村民齐心合力,苦干一年,把整个鲁家村里里外外、家家户户都换上了"新装",以前的泥巴路改成了宽阔的柏油马路;摇摇晃晃的土坯房改成了小楼房;又臭又脏的露天厕所改成了明亮干净的冲水厕所;房前屋后的垃圾统一入桶、每天还有专人管理……这一切,鲁家村人过去见过吗?没有。"那你不认识自己的家嘞!"老汉对自己外出打工的儿子说。婆婆告诉儿媳说:"以后不用愁孩子进不了城里的幼儿园,咱村里的幼儿园比哪个地方的都强!"

"大伙今天看到的只是个开端,鲁家村要建设成'美丽乡村'的精品村,还需要有特色。既然要有特色,就不能千篇一律,一个模式。"朱仁斌在村干部会议上扳着指头说,"我们安吉农村最突出的就几样东西:竹子、白茶,还有农家蔬菜与养殖。这些东西,我们鲁家村有,其他村也有,如果鲁家村只在这些方面下功夫,再好的前景也就是比别村的日子稍稍好一些而已。更何况我们总共才16平方公里的面积,弄不好大家就相互模仿做么一两件事,结果是全村人富不到哪里去,风险一来,倒下的却是一大片……这样的发展路子我们不能走。我们要走差异性的特色经济、特色产业的路子,我们要建最具特色的美丽乡村旅游观光景区!"

村民们并不清楚"特色"是啥东西,于是朱仁斌告诉大家:比如我们已经把一块好地给了陈贤喜去搞竹业经济文化了,就不能再引一个同样的竹业企业项目,否则这两家就很可能在竞争中相互消耗,最后全都败下阵来,最终吃亏的是鲁家村。差异性,就是所有在鲁家村投资的项目,内容和形式上要不一样,各具特点,百花齐放才能春满园。

朱书记这个点子好,我们双手赞成!这样下去,我们鲁家村用不了几年时间，就一定是个美丽的大花园，游客们想看什么花都有！村民们频频点头称道。

"差异"二字，话好说，但真要做到、做好也不是件易事。

陈志琴，安吉天子湖镇人。现在她在鲁家村的"家庭农场"是做得最成功的一户特色农家乐。"我做的是蔬菜经济，就是种菜……"陈志琴说。

采访她的这一天，陈志琴身着一身红衣，很艳丽。她羞涩地笑着说，今天是周末，来的外乡客人比较多，我穿着红衣服，客人有事容易找到我……原来如此！

陈志琴说："我是2013年进鲁家村的。以前在县城做白茶生意，还开过一家废品收购站。朱书记他们到城里做宣传，说鲁家村要办农村特色旅游，有优惠政策招商。我对家人说我去试试，结果一来就谈成了。他们给我一块150亩的好地，连成一片的地。朱书记说，你这地就种蔬菜，观光蔬菜，开农家乐，你只要负责把蔬菜种好，客源由村里负责拉来。当时我是半信半疑，心想，哪有这么好的事情！"

"结果呢？"我关心这个。

"好啊！"陈志琴笑。这时她的手机铃声响起，她走到一旁接电话。接完电话，她不好意思地对我说："实在抱歉，家里有事忙不过来让我回去……一会儿你到我那边看看，我再跟你聊几句吧。"

"不能影响你做生意啊！赶紧回吧！"我忙说。

陈志琴匆匆而去，留下一个未果的答案，反令我兴致倍增。

离鲁家村旅游景区正式开园越来越近，各家农场的事情也多了起来。

"要不，我们坐小火车边走边聊？"朱仁斌的提议让人更加兴奋。

早就听说过鲁家村的小火车。这是安吉"美丽乡村游"中独一无二的旅游项目——乘着小火车，观光乡村风景和社会主义新农村面貌，这是鲁家村的一块金字招牌。

从村委会小楼到小火车站有一段路程，正好是鲁家村客服中心和家庭农场产品展示和销售中心。在那里，有一顶流光溢彩的8人抬的大轿，据说是鲁家村的"镇村之宝"，是村里的一位手艺人花了十几年工夫精雕细刻而成的，曾有外地人出400万元购买，但鲁家村人不卖，说这是他们鲁家村人的精神象征。现今他们搞"美丽乡村"建设，用的也是这"制大轿"的精神。

流光溢彩的大轿，既传统又时尚，很有鲁家村特色，每天吸引着众多游人。

在"客服中心"的家庭农场产品展厅，放置着琳琅满目的山货与农产品，足有几十种。从山鸡、野猪肉、山茶、野果到各种包装的新鲜蔬菜、天然药材，应有尽有。

"都是我们18家特色家庭农场和村民自家的东西，保质保量纯天然。"朱仁斌书记这时当起了鲁家村销售员。

"18家？"我好不惊奇。

"是啊，18家！不多不少18家！"朱仁斌越说越来劲了，"你瞧这块'安吉鲁家休闲农业专业合作社'牌子，是时任农业部（现为农业农村部）部长韩长赋与时任省委书记车俊一起来挂的牌子，全国独一无二。"

黑字白底的牌子，十分醒目。外加旁边那堵写着"中国农民梦　最美的农场"10个大字的数十米长的砖墙，以及绿树成荫、水秀花锦的村庄中心停车场，鲁家村的现代化农场景区形象赫然呈现在我们面前，那气势、那精致、那美感……美轮美奂，无可挑剔。

"为了实现差异性，从2013年起，我们对所有规划在鲁家村内的项目，全部实行公开招标和严格的审查制度：一是看规模，少于200万元投资的一律不进；二是必须适合和有利于美丽乡村家庭农场型的观光旅游的项目，而且每个项目之间不重复，有差异的才允许落地。几年来，村里已经落地的农场有18家，除了陈氏竹园、陈氏蔬菜和猪犬农场外，还有葫芦农场、红山楂农场、葡萄农场等，其中最大的引进项目是深圳一家公司投资3亿多元的鲜花农场。这18家农场全部建成，我们鲁家村就是一个集旅游、观光和餐饮、住宿为一体的真正意义上的乡村休闲景区了！预期每年接待客人在200万至300万人之间……"朱仁斌朝我伸伸手指，说，"希望那个时候，我们村年收入能超过1个亿，农民年人均收入达到5万元左右。"

谁能相信，几年前还是一个毫无任何优势的穷山村，转眼间就成了一块产金出银的宝地！鲁家村的变化，其实靠的是一个理念，一个把绿水青山当作金山银山进行开发利用的理念。

朱仁斌在这方面堪称一位精明出众的能手。"我靠'绿水青山就是金山银山'这一理念，用1700万元的基础资金，撬动了30亿的有效投入，这就是鲁家村建设'美丽乡村'的全部秘密。"

深圳那家在鲁家村投入3个多亿的公司，就是最开始时给鲁家村搞设计的单位，当他们完成对鲁家村美丽乡村景区的设计后，发现这个地方的未来太诱人、太有商业价值了！最后，公司老板竟然被自己的设计感染和感动了！"这么美好的蓝图，与其让别人抢占商机，不如我们干！"

3亿多元投资的鲜花农场项目就这样落定在鲁家村。朱仁斌和鲁家村村民笑得合不上嘴。

"呜——"小火车在朱仁斌的一声"走"的吆喝声中，徐徐启动。坐在平稳而敞亮的车厢内，近看沿途时水时竹、时石时花、时鸟禽时走兽相伴的景象，远望青山白楼、烟云袅袅的风光，好不惬意和舒心！

"在乡村搞一项3000多万元的小火车项目，你是怎么考虑的？"想象不出朱仁斌为何有这么好的远见。

"当时我们是这样考虑的：一是如何让游客到了鲁家村后尽量走遍18家特色农场，观景、品尝特色菜、尽情游乐；二是18家农场地段不一样，游客进村后如果自由活动，就可能造成有的地方拥挤不堪，有的地方却很少人能走到。4.5公里长的小火车行驶路线可以把全村18家不同特色的家庭农场串联起来，游客也能游遍鲁家村所有景点。而且，后来我们发现，单单小火车本身，由于它平缓舒适，又在乡村田野与民宿间穿梭，不管是城市的游客还是农村的老人、孩子，都很喜欢。这小火车现在成了我们鲁家村的一个特色旅游项目，尤其一到节假日，小火车还得加开班次哩！"听得出，朱仁斌对自己的小火车格外宠爱。别说，坐惯了飞驰的高铁，再坐一坐马车速度的小火车，真是别有一番滋味。

小火车行驶在鲁家村的一个个家庭农场之间，有模有样地在一个个小站上停上半分钟、几十秒，然后再驶向下一个车站。每个车站的站名都是鲁家村的小地名，颇有浓浓的乡土味道。小车站旁还有一堵墙，上面刻着内容不同的中外名句，游人可以一路走一路兼学些知识。用朱仁斌的话说，这叫边玩边学，边看边长知识。

小火车起始站旁是新整修的鲁家湖，那绿萍与鲜花簇拥下的湖面，在微风的吹荡下，层层涟漪向对岸散开，打碎了湖面上文化礼堂的倒影，白墙黑瓦立即化为一团水墨写意图；再往前，小火车的右侧，是连绵起伏的长满竹子的青青山丘，嵌在山腰间的小阁楼像一枚枚珠宝异常醒目耀眼，举目向上眺望，让人有种想上去住上几宿当一回仙人的冲动。

清明时节，细雨纷纷，小火车拖着长长的汽笛声，穿梭在山丘与农田之间，近处雨滴露湿，远处烟云眉黛……好一派"春雨细如丝，万物尽熙熙"之景！

"呜——"又一声小火车鸣笛，阳光透过白云，照射在一片金黄色的油菜地上，成百上千的蜜蜂似乎早有准备，瞬间像仙女散花一般停落在金黄色的花海上……其情其景，怎能不叫你驻足，看个热闹！

"快进来尝尝鲜！进来——"突然有位身着红衣的女子过来招呼我们。仔细一看，原来她就是刚才采访一半就跑了的陈志琴！

"这里就是你的蔬菜农场？怎么成了土灶农家乐啦！"不敢相信，陈志琴的家此刻成了"大办酒席"的自助餐露天厨房：你瞧，七八副土灶，被"自己动手、丰衣足食"的游客团团围着。院子内十几张桌子，满满当当尽是客人。桌上、灶台上，摆满农家新鲜菜肴，有鱼有肉，更多的是地里刚摘下来的竹笋、毛豆、菠菜等时令菜。看得出，围着土灶的都是城里来的游客，他们或是一家老中少三代，或是小夫妻两口子，抑或是一个单位的同事，从切菜、炒菜到烧铁锅、煮米饭，全是自己动手，好不热闹！

土灶本不值一分钱，在今天的城市生活中，早已远离它了，但用土灶做出来的菜肴与米饭，味道就是不一般，十足香喷喷的农家味！陈志琴靠这赚钱，真是别出心裁，简单又好玩。

"租一副土灶150元，蔬菜也都是我家种的。一顿饭菜，七八个人吃，300块钱全下来了！我赚的就是一副土灶钱……情况好的时候，也有3000块纯收入，比我只卖菜好。我的菜地现在全部供应农家乐还不够，准备向村里再租些地，把农场再扩大扩大……"陈志琴说她没有多少文化，没来鲁家村前虽然做了一二十年生意，但还不如现在一年赚钱多、赚得踏实。

"鲁家村靠搭建特色生态观光农业旅游平台，创了牌子，这些农场主乘着鲁家村的美丽大船，赚轻松愉快的钱，感觉越往前奔越有劲头！"

"呜——"小火车的汽笛又在长鸣，鲁家村最大的一个家庭农场——鲜花农场就在眼前，我们已经远远地看到了盛开的鲜花，也闻到了名花贵卉的醉人香味……

第十章　请你一起诗意地栖息在此

　　安吉有条母亲河叫西苕溪，此河被古人定名为"溪"，是因为它是从山里流出来的。其实，西苕溪很宽阔，溪面宽处达百余米，如此浩浩东流之水，若放在北方，必称江河。但南方的江河与北方的江河相比，完全是两种性格。它温和，不像黄河那般咆哮与雄浑，更没有挟沙带泥的洪流，它有的是清柔之气、灵秀之美。尤其像西苕溪这样从如诗如画的天目山脉流出的南国"大家闺秀"，它的高贵"血统"与款款而出的行色，决定了它与众不同的特质。看，天目之水，从山岩间点滴而出后，先以细长的滴流湿润斑驳苍苔；后成涓涓清水，轻轻地在石间和草丛里蜿蜒而出；再欢蹦乱跳地向下奔跑……遇崖壁则成瀑布，逢平塘则仰天缓行，或在崖边成潭，或在平塘变湖，缓缓道来多姿身段里的无数传奇故事。水流经过安吉黄坝圩时，与从老石坎水库涌出的南溪、从南天目山峰北另走独径的大溪以及危耸的天荒坪上飞下的浒溪，一起汇合成一股清秀的巨流，这便是西苕溪。

　　这个从安吉走出的"大家闺秀"，借山青天蓝之色，婀娜多姿地向东缓移步履，入太湖，至黄浦，直与大海血肉相融，引来历代文人墨客的千年绝唱："自有天地有此溪，泓渟百折净无泥。我居溪上尘不到，只疑家在青玻璨。"出自元代赵孟頫《题苕溪》中的诗句，让江河两岸的才子们对它流连忘返几百载。"漫有兰随色，宁无石对声。却怜皎皎月，依旧满舡行……"北宋文坛大家米芾当年因送好友而路经苕溪时被其境其趣所陶醉，写下长诗《苕溪诗》，更是千载流芳。

苕溪之西的部分在安吉境域，自黄坝圩至湖州西门的雪水桥，横穿全县大半县域，是最美的河段，自古承载了两岸百姓的足行。尤其是船航，数千年长兴不衰，至今仍是安吉人与外乡人必游的好河段。

谁说民间无高人，山涧尽是龙潭戏！原来西苕溪之所以曰"溪"，并非不够江河之气派，而是浙北安吉人从来都是以那份谦虚的天性来言说自己的美山美水。

西苕溪之美是我在安吉境内看到的万千美水之中的那种犹如成熟女人之美，是丰腴、圆润又有骨感的美，这可能就是为什么当地称之为"母亲河"的另一个原因吧！

但我知道，西苕溪今天的美，是在2008年之后复得的。之前的若干年里，尤其是在20世纪后二三十年间，母亲河被沿岸大大小小的污染企业和缺乏环保意识的人们，当作了一条"垃圾大沟"，任意扔脏投污，溪水由黄变浊，臭味熏天，溪面上尽是污秽杂物、人畜粪便死猪猫尸，随波逐流，惨不忍睹……

然而今天，当我在西苕溪上驾舟游访这位源自天目山的"大家闺秀"时，不禁感叹这真是千年古流、万载青溪！它完全就是个活脱脱的青春水神，其面丰腴饱满，色蓝润天；其流缓急有序，时欢时静；其身弯如舞女，直似壮男。最令人惬意的是你伸手掬一掌清水，喝进口中，不仅有几分甜，还有一缕香味绕颊……

"12年前，习近平同志到余村后的第二天来到了我们这里，就站在这个地方，他亲切而语重心长地对我说了和在余村说的同样的话：保持了这绿的水、青的山，就等于有了金山银山。"站在我身边的崔世豪，拉着我来到如今的西苕溪中南百草原的漂流码头。我们俩前后不出半米的距离，一并站在这块清流湍急的露岩上，崔世豪颇为激动地指指脚下，连声道："就这里！就这里！"

就在这里——习近平再一次向安吉人民阐述了一个不朽的真理。

12年前的此地此处，12年后的此地此处，同一个人见证并成功实践了一个时代性的断言。土生土长的崔世豪，在12年前拿出自己辛辛苦苦挣来的一个亿的钱，像燕子衔泥筑巢似的建了一个将动物园、植物园、游乐园融为一体的、面积超过5000亩、市值过百亿元的中南百草原——它丝毫不逊于北京、上海这些一线城市的公园。

"开始是叫'百草园'，后来变成了'百草原'，离离原上草，一岁一枯荣，哈哈哈……"崔世豪绝对是个性格豪爽的人，他说，后来他又在"百草原"的前面加了"中南"二字，意寓中国南方的"百草原"。"我们南方没有草原，可我喜欢草原，而且是那种百花盛开、百鸟飞翔、百兽争王、百将夺冠、百岁长命的百草原！有水有山的安吉，加上一个堪比北方大草原一般美丽的百草原，就是我心中的天堂！哈哈……"他三句话里总有两回豪爽的大笑。

崔世豪告诉我，农民心目中最理想的地方与境界，就是天堂。然而天堂到底是什么样，似乎又谁也说不明白，谁也不能清晰地描绘。

"不是杭州与苏州那样的天堂，住楼房、走立交桥，连新鲜的空气都不常见的城市，那不是我们农村人要的天堂。我们心目中的天堂，应该是宅前屋后和家的四周以及眼睛所能看得到的远的青山、近的绿水，是抬头可见的林间飞鸟和马儿奔跑的大草原……"很小的时候，崔世豪就听爷爷、奶奶这样说。

"今天虽然这个世界变了，人们追求洋房、别墅，网络、手机、汽车、飞机，但对我们这些祖祖辈辈生活在乡村的人来说，天堂的概念仍然是'宅前屋后和家的四周以及眼睛所能看得到的远的青山、近的绿水，是抬头可见的林间飞鸟和马儿奔跑的大草原……'哈哈哈，我这个人比较土，所以想法与爷爷奶奶辈的人差不多。但我现在发现，我的想法竟然是对的，自习近平同志在余村说了'绿水青山就是金山银山'以来，我们12年的变化，证明了我的'理想天堂'是对的，大家都喜欢这个样子！你看看，今天我的门票收入又超过了100万元……"崔世豪很神秘地拿出手机，让我看他手下员工即时发给他的"情报"。

"1005000元！"看到这个数字，我的心跟着在狂跳！一家私营的以绿水青山、动物世界、水陆游乐场为主体的生态观光园，竟然能够吸引这么多来自四面八方的游客光临，看着中南百草原门口进进出出的人潮，我几乎是脱口而出："你这儿比北京、上海的公园都热闹啊！"

崔世豪又是一阵豪放的大笑。"还有距离！还有距离！"他谦虚道。

我之所以将中南百草原与北京动物园、上海西郊公园相比，是因为在如此偏远的安吉城郊区的一处生态园竟然能吸引如此多的游客，实在是个奇迹，它让我脑中闪现出一个大大的问号：

"一年能够达到多少游客？"

"2016年过了130万人次。"

130万人次的数字在一个超千万人口的大城市并不算巨大，但对一个只有40来万人口的县级小城来说，130万人次绝对是一个超大数字！

尽管崔世豪的中南百草原所接待的游客一半是外地游客，但当地的一位年轻女教师告诉我：百草原里面的动物和植物太多了，而且经常有新的项目和动物出现，特别好玩！每年春夏秋冬，带孩子去的人很多……

孩子们都喜欢自然和动物。"我们也喜欢呀！"几位年长者坐在小熊猫馆门口外的一张石板凳上悠闲地看着来来往往的游客，他们的回答让我感觉老人们其实都在"返老还童"——

"小时候在一个电影中看到过老虎，从那时起就喜欢上了老虎，但从来没有见过真的老虎。这回我想见就见了！"一位老汉说。

"难怪你的臭脾气就跟老虎似的……"

这是一对老夫妻的对话，他们的对话惹来身旁同伴的一片欢笑。

"我喜欢长颈鹿。记得上小学的时候，有一次去上海西郊公园，头回见它，这家伙一抬头，就能吃到墙外面的树叶！当时我就想：要是我有那么长的脖子就好了！用不着再爬到树上去偷别人家的桃子吃了……"一听这话就知道是个"老顽童"。

老汉与阿婆们开心地诉说着年轻时的往事，他们脸上露出的笑容是从心头涌出来的。

走过天南海北，访过几十个国家，我还是第一次在同一个地方见到如此多的珍稀动物，而且有不少是第一次见、第一次听说。"异常凶猛的非洲草原上的斑鬣狗……现在我们已经可以人工繁殖了！"那天晚上，崔世豪一定要带我夜游他的百草原。我们在珍稀动物园区的一处铁围栏外，在手电筒的光照下看到了里面的斑鬣狗。

"类似这样的珍稀动物，在百草原有几十种。我们有自己的科研团队，已经实现了多项人工繁殖成果。这是百草原开园以来始终保持勃勃生机的重要一环。"原来崔世豪的底气建立在强大的科研成果之上，令人钦佩。

这次夜游印象深刻，不仅无其他游客干扰，更重要的是主人亲临现场，一一介绍，信手拈来一段段精彩故事，叫人时而捧腹大笑，时而毛骨悚然——动物世界与人的世界隔这么远，又离这么近，凶猛的狮子能与主人温情相拥，无情的野猫照样不买主人的青睐……漆黑的夜空下逛百草原，崔世豪手中的一束超强手电筒光惊醒或激怒了无数虎狼狮猴，黑暗中的任何一惊一动，对其而言，或怒或喜皆是以征服和消灭惹事者而告终。

如果不是主人崔世豪领路，相信外人无一敢贸然独闯百草原。

但，我在阳光下看到的崔世豪的中南百草原给予我内心的震撼却是别样的景致与风物，是那水，是那林……

那水，就是安吉的母亲河——西苕溪。

崔世豪的中南百草原竟然巧遇一段西苕溪！那天采访时，听完崔世豪讲述当年习近平同志向他谆谆教导"绿水青山就是金山银山"之后，我们就坐在一叶机动舟上，迎着西斜的夕阳，在宽阔平缓的西苕溪上游弋……

曾听安吉人说，他们的祖先之所以从外地迁移此地，皆因西苕溪的美和可以载物代足的水运。因为古时的安吉人主要靠小舟进行交通与运输，因此用当地盛产的毛竹搭建起的竹筏，几乎成了安吉人唯一的交通工具，西苕溪两岸家家户户都有一片或几片竹筏。那时安吉的山货，就是靠这竹筏远运他乡，同时换回外乡的生活用品。那时的西苕溪河面上，大大小小、长长短短的竹筏来往穿梭，尤其是那些连成数百米长的远运筏队组成的壮观画景——顺水而行时，犹如万马战犹酣；逆流而上时，纤夫的号子回声震天——如此旧时景象，编织成了一代又一代安吉人脑海中抹不去的记忆。

西苕溪的竹筏时代早已成为历史，但古老的西苕溪在今人的辛劳与呵护下，已然带给我另一种生机盎然、舒缓清新与静谧透亮的意境。我不由得从竹舟上欣然站起，然后立至舟头，面向西斜的太阳，深深地呼吸起来——那一刻，我想把整个胸腔全部打开，灌进从西苕溪水中透出的丝丝清新气息，让它们渗入我的体内，再融进血液，给全身的肉体和灵魂做一次彻底的洗涤……

"怎么样，感觉这里的空气是什么味道？"崔世豪除了中南百草原的老板身份外，还是个业余诗人，我知道他问话的意思，于是告诉他："乡溪的甜味。"

"哈哈……不愧是江南老乡！"崔世豪又是一阵爽朗的大笑。之后，他让开小舟的师傅关掉机器："你再感受一下这里的景致如何？"

没有了机器声，小舟随意地漂在河面上。四周的水波渐渐平缓，西苕溪变得像玻璃一样平。只有一抹鲜艳的晚霞涂在上面，十分美艳。然而，让我特别意识到的是：漂在此刻的西苕溪上，有一种特别的静谧感，静谧得仿佛我们那长期在混浊世界里沾土披尘的世俗身子也变得轻飘起来，双耳的内膜在发生某些质变，脑神经仿佛跟着从高空下落……一两分钟后，我觉得自己的全身器官开始适应新的环境了！那感觉是：自然——超然——悠然——坦然……而就在这光景，我听到了鸟的叫声，仿佛是在跟我对话；我看到了飘的云，仿佛是在跟我赛跑；我见到了流动的河水，仿佛是在跟我嬉闹……我变成了大自然中的一分子，与其他动物无异——脑内原来留存的所有烦恼与疲倦，完全被屏蔽和覆盖，只有空旷的舒坦与谧怡的轻松……就在那一刻，我体会到了为什么自古人们一直都在追求"宁静致远""心如止水"的意境……

自然之美，需要静。

人类创造了文明，但同时也塞给了自然界太多太多的嘈杂之音。鸟叫、水流、云动、风吹、虫鸣……这是自然界里最纯粹的声音，只有屏蔽掉人类制造出的嘈杂声，我们才会感受和聆听到大自然的和谐之音，那是让心灵可以感应到的静谧与舒适。

在崔世豪的百草原里，我寻找到了这种与大自然和动物世界共融同存的和美。人，本来就是自然与动物界的一部分，然而尘世的喧嚣已使我们渐渐失去了生命中应有的自然性与动物的原始性，留存在机体与灵魂里的污浊与垃圾越来越多，几乎到了脱离大自然的地步！

在西苕溪边，我突然有了找回人的部分自然性的感受——"走，我带你去湿地竹林！"从小舟上岸后，我们直奔一片翠绿的竹林……

这就是湿地！

这就是竹林！

在一片绿草遍地、到处映水的地方，我见到了有生以来最震撼的竹海，令我疑惑的是：这些竹子清一色的都是细竹，与安吉其他地方的竹子不一样，显得格外细软，身段也都在三四米高。由于它们都是自然生长竹，所以举目望去，一根根竹子如密密麻麻的针杆竖在你面前。如果你稍稍斜一下脑袋看去，它们又像网一般叠织在周围，让你仿佛有无路可逃之感。其实，我们在这片竹林里行走十分方便，因为崔世豪特意在竹林间修筑了几条少有人走的观光道。

在这片竹林间行走，我真切享受了中南百草原内那片湿地竹海的奇妙绝景，在主人崔世豪的引领下醉游了一番，似乎从此怀疑世界上还会有其他什么美景能让人如此陶醉。

崔世豪介绍，这片湿地竹林有 1000 亩左右，是他 17 年前就保护下来的一片纯天然的湿地竹林。"好多地产开发商跑来要弄走这块地，我都没同意。即使他们开再高的价，我也不愿动它！我要让它伴着安吉的美丽乡村生长 1000 年，1 万年。"崔世豪对这片湿地竹林的感情超出了一般人的理解。尤其是在他建设中南百草原出现连续 10 多年亏损的情况下，仍然坚持不动这块湿地竹林的举动，令周围的人觉得不可思议。"当时有人愿意出几个亿买它，我就是不同意！现在你知道它值什么价了吗？"崔世豪瞪着一双大眼问我，又很快自己给出了答案："现在至少值 100 个亿！哈哈哈，100 亿哪！可谁真要出 100 亿我也不卖给他！"

"哈哈哈……"崔世豪的笑声震醒了竹林里的鸥鸟，于是我感觉头顶上顿时响起如大海巨浪翻滚一般的波涛声，那声音最初有些惊心动魄，再后来是暴风骤雨般的呼啸，再后来是激越的"交响曲"……

"我们怎么会到了海底？"无法相信这种感觉，但就在我的头顶上确确实实出现了海浪般的震荡与呼啸声，前行一步，是一波声浪；快速冲锋一阵，其声浪更大更连续，犹如翻江倒海；停下脚步，声浪渐平，直到听到万千只鸟儿在"叽叽喳喳"地啼鸣——此时你才明白，原来头顶上的"大海波涛"是亿万只群鸟在奔腾飞跃……多少只鸟？是些什么鸟？连主人崔世豪都弄不清楚。

"知道吗，在烦恼的时候，只要到竹林里走一趟，什么事都烟消云散了！你信不信？"崔世豪问。

"我信。如果能够让我重新选择，我愿意在此与鸟为伍一生！"那一刻我说的绝对是心里话。因为这也是我人生中所遇到的最超乎想象之美的地方，竹林间的鸟儿竟然多得能呈现如海浪波涛一般的声景！群鸟被竹林轻轻地托在头顶，这使它们能在竹叶上面纵情地飞腾跳跃、欢聚嬉闹。你可以不露声色地聆听那千鸣百啭的声音，还可以看着它们在你头顶嬉闹寻欢——鸟是最敏感的动物之一，一般情况下不太可能让人靠近它一两米的范围。唯独此处，它们竟全然不知有人在侧旁观赏它们的所作所为。这奇妙之境和生平头一回的体验，让我如痴如醉，久久不愿离开湿地竹林。

"我要写一篇最美的文章来记述这片湿地竹林的情景！"出竹林，过吊桥，穿油菜地，我仍然不停地回头望着那片湿地竹林，忍不住对崔世豪说。

"这个地方来过的艺术家，就你和冯小刚！"崔世豪很"神秘"地告诉我，"只有你们这些真正搞文学艺术的人才知道这湿地竹林的价值和意境！"他后面这句话，让我回味良久。

"想问你一个问题：为什么这片湿地没有对游客开放？"回到崔世豪的办公室，我的心仍然在那片湿地竹林游荡，但这句话一说出口我就有些后悔。

崔世豪说："如果可能，我希望这片湿地和竹林永远不被人干扰，因为那才是鸟的天堂。保护了鸟的天堂，就等于我们人类有了天堂！所以我要死守这块地，不让任何人去影响那里的鸟和竹子……"

毫无疑问，这是一个值得敬佩的人。

采访崔世豪和实地访问他的中南百草原，让我明白了一件事：人类追求的天堂，其实就在我们身边，或者说天堂是可以创造的；而且有一种创造无须费力，只要不让我们的贪欲与无知过度膨胀，不要自以为聪明，更不要去破坏和打扰自然界与其他动物界、生物界，那你获得的可能就是天堂。

崔世豪的湿地竹林就是这样的天堂。

他的百草原是他按想象中的天堂模式造出的另一种天堂。这样的天堂是人生的一种接地气的追求，同样也是高贵的追求。这个追求体现了崔世豪对习近平同志"绿水青山就是金山银山"科学论断更真切的践行精神。

从穷山恶水到绿水青山，再到"金山银山"，崔世豪挥洒了17年的汗水与智慧，给自己的人生谱写了一曲"天堂之路"——

崔世豪的家乡与余村都在安吉县城近郊，只是前者在县城的北边，后者在县城的南边，两地隔着一片群山峻岭。崔世豪的中南百草原建在一座名叫石虎山的怀抱之中，远望天目，峻岭层叠，碧海绿波，云雾缭绕；西眺县

城，广厦林立，车水马龙；再往远眺，透过云烟，可见遥及余村那边的山
峦。中南百草原犹如天目山与安吉城中间的一颗熠熠生辉的绿宝石。执掌这
颗绿宝石的人便是崔世豪，而且，他就是这颗绿宝石的缔造者和拥有者。

"第一次到这里，看到的是已经被人遗弃很久的荒山秃岭。"崔世豪让秘
书拿出几张旧照片，说，"这是 20 年前这里的景象……"

照片上，石虎山偶有几棵高矮不等的树木，山岗上杂草断枝横七竖八地
躺成一地；村边的山坡上堆满垃圾，飘挂在树枝上的各种颜色的塑料袋随处
可见；水塘漂浮着混浊的污秽物……无法想象这是 20 年前的中南百草原所
在地。

"你怎么想到在这么个地方建百草原？"今昔对比，让我对崔世豪产生
了更浓厚的兴趣。

"我从小在这块土地上长大，当自己有了点钱想回到老家住上几天时发
现，这里已经无法让人像模像样地过日子了。"崔世豪仿佛被触痛了心似的
皱了下眉宇。

"我 16 岁就离开家，出去做生意了。但等到自己有了钱后，发现又缺了
什么似的，于是决定彻底回到家乡，重新生活……"崔世豪说。

他到底缺了什么？乡亲们并不理解。因为崔世豪动脑筋想在家乡的土地
上划一块地种树、种草的想法，在一些人眼里就是"钱多了烧昏的"。这一
年崔世豪 36 岁，口袋里有 1 个亿的钱，所以他的想法对那些靠山吃山的乡
亲们来说，不可思议。

"但我就是在那阵子想通了一件事：人活着，如果没有一个好的生态环
境，钱再多也没有用。"当时在县城开宾馆、酒店的崔世豪说，他在那些年
里没少接待靠开矿砍林发财的老板，有些还是他的好朋友，可他们不是自己
患各种怪病英年早逝，就是手下的职工因为这个事故那个意外频频死亡……
目睹一幕幕这样的惨剧，崔世豪的内心受到极大触动。"钱对活人可能是个
诱惑，可对死人没有任何意义。"打烊闭门时，崔世豪常常独自思考，并最
终明白了上述道理。

"我盼望自己和乡亲们都能在好山好水的好环境下过好日子。"崔世豪说
自己最初的愿望就这么简单，但就是这个简单的愿望，真正实现起来，却几
乎耗费了他整个壮年时光。"回头想想，还是很值得的！"那天崔世豪领着

我走到中南百草原第二期工程现场，登高俯瞰他的"绿色王国"，欣慰地感叹道。

2001年，崔世豪过完自己的36周岁生日后，正式从外面的生意场上回到故乡。那一天，他跟自己的堂兄做了一笔生意：将堂兄承包的乡里的380亩人工林场转手到自己名下。"38万元，买下了这片人工林的50年使用权。"崔世豪发出一阵"哈哈哈"的爽朗笑声。"有人说，我那时就赚了一大笔。可当时老百姓根本不把荒山野岭当回事，用二三十块钱就能买一亩山地，我出1000块钱买下一亩山地的50年租用权，当时算是有些傻了！"

听说崔世豪买荒地是为了建公园、搞旅游，三官村、马鞍山村、荷花塘村、石虎山村、方家上林村等地的百姓，纷纷来找他商量出让自己的山地甚至宅基地："崔老板出的是现钱，只要合适，我们立马给地！"百姓的热情高出崔世豪的预期，但就是乡亲们的这份信任和内心的真切想法，让他感到了肩头的责任：穷乡亲为了暂时手头有几个钱，敢把老窝与赖以生存的一亩三分地都拿出来卖掉，如果什么都没有了，他们以后还靠什么活命呢？更不用谈致富、幸福了！

当一份份"地契"转到他名下时，崔世豪的心变得越发沉重。

"世豪，你不要真以为我们穷得可怜。虽然我们缺钱，没见过几千几万元的钱，但甘愿把地转让给你用，并不全是为了钱，更多的是相信你崔世豪能办成大事，把我们的家乡建设得像天堂一般美。大伙儿再不能光靠开山挖矿和伐林过日子了，你好好地把我们的地搞出个名堂来吧！"有一天，崔世豪到一位老乡家送钱时，那位当了几十年村干部的老乡这样对他说。

"我一下子明白了：原来乡亲们跟我想的一样，都希望在好山好水好环境下过好日子！"从那一天起，崔世豪肩上仿佛多了一副千斤重担——那是家乡父老乡亲们的心愿与嘱托。

"还故乡好山好水，让父老乡亲拥有金山银山！"崔世豪的目标变得清晰而明确。

开始是380亩的废弃人工林重建，不等其变绿泛青，又有千亩新归属的山地被翻耕植林、种草栽花……崔世豪的"天堂之路"思路独特，他要建一片园，带动一片村庄的农民致富。

"中南百草原起初叫百草园，我们是在不断建设的同时不断地丰富自己的理想，从园到原，也是生态意识不断提升的过程。"从崔世豪嘴里出来的"崔氏理论"颇有哲理，"'园'有些小农经济意识，'原'就是大生态概念了！"

从"园"到"原"，其实也是"绿水青山"到"金山银山"的提升与转变过程。

"从建园初期到现在的十几年里，我们投入用工达 200 多万，我全部用了周边 5 个村的百姓，以前是 25 元一天，现在到了 250 元一天。你可以算一算，仅这一项，周边百姓就获得了几千万的收入。"

"我们先后种了 1790 多种植物，买苗木 1.2 亿株，多数也是由周边的百姓提供的。"崔世豪扳着手指给我算。

"17 年里，我们在这片荒山野岭里搬迁的坟茔就有 6500 座，以前是搬一穴 300 元，一直涨到现在的 1 万元一穴，这钱我们也是一分不欠地给了村民。"

与中南百草原日常的用工和让父老乡亲实惠的其他收入相比，另一笔账让崔世豪更觉得扬眉吐气：

"现在景区内每年直接用工近千人，基本上清一色用的是当地人。这一块又是一年四五千万元收入给了农民。"

"我们园内有一块 600 亩的白茶基地，白茶的采摘收入归农民；公司与周边农民建立的合作社，帮助三官村、马鞍山村种植了 2100 亩杨梅和 1200 百亩板栗，创造的收益与农民分享……这应该也是一年几千万的收入。"

"去年我们的生意火爆，一二百万游客光临，带动了周边农民的农副产品销售，至少有两个亿的收入。我们中南百草原门口的农家乐就有 200 多家……每一家年收入都在一二十万以上。"

好像崔世豪最得意的成就是他的中南百草原带给周边父老乡亲的幸福生活啊！

"对啊！你算说对啦！"崔世豪一阵爽朗的大笑后，认真地盯着我说："我把 5000 多亩的荒山建成今天人见人爱的地方，就是为了大家能够在这片好山好水的地方过上好日子！他们富了我才真正开心！告诉你，何作家，前几天我还在员工会议上对大家说，我中南百草原的部门经理年收入不能低于 20 万，而且所有员工工资今后每年必须有 10% 的涨幅！这是我的承诺，也是中南百草原对社会的承诺！"

后来我才明白崔世豪有这股豪气，完全依赖于他一手创建的这块绿色"百草原"越来越高的升值空间以及仍在不断发展的前景。"第二期工程再过一两年就能完成，届时我们除了现在的规模外，还有动物酒店、森林酒店、运动水疗中心和中医院等休闲设施，实现观光游园之外的吃喝住疗和运动等更加齐全的休闲旅游，真正让游客们到中南百草原就能体验到'天堂'式的美好滋味……"

"这样，我就还要再投资 20 个亿，再安置 1 万人，实现年税收 1 个亿……"崔世豪在诉说他的规划时，口中吐出的是一串"亿"。这些"亿"都是实实在在的真金白银，如果将其堆积起来，不就是金山银山嘛！

但我知道，崔世豪真正的压箱金，是他的中南百草原现在已经拥有好几项国家级珍稀动物繁殖的科研成果，还有那些稀有的绿色植物和那块千金不换的湿地竹林，它们都是无价之宝。

"12 年来，我没有一天忘记习近平总书记当年对安吉、对我们讲的话，并且一直沿着'绿水青山就是金山银山'的道路走到今天，今后我还要坚定地走下去，我要让子子孙孙也走下去……"崔世豪说。

第十一章　第三个天堂

　　几乎所有的中国人都知道"上有天堂，下有苏杭"这句话；也几乎所有人都认可，杭州与苏州是中国其他城市甚至世界所有城市都无与伦比的美丽天堂。

　　历史和今天，中国与外国，都一致公认杭州与苏州之美恰如人们所追求的理想的生活环境——天堂般的舒适、怡然、漂亮、丰富……当然还有历史留给这两座城市辉煌的文化遗产。

　　其实，天堂到底是什么样，活着的人谁也不清楚，它只是人类对美好生活的一种向往。人活着的时候，与大自然在一起，甚至在结束生命之前的最后一刻，仍然无比地留恋大自然。所以，所有活着的人，总是自觉不自觉地把那些没有享受够的美好生活或者由于种种原因而根本没有享受过的生活，设想成一种理想化的美丽生活，寄托给另一个地方，并期待在那里能够幸福、美满、舒畅、怡心、完美——天堂想必由此而来。

　　　蓝蓝的天空
　　　清清的湖水
　　　绿绿的草原
　　　这是我的家
　　　奔驰的骏马
　　　洁白的羊群

还有你姑娘

这是我的家

……

　　这是蒙古族歌手腾格尔和千千万万生活在大草原上的人们心中的天堂，它有清蓝、洁静、美丽的天空，湖水，草原，健康又肥壮的骏马和羊群，以及美丽多情的姑娘。这样的天堂，令人神往。

　　中华传统文化中，人们更多地把"天、地、人"浑然一体的田园生活视作天堂。这样的天堂，早在 1600 年前就由一位名叫陶渊明的诗人给出了一种非常形象的描述：

　　忽逢桃花林，夹岸数百步，中无杂树，芳草鲜美，落英缤纷……林尽水源，便得一山，山有小口，仿佛若有光。便舍船，从口入。初极狭，才通人。复行数十步，豁然开朗。土地平旷，屋舍俨然，有良田、美池、桑竹之属。阡陌交通，鸡犬相闻。其中往来种作，男女衣着，悉如外人。黄发垂髫，并怡然自乐……

　　后人把陶渊明先生的这种"世外桃源"般的生活，作为一种理想与追求，于是也就一代又一代地传诵着他的经典诗篇——

　　种豆南山下，草盛豆苗稀。

　　晨兴理荒秽，带月荷锄归。

　　道狭草木长，夕露沾我衣。

　　衣沾不足惜，但使愿无违。

　　自从城市化进程不断推进以来，人们的现实生活与理想生活发生了重要变化。在马路与楼房及诸多公共设施挤压下的人们，不再那么容易看到大自然的山水与林木，于是想方设法建庭园、挖湖塘，并倾尽其力。这其中，文人墨客把自己的"诗境"和有钱人的奢侈，有机地融合在一起，合力垒筑起了一个又一个人造仙境。苏州的园林和杭州的湖亭，是所有城市仙境中最精美的经典之作，于是"天堂"的桂冠，让这两座城市光耀百世。

千百年来，杭州和苏州依然不遗余力地贡献着自己的美丽风景与人类的聪明才智，为人们可以看得见的天堂添砖加瓦、浓墨重彩，让我们真切地感受到天堂的魅力和舒适感、幸福感，并且只要有可能就拖家带口地向天堂迈进，以至今天，我们常常在"五一""十一"这样的黄金假期里看到苏堤上和拙政园内人山人海的奇观……这种人满为患的景象甚至让人觉得有些可怕。

于是我们开始寻找新的、自由的、舒适又美丽的天堂来替代苏杭……

这种新的追求与生活方式，在欧美和日本等国家和地区其实早已开始，并成为19世纪工业革命后的一种生活趋势与时尚。尤其是现代经济形态的出现——旅游成为重要的经济发展模式之后，城市人的"上山下乡"渐渐变成了世界潮流，国际旅游也成功地从阳光、沙滩、赌钱和性转向为田野、河流、绿色、草舍的追求。这标志着人们对旅游的关切，已从传统的感官刺激转向喜欢绿色生态的精神享受。学者们认为，"乡村旅游"起源于法国，也有的说起源于19世纪中后叶的英国，理由是：工业革命后的工人们劳动积极性空前加大，为了照顾工人和城市人的休闲与调剂生活，于是安排大批城市的工人和职员到乡村度假。但意大利人拿出"证据"证明，他们是乡村旅游的起源国，因为他们在1869年便有了一个"农业与旅游全国协会"。可见，寻求美丽的乡村去度假和休闲，是城里人的生活方式跟上了世界潮流，并一直在影响着他们的精神存在。我们不妨读一读俄罗斯的伟大诗人普希金的《秋之韵》，一定会有种随他同行观秋景的享受：

> 忧伤的季节
>
> 眼睛的陶醉
>
> 我喜欢你道别的美丽——
>
> 我爱大自然豪华的凋零
>
> 森林换上红色和金色的外衣
>
> 林中是风的喧嚣和清新的气息
>
> ……

不知中国的学者，有没有对"乡村旅游起源国"之说进行过反证。其实，我们中国才是真正的起源国，因为在千年之前就有了李白、杜甫、陶渊明等一大批江河诗仙与田园隐士留下的千古不朽的伟大诗篇！

然而，今天的人们，对乡村旅游和天堂的追求与理解，与以往有了很大不同。人们再去"上山下乡"的意味和目的也大不一样，不再是简单地去看一眼、住一宿、吃一顿，而是更希望"逃离"城市，安居于与大自然融为一体的"美丽乡村"，欲求将自己有热度的肉体与浮躁的灵魂，置放在一个清新、干净、纯洁、幽静，同时又生机勃勃、五彩缤纷的绿色生态的自然世界里。

这样一种全新的生活方式，不再是传统的"乡村旅游"，也不再是杭州、苏州式的天堂所能满足的了。

杭州、苏州式天堂，遇到了前所未有的挑战——有 13 亿多人口之巨、逐渐富裕起来的中国人，正在寻找和将目光注视到一个全新的、符合今天和未来生活方式的天堂……

它出现了。

它已经在我们面前。

它在习近平"绿水青山就是金山银山"理念指引下，正在以超越常规的步伐，以苏杭天堂有的我也有、苏杭天堂没有的我还有的新天堂的姿态，呈现在世人面前——那便是美丽乡村余村，是一个个与余村一样光芒四射的村庄的整个安吉大地。

"春眠不觉晓，处处闻啼鸟。夜来风雨声，花落知多少……"第一次到余村的记忆总是格外的深。

晚上 11 点左右，我到了安吉，被安排住在饭店。也不知"天南海北"，只感觉在朦朦胧胧中又睡在一个陌生的地方而已。天蒙蒙亮时，就听到窗外的鸟儿在"叽叽喳喳"不停地叫，似乎对我这个远道而来的"懒人"特别在意，我于是赶紧穿好衣服往外走。在走出饭店、步行在绿草与鲜花丛之间的小道上时，我看到了四周树枝上千百只欢快的鸟儿飞来飞去，开着热热闹闹的"晨会"，好不惬意！尤其是几对布谷鸟清脆的鸣叫，仿佛将我一下子拉回了童年的田园生活……

"大年初一"是我下榻的饭店，离余村村委会办公处仅有 5 分钟的车程。余村的村主任俞小平常常很有底气地对所有来余村旅游和参观学习的宾客们说：余村不大，但我们有绝对不亚于杭州、苏州城里的高级饭店，而且比杭州、苏州的饭店、宾馆还要有味道。

"大年初一"的全称是安吉天荒坪大年初一风景小镇。它是一座以明清古建筑和江南园林风格为特色的旅游度假村，总建筑面积达 20 万平方米，拥有 1400 余间客房。饭店除了内部设施是五星级宾馆的标准外，更胜一般五星级宾馆一筹的是，还有大面积的绿化与草坪、花园和水系。

"我们的老板是安吉人，他在海南三亚经营两家五星级宾馆，生意做得蛮大，但他总有个心愿，要把最好的酒店开在自己的老家，这'大年初一'就是他的杰作。"饭店服务员告诉我，"平时在这里上班的 400 多名服务员，多数是本地人，毛老板的心愿是要在自己的家乡建一座天天像在过年的老百姓自己的度假酒店。"

哦，"大年初一"原来是这个意思！

"我也是穷孩子出身。小时候一年中最盼望的一天就是大年初一，因为那一天，再穷的家里也要弄点好吃的，而且家家户户都是喜洋洋的。1990 年下海后，我一直在海南打拼。人生奋斗的岁月里，无论是苦难的时候，还是富有之后，最想过的生活，还是童年时所记忆的大年初一的那种状态。但以前我很少回老家来，因为觉得这里穷，没什么可回的。2000 年有一次回安吉后，发现老家变样了。近几年回来的次数越来越多，觉得家乡越变越美，甚至超过了许多时尚的大城市，也就慢慢有了在自己家乡建一座最美酒店的想法。2014 年，我下了这个决心，之后用两年时间建成了这座总投资 15 亿元的度假村酒店，也算了了我对家乡的一份情……"很巧，第一次采访余村快结束的那天晚上，我就在下榻的"大年初一"见到了酒店的主人毛剑峰。因劳累致病正在疗养的毛剑峰与我进行了一个多小时的交谈，看得出，他对在自己家乡建一座父老乡亲、人人都喜欢的"大年初一"倾注了异乎寻常的感情与资金方面的投入。

整个酒店到处张灯结彩，沿路挂满大红灯笼，这使所有光临酒店的宾客走进来的第一感觉就像是要过一回"大年初一"。这种气氛非常符合中国游客的心态，外国人也十分喜欢。酒店白墙黛瓦的江南明清风格建筑，以及一栋栋合院式的楼宇，随处可见的湖塘泾溪、小桥流水、万千别致的亭台楼阁和假山塑石之饰物，令人仿佛置身于苏杭两个天堂之中。但，毗邻余村的"大年初一"除了别人有的美丽外，还有更多别人没有的风情与特色，比如在度假村之中，尚有不同季节的桃花村、梅花村、芦花村、杏花村和山河村等八大不同绿化形态、建筑风格的"村中村"。自然，大城市酒店内所配备的游泳池、中医康疗中心、儿童乐园、红酒雪茄吧及诸多著名餐饮，这里同样应有尽有，而且它的每一处设计都是由清华美院的专业团队完成的。毫无疑问，其专业水准一流。"大年初一"最能吸引游客的，还是它汇集了当地各种民俗民风的地方戏曲及非物质文化遗产的现场表演和展示，这使得365天内"大年初一"的特色与"年味"日日可求。最关键的是，"大年初一"有出门即见的大竹海和连片的茶花树、油菜地……

"我们追求的就是'出门绿水青山，关门都市生活'，让游客在自然、自由和自趣之中度过一个又一个意味无穷的大年初一。"美丽而骄傲的值班女经理在向我介绍的时候，不忘含笑地递上一份大年初一的《心语——遇见，便是风景》小卡片，上面有一个叫"刘应全"的游客写的小诗，我以为挺有味：

> 这里，是中国最美乡村安吉。
> 这里，遇见大年初一。
> 车水马龙的故事，
> 在这里上演着别样的风情，
> 静逸与闲适，
> 是这里最美的天籁之音。
>
> 三月桃花落，七月荷花阁，
> 小涧两岸尽是莺歌燕舞，
> 参差山水人家。在这里，
> 垂柳映芙蓉，白墙衬青瓦，
> 我与你，尽享一片，
> 与世无争的尘外繁华。

......

　　在这里，

　　烟柳画桥，风帘翠幕。

　　光影流年，晓爱如初。

　　遇见，便是风景，

　　我在安吉，

　　我在大年初一。

　　很多时候，确实"遇见，便是风景"。而我记得有位法国浪漫诗人还说过一句"遇见便留下，一生再不后悔"的话。我相信，这样的"遇见"，一定是刻骨铭心的爱与无法再离开的眷恋。当年，马可·波罗就因为曾经的一次"遇见"，令他惊叹杭州："这是世界上最美丽华贵之天城！"杭州从此被世界所认识，"天堂"的美誉也因此加冕给西子湖畔的这座城市。

　　一次又一次走过余村、走过安吉之后，我总有一种尚未释怀的情绪。是什么？自己也说不清。只是感觉，在这个世界上，为什么千百年来人们对苏州、杭州那么眷恋，那么朗朗上口地一说就将其夸为"天堂"。苏州、杭州确有不可抗拒的美丽，但真的去了几次、住上几天，再往哪个名胜游一下，会突然有种"不想再来"的强烈感觉。这又是为什么？原因并不复杂：人太多，致使玩味全无。

　　有人曾经预测，未来一百年，人们追求的生活方式将是"田园里的都市生活"……

　　这种生活何处有？余村！安吉！

　　几个月以来，一直压在我心头尚不能释怀的一样东西，突然如黎明时的一束光亮，在我眼前绽放——余村、安吉，不就是我们今天和未来所想追求的那种"田园里的都市生活"的最佳选择地吗？

　　是！就是它！

　　余村、安吉，从地理条件看，它距杭州仅一小时几分钟的车程，离上海不到两个小时车程，到苏州也就两个小时左右。安吉的面积共为1886平方千米，足可以年接待2000万人次的游客，目前安吉可实现的旅游年收入已经超过 230 亿元!

这难道不是金山银山?这难道不就是习近平总书记在 12 年前所发出的一个伟大预见?在看明白和想清楚上面这些眼见的事实与道理后,我再度回到余村,站在村口那块巨石面前,凝望巨石上镌刻的"绿水青山就是金山银山"10 个红色大字时,难以抑制澎湃的心潮:是的,历史是人民创造的,时代则常常由领袖开创。习近平当年的一句话,其实是给中国和世界文明社会托起了一座新的天堂——"田园里的都市"。

今日之余村、安吉,有大都市常见的柏油路与高楼。当然,它可能不是那种摩天大厦,但它有建在山巅上的漂亮楼宇,耸入云霄;它有四通八达的互联网……我知道,我曾经夜宿过的山川乡的老树林度假村的老板及他的客人,很多是上海滩上的金融大鳄。他们住在半山腰的"人间仙境",却能通过互联网与外面的世界时刻保持联系,从不耽误赚一分钱的机会。比老树林更高的井空里峡谷,延绵十余公里,山高水长,原始植被的茂盛程度只有去者方可感受。安吉最出奇的还有那气势磅礴的山间瀑布,落差达千米,景致十分宏伟。它有你想象不到的比上海、杭州市内更宏大和出色的儿童乐园——"熊出没乐园""天使乐园""滑雪场乐园""风火轮乐园""水上乐园"……投资 30 多亿元的凯蒂猫儿童乐园在这里也已经落户两三年了!至于前面专门介绍过的中南百草原动物世界,我在北京、上海也都没见过像它那样规模的动物园,光大老虎就有 35 头!那一次主人带我夜访"虎穴",几只东北虎的呼啸令人心惊肉跳、寒毛竖起,但无比惬意。

在余村,在安吉,所见所闻一切都是新鲜、美好和舒畅的。在现代社会,我们可以去任何一个地方、去很多名胜古迹,但让你感觉到特别新鲜、美感及舒畅齐备的,并想"留在那里"的景区并不太多,许多地方只需去一次便"罢了"。而余村、安吉,已经让我、让许多人"遇见便想留下"!

这一天,我在采访中,被一个叫"五峰山"的运动度假村牵走了魂——那里真的可做我理想的"安身之地"!

面对一幢幢既有山村乡土味,又时尚而简约的农舍,我做出了毫不犹豫的选择:今晚在此住下了!

五峰山运动度假村的主人也姓何,名承春,安吉本地人。以前一直在外做房地产生意,赚了不少钱,又在上海、杭州、深圳等大都市里做过顶级别墅。"但在城市里时间一长，就会感觉许多建筑都是大同小异，除了样式和格局有些变化外，不太可能再有什么新颖的地方。慢慢地，我发现，一些爱好运动的城市人喜欢寻找有山有水又有运动空间的地方去休闲度假，可在中国的大城市里，很难有这种地方。后来我发现，在全中国都难找的地方，其实就在我的家乡安吉！这一发现让我兴奋不已，于是便有了回老家建一座独一无二的运动度假村的想法……"何承春这样说。

五峰山运动度假村给我留下了深刻印象。第一眼看到的是一片草坪和小湖边的一排错落有致的民宿。它与一般的农家乐表面上看似很接近，但细看"味道"就大不一样了。你瞧那檐下的灯罩，是用竹筒做的，很环保，又时尚；窗帘是由一根根毛竹编织而成的，极富节奏感。小楼房都是两层，上楼的梯子和门框都很别致精细，尤其是楼道两侧或用木质或用石子装饰，显得"土"中见洋。庭院内的几件设施更适合休闲的城里人找乐——吊床、露天咖啡桌、沙滩躺椅及烧烤锅……民宿的前面是一潭湖水，湖边和湖岸上有南方人习惯去洗刷的水栈，斜岸上放着浅底水缸，水缸里种着荷花，这些细节满足了像我这样的南方人对童年的点滴记忆。"小时候我们的家就是这样的。"当我说出这种感觉后，何承春非常得意，说他营造的这个度假村就是要让宾客来了有在自己老家的感觉与享受。青青的草地、绿色而鲜艳的花园、鸟语蛙鸣的小路，以及屋后成片的竹子……当然，像我们这些虽然从小在农村长大但又完全城市化的人，在居室内还是希望现代化一点，而五峰山运动度假村的房间内，完全以四星级或五星级的宾馆水准为客人提供了舒适的陈设。

这并非是五峰山运动休闲村的精华部分。它的强项是完全按照能让国家队运动健儿入驻的要求而设计建造的，这是最让我有"遇见便想留下"的冲动感的地方。绿水青山，翠竹簇拥，环湖绕林的长距跑道，应有尽有的各种运动器械……数百亩水面之上的四周，是形态各异的翠绿竹峰。听主人说，这里还将建几个不同风格的运动休闲与运动文化中心，同时具有绿色、轻松、舒适、健康、安全、怡心六大休闲要素，这些不同风物有机地衔接起来，将形成"五峰特色"。

这一次行走不同于以往的度假，不用太多的行李，没有舟车劳顿，更没有汹涌的人潮……只有曲线温柔的山、清澈见底的湖、翠绿欲滴的竹林和密密匝匝的菜园。

这个时候，云是自由的，水是自由的，鸟是自由的……于是在这种心境下，顺着美丽的山与水、道与径，你可以慢走，也可以去登山，自然还可以骑车或游泳……

于是这个时候，你的身体获得了锻炼，筋骨开始重新舒展，最重要的是你的心开始自由飞翔……

在这里，你还会有一份机遇：说不准可以与哪位你所敬仰的世界冠军邂逅。

如此浪漫，如此现实，如此诗意。

"你所有想满足的，就是我想达到的。"临别时，何承春握住我的手，满目企盼。

几十天后，当我再次赴安吉采访时，我住在了五峰山的"何家"，于是也有了一次在杭州、苏州从未享受过的另类"天堂"生活。

这正是今天和未来的人们所追求的理想居处——环境是自然、田园式的，生活质量和物质水平又是大都市式的！这里没有喧嚣，没有浮躁，没有拥挤，更没有雾霾，只有赏心悦目的湖光山色、翠竹艳花、蛙鸣燕啼、和风细雨及蓝天白云……

面对这样的景致和环境，你也同样会深情地叹一声：这才是我希望的家！

是的，假如陶渊明先生能活到今天，他同样会说一声：这才是我所要的世外桃源！

在安吉，确实有个现代版的"世外桃源"。你去了之后稍稍看一看，就会惊叹此地的"文艺范"——

这个叫横山坞村目莲坞自然村、深居于安吉灵峰山坳的小山村，过去无人问津，如今却完全不一样了。不用说周末，就是平常日子，来自上海、杭州，甚至南京、合肥的自驾车主，也会三三两两地前来这个名扬远方的小山坞住上三五天；而那些"文艺范"的专业画家、艺术家、作家就更不用说了，他们干脆放下行李，摆上电脑，一住就是两三个月……

"目莲坞就是因为幽静、雅致和依山傍水的独特自然美，吸引了上海美院的一批画家。他们住在王志杰家里，写生画画，一住就是两个多月，把村里的美景画了个够。这期间，他们的吃喝住宿等都由村民王志杰家人负责，画家们以最低廉的食宿成本，完成了两个多月的野外写生生活；而对村民王志杰家来说，这是一笔很好的收入。最让乡亲们羡慕不已的是，画家们临走时给王家留下的珍贵的画，太值钱啦！"横山村党支部书记、戴着眼镜的小伙子陆勇，说起此事竟然手舞足蹈起来。我暗笑，陆勇本人就是个文艺青年！

"大家都说我有点文艺范，我说我就是文艺青年嘛！"陆勇推推鼻梁上的眼镜，颇有得意之感。

"这就是王志杰家！"一路说着，我们已经来到了一户农家。那是一幢与其他农家没有多少不同的两层别墅，但走进院子，感觉就很不一样，除了干净整洁外，满墙皆是图画。"这是那些画家们留下的……"

"他们留给你的可不止这些啊！"中年汉子王志杰看上去就是一个老实巴交的农民。陆勇在一旁怂恿道："把那些画拿出来给我们看看。"

王志杰不好意思地说："孩子把它收拾起来了……"

年轻的村支书哈哈大笑起来，道："那画值十几万呢！现在成了他家宝贝了！"

"目莲坞村民现在都很富哟！几乎家家户户都收藏些好画！"陆勇带着我边走边介绍。"自从前些年第一批画家来了之后，他们回去一传十、十传百，又从上海传到苏州、南京、北京……现在是全国各地美院的学生、老师都到这儿写生、画画。你看看，这里从主干道到每一条小巷小弄，都是那些美院学生和老师设计的杰作，整个目莲坞现在就是标准的文艺范，用我们官方语言定位，就是文艺小村！"

其实，我从进目莲坞的第一眼，就马上意识到这个小山村的与众不同——彻彻底底的文艺范，而且是高水平的文艺范！可贵的是，小山村没有刻意地进行"翻箱倒柜"，而只是在原有建筑的基础上，进行了艺术处理，而这份成果是农户的主动与艺术家们的创意融在一起的结晶。

"村民们从王志杰家获得了启发，跟着开门迎客，接待了一批批来村里画画、采风的画家和作家等，结果发现这是一桩轻松又赚钱的事，不仅省力，而且能让自己的家园一下子变美了——你想想，都是专业设计师和画家、艺术家帮助设计的，还有错嘛！"陆勇说，他是2015年从镇机关到横山坞村任职的，如今他已经深深地爱上了目莲坞这个小村庄。"天天都在画中生活、工作，换谁都很开心呀！再说，我们的村民在这种满目皆是诗、抬头见图画的家园里住着，就可以足不出户赚着钱，你说开心不开心？"

可不是嘛！目莲坞找到了自己的致富之路，那就是：利用自己山清水秀的自然环境和宽敞、别致、散落在田园山川间的民居建筑，为南来北往的艺术家们提供无拘无束的天才设计空间，既可以将一个个原本普通的农家点缀成景象万千、风格各异的"田园里的艺术宫"，又可以双手喜接如雨而降的金锭银圆……

这是安吉式的"艺术左岸"——我把它与法国巴黎塞纳河畔的左岸艺术区相提并论，是因为年轻的陆勇书记和目莲坞村民已经并继续朝这个方向在描绘自己家园的蓝图。"村里已经集资了两亿元，用于开辟山川绿林间的一块地作为旅游产业基地的基础设施，最终将形成一个投资超百亿、艺术范浓郁的汇全国非物质文化遗产博览展示和名吃民宿为一体的高端文化与休闲区……"

陆勇向我们展示了横山坞村5年后的蓝图，我看后感觉有些不可思议：因为那么大的项目，即使放在北京、上海也算是大手笔了，可这里只是区区一个小山村！他喜形于色地告诉我：已经有多家投资公司自带资金投奔而来了。"是我们这儿的蓝天碧水、深谷灵山的魅力太大，谁见谁爱，投资客现在是推都推不开啊！"

面对如此美景绝色——眼前的秀色和未来的宏伟蓝图，相信任何一个人都会跟着当地人心潮澎湃。世界上有些事情就是这样：一切风调雨顺时，到处金山银山闪烁光芒。

如果说目莲坞是一个安吉农民们借力自造的艺术天堂，那么，当你走进全球首个"零碳星球度假村"时，你就完全像进入了"天外世界"：这里的一切，除了一尘不染的绿竹山岭和将蓝天碧云揽入怀中的幽静湖面及飞翔的鸟儿、清新的空气之外，所有建筑都是最现代的时尚设计和梦幻般的高科技结晶。餐厅在高高的半山腰上，距宾客住处不仅有一段距离，还不在一个平面上，宾客通过遥控机在网上点菜，然后由无人机送达；进入居住休闲区的大门口，有一块大面积的金属体，据说能测出当地即时的氧离子状态……

一进院子，便见几个醒目的由高科技材料制成的大星球。每个星球内有200多平方米，分上中下三层，可居住五六个人；也有单人独居的豪华星球房。球内所有的设备都使用了最先进的科技材料，陈设高端时尚。居住在星球内，看外面的绿水青山，宛若天庭银河。星球的顶端可以自动打开，举目望去，"天窗"外的天穹与我们平常看到的很不一样，尤其在夜晚观空，是最美、最醉人的时刻，仿佛可以与星星月亮对话……

智能化管理是这个度假村超越其他任何传统度假村的最大不同之处。值得一提的是，它也可以根据宾客需要，为每个星球配备随叫随到的"管家"。一般情况下，外人根本不可能进入这座度假村，更不可能闯入星球内室。

零碳、安全、神奇、梦幻、科学、知识和超自然、超现实……能打出"零碳星球"这四个字，其本身就有些超现实主义的浪漫气息，更何况它是一座实实在在的度假村。

打听了一下价格，包一个"星球"，五六千元一宿，并不算贵。带着家人尤其是孩子，来此住上一夜、玩上一天，一定会有种过神仙日子的感觉！

"预约的客人已经超过百位，如果想来，真的要早点噢！"热情的工作人员这样对我说。

当你面对这样的安吉、这样绿水青山的安吉、这样梦幻般的绿水青山的安吉时，你会做何感想？又有何为？

啊，我顿时领悟了"大年初一"招牌上的那句话：遇见便留下……是的，把心，把情，甚至把身留在余村、留在安吉，几乎是每个去过那里的人的一份共同的情愫，而我似乎只想对天、对地、对世人大声地说：

"上有天堂，下有苏杭。安且吉兮，第三天堂！"

难道不是吗？

我们应当感谢大自然，感谢"绿水青山就是金山银山"理念的指引，感谢人民。正是这些再造了中国又一个"天堂"。这个"天堂"，就是人民与自然、健康、幸福、美丽、富有及自由相融合的家园。

第十二章　比山、比水更美的是心空

　　一个清爽的早晨，我特意早起，独自在余村的大道和小巷间漫步。在太阳尚未露出地面、晨曦已将大地照亮、多数人还未起床的那一刻，晨风轻轻吹拂下的小山村宁静而幽雅，耳边除了清粼粼的溪水流淌声和小鸟的"叽叽喳喳"声外，只有你自己的呼吸声和鞋与地面摩擦的"沙沙"声。柔和的风从脸上滑过，那感觉实在太美、太醉人。迎着东方的旭日与云霞，我将小腹轻轻往上一提，然后深深地吸进一口带着草木与鲜花芬芳的空气，连续吐故纳新了十几次，浑身顿感脱胎换骨似的舒适与通畅。村口尽头的路中央，有一棵古银杏树，树根很老，据说已有千年之寿，但它的枝杈却很嫩，露珠在一片片叶子上挂着，显得格外娇盈。顺着这棵古银杏树往右走，在百米远的地方有一棵更长寿的"村祖"古银杏树挺立在那儿。"村祖"显然具有大家风范，那蔽天掩云的茂枝几乎可以盖过大半个篮球场，最令人惊奇的是它的枝叶既茂盛又鲜嫩，每一瓣叶片上都挂满了亮闪闪的露珠，充满了生机与活力。如果不是树根上那钢铁般坚硬又崩裂着的斑斑皮屑，你很难猜出这是一棵有千年之寿的老银杏树。

　　余村人将老银杏树奉为"村祖"，每年都要祭祀。这是一个传统，也是余村人对祖宗的一份念想及情感传承。

　　记得初达余村，村里人就在我面前念叨他们祖上的历史渊源。他们说，现在的余村人很多是在前四、五代祖上，也就是19世纪的六七十年代，从外省迁移过来的，即1860年之后的几十年间。咸丰末和同治初年，太平军和清军在浙江湖州一带展开了数年拉锯式的战争，因战争、饥荒及战后瘟疫等原因，原有湖州地区人口锐减，安吉是重灾区，据《安吉县志》和光绪《孝丰县志》记载：这场战争之前的安吉人口已达43万余人，但到战后，安吉县人口仅剩15000余人。

"余村也不例外，现在的村民不少是当年相继从各个地方逃难而迁至此地的。"村主任俞小平告诉我，他说听村里的老人讲，太平天国结束后，陆续有安徽、江西和江苏等邻近省份的那些穷人逃难到此地，他们看到这里山清水秀，于是停止了逃荒的脚步，从此安顿下来，一代又一代的繁衍生息，直到今天。

"从祖辈到现在，所有在这里定居的族人都认为，余村的山、余村的水是上苍赐给大家的，谁也无权改变或切断这根血脉。余村的盛与败，连着这里的山与水。余村的山水是我们的命脉。"俞小平说。

是啊，对一个村庄是这样，对一个地区、一个国家又何尝不是这样呢？山与水就是我们的江山，江山多娇，需众人共同呵护和固守。

一个小村庄的人，能对村庄的一草一木发自内心地热爱，就是一种崇高与信仰，一种责任与使命。一个地区和一个国家的领导人，能对身后的江河、大山充满挚爱，更是一份崇高与信仰，一种责任与使命。

历史和现实都印证了一个真理：惜草木、爱江山者，才能令村美、民富、国强。

那一天站在余村的青山巅峰上，眺望一览无余的群山江流，脑海中下意识地蹦出毛泽东"江山如此多娇，引无数英雄竞折腰"的诗句。是啊，今朝祖国江山如此美丽，怎能不让人感叹：俱往矣，数风流人物，还看今朝！

今朝，一声"绿水青山就是金山银山"，倾注了当代领袖对祖国和百姓的无限情感。

从余村到安吉，到浙江，再到全中国，能有今天如此之美丽，这"绿水青山就是金山银山"理念，无疑是其美之源。

余村和安吉人记得很清楚，2005年8月15日，习近平同志在余村留下了"绿水青山就是金山银山"的伟大科学论断，一个多星期之后的8月24日，《浙江日报》头版的"之江新语"栏目，发表了习近平对"绿水青山就是金山银山"理念的进一步阐述——

我们追求人与自然的和谐、经济与社会的和谐，通俗地讲，就是既要绿水青山，又要金山银山。

我省"七山一水两分田"，许多地方"绿水逶迤去，青山相向开"，拥有良好的生态优势。如果能够把这些生态环境优势转化为生态农业、生态工业、生态旅游等生态经济的优势，那么绿水青山也就变成了金山银山。绿水青山可带来金山银山，但金山银山却买不到绿水青山。绿水青山与金山银山既会产生矛盾，又可辩证统一。在鱼和熊掌不可兼得的情况下，我们必须懂得机会成本，善于选择，学会扬弃，做到有所为有所不为，坚定不移地落实科学发展观，建设人与自然和谐相处的资源节约型、环境友好型社会。在选择之中找准方向，创造条件，让绿水青山源源不断地带来金山银山。

2015年元旦刚过，余村的几位干部聚在一起，异常激动地议论和策划着一件事：习近平同志到余村及提出"绿水青山就是金山银山"这一科学论断整整10年了，现在余村的发展和百姓的生活都发生了翻天覆地的变化，应该向习近平同志汇报啊！对，俗话说：吃水不忘挖井人，我们余村富了，大家日子美了，绝对不能忘了是习近平同志当年给我们的发展指明了方向。于是有人提出：写封信寄北京，一是向总书记汇报一下我们余村的变化情况；二是请总书记有机会再来余村，看看在他说的"绿水青山就是金山银山"这一科学论断指引下的乡村新面貌、新变化。

"好！这个主意好！"村干部的这一主张，很快传遍了全村，村民们纷纷来到村委会，要求跟干部们一起商议给习总书记的信怎么写，并建议"汇报信"不以村委会的名义，要以村民代表的名义。

"好，这个意见好！"最后在时任村支书胡加仁、村主任潘文革的带领下，大家你一言、我一语地凑在一起，写下了这封充满感情的信——

敬爱的习总书记：

您好！

我们是浙江省安吉县天荒坪镇余村的53名村民代表，今天来信是向习总书记报个喜，我们按照您十年前来余村讲的"绿水青山就是金山银山"这句话做了以后，如今过上了睡在梦中都会笑醒的好日子。

……我们永远不会忘记，2005年8月15日下午3点多钟，您到安吉调研法治浙江建设时来到余村，对我们说："当鱼和熊掌不可兼得的时候，要学会放弃，要知道选择，发展有多种多样，要走可持续发展的道路。"您还说："既要金山银山，更要绿水青山，绿水青山就是金山银山！"听了您这些话后，如同屋顶上打了个响雷，使我们猛然醒悟，于是决定走养山用山的道路，重新编制了村里的规划，把全村划分成生态旅游区、美丽宜居区和田园观光区三个区块，关闭了村里所有石矿，关掉了水泥厂，借助天荒坪境内装机容量亚洲第一、世界第二的天荒坪抽水蓄能电站，用村里历年的积累，投资建设了荷花山景区，借助2008年县里开展的"中国美丽乡村建设"，率先建成了"美丽乡村"精品村。昔日的余村彻底变了样，优美的环境又回来了，村里千年的银杏树和百岁娃娃鱼成了游客争相观赏的亮点。说来也怪，美丽环境变成了摇钱树，上海一客商慕名在村里建起了金栖堂度假村，湖北一上市公司正投巨资重新开发荷花山景区，昔日寂静的山村变成闹市一样，游客到，山货俏，农家乐应运而生，吃、住、玩一条龙服务已经成型。与此同时，我们做好毛竹文章，竹子在我们这里能吃（竹笋）、能喝（竹饮料）、能穿（竹纤维做成衣被毛巾）、能出口（竹制品和竹工艺品）；竹子长在山上还是景，城里人来到一眼望不到边的竹海里游玩总是舍不得走；竹子埋在土里也是金，村民们一年四季都卖笋，早园笋、春笋、鞭笋、冬笋，村民的腰包也由此赚得鼓鼓的。

过去村里有个万元户那是不得了，现在我们村"千万富翁"也有不少，村民胡加兴通过搞漂流，家里的总资产早就超过了千万元大关；村民潘春林从一个原来拉矿石的拖拉机手变成了大老板，不仅开农家乐，还开了自己的天合旅行社，每天用专车去上海、南京等地接客人，还投资800多万元入股九龙峡度假村和九龙峡景区；连在海南投资建设鸟巢景区拍摄《非诚勿扰》电影的老板，也投资12多亿元建设了"大年初一"旅游项目，准备在明年正月初一开张，这又将给我们增加许多赚钱的机会……自从把靠山吃山变成养山用山以来，不仅使矿山复绿，而且村民年人均纯收入翻了三番多。现在全村280户有小轿车192辆；另有

58户村民乡下有一套别墅，城里有一幢洋房。一些游客说，余村人生活在景区里，劳作在图画中，我们听了心里那叫个美呀！去年村里按照省里要求，大抓"五水共治""三改一拆"，环境变得更美了。现在村里进行了垃圾分类，10小时保洁，家家户户的生活污水通过纳污管，流进了污水处理池，污水出池变成了清泉，"垃圾靠风刮，污水靠蒸发，蚊蝇满天飞，臭气四季吹"早已成了历史。一句话，城里人有的，现在村里全有，城里人没有的，村里人也有，这就是再多的钱也买不到的新鲜空气和美丽环境。

现在村里的资产达到了4572万元，还有1000多万元借给镇里，一年的利息就有100多万元。村里有钱就能办成大事，建起了文化礼堂、文化大舞台、灯光球场，每到夜晚，通往各家各户的路灯火通明，球场上老年人打门球、青年人打篮球、学生打乒乓球、妇女在文化大舞台跳舞。每逢节日，我们村还像中央电视台一样搞晚会，村民们自编自演、自娱自乐，过去我们想也不敢想能外出旅游，现在村民们都时兴去旅游，有的村民不仅游遍了国内各知名景区，还跑到外国去旅游。

村民富了，素质也提高了，十年来村里没有发生一起刑事案件。村治保主任开玩笑说，这十年也没调解几起纠纷，都要下岗了。村干部更加重视民主管理，村里所有大事都要村民代表表决通过才准去做；村里每一分钱的开支，都要通过村里的"村村通"平台。大家在自家的电视机上就能看到村里的每一张支票，钱做了什么用、花了多少钱、谁经手、谁审批一目了然。余村由此成为浙江省民主法治村，全国民主法治村的评选也刚刚通过了考核。

回头看看十年来的变化，我们真切地感到，吃不穷，穿不穷，不会算账一世穷！如果没有按您讲的"绿水青山就是金山银山"这句话去做，我们就过不上现在这样的好日子。

吃水不忘挖井人，每逢佳节倍思恩！在这新春佳节来临之际，我们特向您报个喜，拜个早年！耳听为虚，眼见为实，期盼您在方便时再来余村，就像我们在电视里看到的一样，您也能和我们手拉手一起亲身感受！

衷心祝愿您身体健康，全家幸福！

此致

敬礼！

天荒坪镇余村村民代表（签名略）

信发出后，余村干部群众忐忑不安地等待北京的消息。一个月、两个月过去了，大家等得有些焦急。有人说，习总书记那么忙，怎么可能顾得上看我们的信！有的人则后悔，说习总书记日理万机，天天要处理那么多国内国外的大事、急事，我们不该去打扰。但大家心里一直在盼望着北京的回信……

4月17日，一封北京发出的信，经过两天的飞速专递，寄到了余村。当干部和村民们见到那封印有"中共中央办公厅"落款的信封时，激动得连声接力喊着：北京回信了！习总书记收到我们的信啦！

是的，习总书记收到了余村村民们的信，并且特意委托中央办公厅调研室给余村回信。

这是多么巨大的鼓舞和鞭策啊！这一年，余村人过得格外喜气洋洋。是的，余村人应该享受丰收后的喜悦、美丽后的赞誉。余村的10年变化证明，"绿水青山就是金山银山"这句话已深得人心，并极大地影响和改变了中国的发展理念、发展思路、发展方式和发展未来，拉开了中国迈向一个全新的生态文明建设新时代的序幕。"两山"理念的形成与发展，是习近平同志对中国社会发展到一定阶段之后所凝练的深邃思考，具有丰富的实践基础。

早在2001年，习近平在任福建省省长时就提出了建设生态省的战略构想。2002年10月主政浙江之后，他抓的第一项重要工作就是建设生态省。2005年8月15日，他来到余村进行调研，当听到村里下决心关掉了石矿和水泥厂时，给予了高度肯定，称这是"高明之举"，并提出"我们过去讲既要绿水青山，也要金山银山，实际上绿水青山就是金山银山"。2006年7月29日，他到丽水调研时指出，欠发达地区的最大资源就是生态资源，一定要守住这个"金饭碗"，把"绿水青山就是金山银山"作为你们发展的指导思想。同一年，习近平同志在中国人民大学演讲时，完整地阐述了"两山"理念的辩证关系。他说：第一个阶段是用绿水青山去换金山银山，不考虑或者很少考虑环境的承载能力，一味索取资源。第二个阶段是既要金山银山，但是也要保住绿水青山，这时候经济发展与资源匮乏、环境恶化之间的矛盾开始凸显出来，人们意识到环境是我们生存发展的根本，要留得青山在，才能有柴烧。第三个阶段是认识到绿水青山可以源源不断地带来金山银山，绿水青山本身就是金山银山，我们种的常青树就是摇钱树，生态优势变成经济优势，形成了一种浑然一体、和谐统一的关系，这一阶段是一种更高的境界。这三个阶段，是经济增长方式转变的过程，是发展观念不断进步的过程，也是人与自然关系不断调整、趋向和谐的过程。

我们知道，生态是生物与环境构成的有机系统，彼此相互影响、相互制约，在一定时期处于相对稳定的动态平衡状态。人类只有与资源和环境相协调，和睦相处，才能生存和发展。如庄子所云：天地与我并生，而万物与我为一。

2013年11月，习近平同志在党的十八届三中全会作《中共中央关于全面深化改革若干重大问题的决定》的说明时，深刻指出了这种"天人合一"的生态关系："山水林田湖是一个生命共同体，人的命脉在田，田的命脉在水，水的命脉在山，山的命脉在土，土的命脉在树。"

自然界各种物体的命脉，都是相互依存的，并因此构成了"生命共同体"。如今，我们已经清醒地认识到，山水林田湖草沙作为生态要素，与人类的生存与发展有着密不可分的共生关系，任何一个生态要素受到破坏，最终和最大的伤害者可能就是我们人类。党的十八大以来，习近平总书记多次强调要深怀对自然的敬畏之心；发展必须是遵循自然规律的可持续发展。他给全党划了一条"生态红线"，并告诫全党和全国人民："如果破坏了山、砍光了林，也就破坏了水，山就变成了秃山，水就变成了洪水，泥沙俱下，地就变成了没有养分的不毛之地，水土流失、沟壑纵横。"这些重要论述，高瞻远瞩，深入浅出，既阐明了生态环境与生产力之间的关系，是对生产力理论的重大发展，同时又饱含了作为一位大国领袖的那份敬畏自然、尊重自然、谋求人与自然和谐发展的崇高价值理念和科学发展观，对引领客观实际工作，提高民生、民本建设富有实践指导意义。正如他在2015年3月6日全国两会期间参加江西代表团审议时所强调的那样："环境就是民生，青山就是美丽，蓝天也是幸福。要像保护眼睛一样保护生态环境，像对待生命一样对待生态环境。"

人活着为了什么？人不忧吃、不愁穿之后又想如何活着？对这个问题也许一千个人有一千种回答，但在余村百姓那里，我得到的答案似乎很一致：活着就想好好过日子，日子好了，就想有个好环境、好心境。

其实，余村百姓的话代表着多数中国人的真实心愿。难道那些已经很富裕的上海人、北京人和深圳人内心不是这样想的吗？"绿水青山就是金山银山"之所以能够深入人心，在余村，在安吉和浙江大地上开创了一个生机勃勃、充满朝气、前景无限的美丽新时代，就是因为它在理论上继承了马克思关于人与自然关系的思想，实践上契合了中国社会的实际情况，紧扣了一切发展以人民为中心这一根本。

古人曰："为政之道，以顺民心为本，以厚民生为本，以安而不扰为本。"自然较之人，人顺自然则为本，人扰自然则为弃本。为本者昌顺，弃本者逆道。"绿水青山就是金山银山"，揭示的是人类昌盛、繁荣、强大和不灭的一个真理，故而在中国和全人类发展遇到新挑战、新盆口时，它犹如一道刺破万丈迷雾的光芒，给中国和整个人类带来了新的发展理念和不可估量的巨大推动力。

看一看安吉这 10 余年来的巨变，我们就清楚了"两山"理念的威力。

唐中祥，时任浙江省委宣传部副部长。2005 年初，这个"秀才"出任安吉县代县长、县长。之前，他的职务先后是湖州日报社社长、市委副秘书长、办公室主任，是个典型的"笔杆子"。到安吉县的第二年，唐中祥出任县委书记，一直到 2011 年。用安吉人的话讲，这是他们在习近平"两山"理念指引下，全面推进从"绿水青山"转向"绿水青山就是金山银山"的关键性历史阶段。

说其"关键"，是因为从"绿水青山"到"金山银山"的过程，无论是客观现实，还是社会发展中的认识能动过程，都非一日之功，而且这一过程充满着事物之间的种种矛盾，甚至是尖锐的斗争。

"安吉人重视绿水青山并非现在的事，历史上早已有之。旧县志上就有这样的记载：其岭峻绝，修竹苍翠，拂人衣裙。自南宋至民国时期，历代官府发布的'护林''禁伐'令不下数十个，民众护林爱竹者更不知其数。但旧时的'护林爱山'只是出于人们对这一片生养自己的土地的自然情感。到了中华人民共和国成立之后，发展成为时代的主旋律，尤其是改革开放之后，安吉真正进入了社会发展阶段。但是一方面是社会的飞速发展以及各种对物质生活渴求的思潮洪流般地涌入城乡，搅乱了山村的宁静；另一方面是长期生存在贫困线上的人们急切想改变现状，恨不得拿自己的母亲河、祖宗山去尽快变现的欲望，而短视的结果就是到处乱砍滥伐、开矿山，不计代价……就是从这个时候开始，人们所谋求的生活改善与自然环境之间的矛盾越来越突出。到底是要金山银山，还是要绿水青山，成了一对矛盾体。如何处理好这一矛盾体，就成了一个重要的哲学命题和实践活动。谁来破解这一命题，谁来调和两者之间的矛盾并指出一条光明大道，便成为当时一村一县甚至一市一省发展的关键点。习近平同志就是在我们当时面临的发展这个关键点上，作出了'绿水青山就是金山银山'的英明论断，为处在矛盾焦点上的我们指明了方向。这才有了余村，有了安吉甚至整个浙江后来10多年的根本性变化……"唐中祥说。

"其实，无论是余村，还是整个安吉，在处理绿水青山与金山银山之间的矛盾关系时，都经历了非常痛苦的过程。比如，我刚到安吉，记得当时财政局提供的数据是，安吉全县财政收入才六七个亿。这是2005年的时候呀！我们安吉处在杭嘉湖地区，那时像萧山早就是超百亿的全国'百强县'了。太湖对岸的苏州下辖的几个县更了不得，他们财政收入的零头都比我们一年的财政还要多得多。可安吉为什么这么少呢？一个重要原因，就是因为这一阶段我们正处在既想要绿水青山，又想要金山银山的困惑中，结果经济出现了暂时性的下滑，而且下滑的幅度还很大。堂堂一个县级政府，没了钱，缺了钱，这样的领导有多难当！百姓对你也不会满意。所以，当时上上下下压力很大。我这个当县长、第二年又当了县委书记的安吉'一把手'，压力自然更大了。"唐中祥说，"那时我天天夜里两三点还不睡，一个人蹲在床铺上看报表，第二天再找各个部门负责人来开会，分析问题，寻找发展的出路……"

"在讨论和研究过程中，有人对我说：安吉的GDP也曾不错过，后来是因为不让乱砍滥伐乱开矿了，所以财政收入就降了下来。开会时我对大家讲，安吉选择什么样的发展道路，最关键的是要把经济搞上去，让人民真正富起来。而安吉的经济要搞上去，必须有一个前提，就是不能破坏我们的生态环境。生态环境一旦被破坏，再高的 GDP，再多的财政收入，也不能给百姓和安吉带来真正的幸福与美好。但说心里话，当时我倍感压力的是，一方面你要发展但又不能去破坏生态环境，另一方面你不办工业、没有产业又无法把经济搞上去，两难哪！如果没有财政收入，公务员的工资你能降吗？肯定不会有人举手表示同意的。大家都希望收入一年比一年高，百姓更想看到生活比以前越来越好嘛！这种心态可以理解，也很正常。"唐中祥分析道，"安吉包括余村在内，最初的发展大家也都怀着这样的愿望，为了摆脱贫困，想方设法寻找各种可能去发展经济。安吉过去是浙江省 20 个贫困县之一。20 世纪 80 年代开始，在'无工不富'的浪潮影响下，安吉也走了一条靠山吃山的发展路子，这过程一直到 1998 年国家实行太湖'零点行动'止。那一阶段，安吉地面上到处是冒烟的小矿、小厂，污染极其严重，砍竹开山，卖竹卖石头赚钱。钱确实也赚了点，但环境破坏得太严重了，连老百姓自己都觉得不能再这样下去了！这一阶段，我们称它是'宁肯要金山银山，也不要绿水青山'，结果是金山银山没有真正要到，只见了些碎金碎银，既没让百姓富起来，也没有摘掉贫困县的帽子，我们的绿水青山也被严重损毁了。"

"第二个发展阶段是太湖'零点行动'，至 2005 年左右。这一阶段可以说是我们既想要金山银山，也想要绿水青山的时候。"唐中祥感叹道，"这个过程特别痛苦。因为财政收入下降了，上上下下忧心忡忡……"

唐中祥说的太湖"零点行动"，是国家为了实现"2000 年太湖水变清""不让污染进入 21 世纪"战略。从 20 世纪 90 年代中期开始，国务院有关部委会同苏浙沪两省一市发动了一场声势浩大的水污染治理战役，其中规模最大的就是 1998 年底的"聚焦太湖零点达标"行动，并在 1999 年元旦钟声敲响之前宣布"基本实现阶段性的治理目标"。国家有关部门之所以投入百亿元的资金，进行一次如此声势浩大的针对太湖水污染治理采取的大行动，是因为 80 年代之后的十几年间，苏南地区的发展，尤其是乡镇企业个体经济发展太快——根本不讲究环境保护，尤其是不讲究水质保护。水对江南水乡而言，是人们生产与生存的根本，太湖之水涉及和影响到周边 4000 多万人口的生存，太湖水污染了，中国经济最发达的长江三角洲的人们就等于生活在水深火热之中，那中国还有希望吗？问题的严重性到了不可再延缓一分钟的时刻，国家以"零点行动"的方式，对那些污染太湖水的企业实行强制性的关停并转。当时采取的措施十分严厉，具有强制性和时间性。所谓的"零点达标"，就是要求在1998年底，太湖地区的1035家重度污染企业，必须全部实现达标排放。这1035家企业中，江苏省占770家，浙江省占257家，上海市占18家。安吉的西苕溪污染列在其中。

太湖"零点行动"，对江浙沪两省一市的许多企业和党政机关的冲击是巨大的，这也是他们把发展的第二个阶段划分点定在太湖"零点行动"上的原因。

太湖"零点行动"，给安吉的发展画上了一道深深的历史界线——从此，既要金山银山又要保护绿水青山，成为安吉发展的主旋律。

"但后来发现，这种既想要熊掌，又不舍得丢鱼的发展思路是很难实现的。于是就出现了两种情况：一些企业，要么偷偷地排污，悄悄地走老路；要么遵命听令，等着经济指标一滑再滑……这个时候工作最难做，利益冲突也前所未有地显现出来了！但是再难，安吉历届县委、县政府坚持生态立县的意志和信心从没有动摇，这一点确实令人敬佩。"作为这一阶段的继任者，唐中祥言语间流露出对其前任们的敬意。

太湖"零点行动"之后，安吉县正式提出了"生态立县"的发展新思路，并通过地方立法，将其确定下来。当时的生态立县是以"绿色工程"来具体实施和推进的，它的主旨非常明确："绿色工程"是以改善生态环境、提高人民群众生活质量、发展生态旅游业、促进国民经济可持续发展为目的，以保护生态环境、合理开发资源、发展绿色产品为主要内容，由政府依法组织实施，全社会共同参与的系统工程。

新世纪的第一年，安吉就举起了"生态立县"的大旗，这在全国是第一个县。喊口号容易，做成事绝非易事，而事实上喊口号也不那么容易。前面已提到，当时的安吉县委书记到上面开会，领导见了他，很严肃、很生气地问他：生态能当饭吃吗？意思是人家都在搞GDP，搞财政收入，就你们安吉搞生态立县，能把经济搞上去吗？

生态立县，既想要绿水青山，又想要金山银山，谈何容易！

余村就是个例子。自1998年后，村里把几个造成严重污染的矿山关了，后来又把水泥厂、化工厂停了，村里的经济收入从二三百万元降到二三十万元时，干部走路只能低着头，生怕碰到村民，因为收入下降，村民的眼珠子都瞪大了。这个时候，许多人对走生态经济发展之路，产生了怀疑和疑惑甚至动摇——"生态立县"的红旗到底能扛多久？处在三岔路口的安吉，必须做出抉择。

"'绿水青山就是金山银山'理念，就像指路明灯一样给我们指出了方向。这使我们如同吃了定心丸，从此坚定了'绿水青山就是金山银山'的发展方向。这一阶段，我们称它为实践'两山'理念的第三个发展阶段，也是出真招、见实效的阶段，是一个新时代的开创阶段……"唐中祥作为当年全程陪同习近平考察余村和安吉的主要地方干部，目睹和聆听了习近平谈"两山"理念的全过程，体会和感受自然格外深切。

"习总书记的'两山'理念，关键点和根本点是在'就是'两个字上。"唐中祥说，"'就是'里面的文章可大了！它既是深刻的理论问题，更是严肃的现实问题。比如安吉的一张名片——竹子，过去在要'金山银山'时，大家上山把竹子砍了直接卖竹子，最后的结果是钱赚了些，但山秃了，空气被污染了，植被和绿化覆盖率大幅下降了——这种干法肯定不行。于是就想办法走第二步：竹子要砍，但不能破坏环境和有污染，但因为大家的思路还是框在老观念上，所以这一步走得非常艰难，最终也没有走出个样来。第三阶段：竹子不能滥砍，但也能卖钱。这是'竹子经济'的最高境界，也就是我们后来在'两山'理念指引下一直走到现在的发展道路——从砍竹子卖钱，到不砍竹子卖风景赚钱；竹子的风景越好，风景就越值钱，绿水青山真的就一步步变成了金山银山！余村乃至整个安吉就是这样。"

从"卖竹子"到"卖风景"的过程，其实并不容易。观念和行动、素质与制度，都在其中起着支配作用。"你要不砍竹子又能卖风景，你就得首先把竹子种好；简简单单地种好也不行，必须具有规模；有了规模，来旅游和参观的人一看，觉得有味道，就想留个影、拍个照，住上一两夜，甚至有人干脆在这里买个房子长期住了下来；你要让客人来了一次还想再来，甚至长期住下来，你就得把有规模的竹子弄得漂漂亮亮的，因为漂亮了才能吸引人。大竹海光漂亮还不够，人家看一眼或者开着车走一趟，看完就走了，你还是没赚到钱。所以你还得给竹子、竹海加进'故事'，有故事，味道就不一样了，游客和来宾就会冲着竹子发发呆、想想那些或悲或喜的精彩过往……这样，他们留下来的时间就会更多、更长。既然留下来了就得有地方住、有地方吃，这就又给我们提出了一个要求：得把所有吃住行的地方都要变漂亮、弄美丽。而要把所有的地方变漂亮、弄美丽，就不是一篇小文章，它的内容包罗万象！因为我们是农村呀！自古以来，农村和农民是没有边界、没有约束的，什么都不讲究，尤其是不讲究文明和卫生。比如搞农家乐，我们一些村民招待客人时，把饭桌弄得挺干净，但饭桌旁边有垃圾箱、脏兮兮的抹布平时怎么扔还是怎么扔。客人看到了，饭菜的味道就没了，所以你得手把手地去教农民兄弟姐妹们如何提高自己的素质。我们走'绿水青山就是金山银山'的道路，重点发展的是旅游产业、旅游经济，它最关键的就是要注意环境的观感、风景的美感和游客能不能留下好的情感。从观感到美感，再升华到游客的情感，这中间要做得美美的，绿水青山才可能是金山银山，否则山还是不值一分钱的山、水还是白白流走的水……所以说，'绿水青山就是金山银山'的理念，关键点在'就是'两个字，着力点也在这两个字上。作为一方主政的领导，你在理解'就是'上的高度与宽度，直接决定了你发展的成效和成果。安吉后来的发展，也证明了这一点。"唐中祥这样说。

2003 年，习近平第一次到安吉调研后的 9 月份，安吉县在全国第一个设立了"生态日"。

我第一次到安吉采访的最后一天是 2017 年 4 月 9 日，第三天，由农业部和浙江省联合举办的首届全国休闲农业和乡村旅游大会将在安吉召开。我记得安吉县委书记沈铭权在我临别时，谈到余村和整个安吉的发展变化时，说过这样一句话：我们这叫用生态建设来倒逼自己的工作与发展思路。

在全国休闲农业和乡村旅游大会上，安吉县县长陈永华介绍了"安吉经验"，讲到 2016 年安吉休闲农业和乡村旅游总产值达到 46.6 亿元，旅游人数达 1829 万人次，旅游收入达 233 亿元。

"安吉是个小县，本地人口只有 40 多万，面积也不算大，但安吉后来几年中的经济增长速度一直位列全省第一位、第二位，就算是差的年份，增速也都在 24%—26% 这样的水平！这样的速度和增长率，外人不信，连安吉人自己都有点惊叹。因为说白了，就是我们发展的方向对头了！"唐中祥说，"就是我们坚定不移地始终沿着习近平同志'绿水青山就是金山银山'所指引的发展方向，甩开膀子、撸起袖子，一走到底、一干到底！"

"从 2005 年到 2006 年，全县的经济增长有所好转后，我们提出了用 5 年时间再造一个安吉的奋斗目标。抓手就放在抓全县的休闲经济上。首届全国休闲农业和乡村旅游大会是 2017 年召开的，而安吉县在 11 年前的 2006 年就自己开了全国第一个县级单位的旅游休闲大会。从那时起，我们就把安吉固有的自然资源，直接变成了经济资源。这个转变，不是通过物理的变化，而是通过绿化、美化和文化内涵在其中直接发挥转化作用，由此也催生了一个新的产业经济形态——休闲经济。"唐中祥说到这里，语调高了十分贝，"农村搞休闲经济，有人马上就想到了农家乐，整几个土菜、土鸡，再腾一两间房子，好像这就是农村休闲经济，其实这是非常片面的。真正的农村休闲和乡村旅游，要形成一种产业形态，必须下功夫。这下功夫的过程，便是绿水青山转化为金山银山的过程，它复杂而充满哲理，也是个系统工程……"

安吉百姓清楚地记得，从 2007 年底到 2008 年初，县里推出的一件事，改变了千百年来安吉的面貌，也改变了生活在这块土地上的人的命运与精神面貌，这就是安吉人首创的"中国美丽乡村"建设。几年后，建设"美丽乡村"一词写进了党的十八大报告。安吉人功不可没。

"你可以找找 2008 年 5 月 12 日的《人民日报》。那天，我们安吉的'中国美丽乡村'成果上了党报头条。"作为"中国美丽乡村"工作的倡导者和操盘手，唐中祥对这篇报道印象格外深刻。

回到北京后我马上搜索并找到了这篇报道，一看是好友袁亚平的手笔，他当过人民日报社浙江记者站副站长。这篇题为《浙江省安吉县建设"中国美丽乡村"》的文章对安吉致力于美丽乡村建设带来的乡村巨变和人民生活水平的提高做了全面的报道。

如今，"美丽乡村建设"已经成为我国农村发展的一个行动方向并全面铺开，但各地是否会像安吉一样，做到时时处处、每个细节都能"美丽"，都很"美丽"，恐怕需要去认真检查和实地体会。

安吉做到了真"美丽"。制度上，他们有"最美乡村"的第一个国家级标准（GB-T32000-2015）；方法上，他们把全县当作景区来规划，实施了全域景区的管理与建设，将一个村当作一个景区来设计，把一户农家当作一个小品来改造，一村一品、一村一业、一村一韵、一村一景，村村是景，景与景相连相通，不留死角。将全县 187 个行政村，都统一按照"村村优美、家家创业、处处和谐、人人幸福"的标准去达标建设，并且每年检查考核评比。同时根据社会发展和人们的需求，不断打造"美丽乡村"的升级版，使得安吉全域如今越来越美。自 2006 年成为全国第一个生态文明县后，10 年后的 2016 年，安吉又被国家授予第一批"全国生态文明县"称号。

"美丽安吉"所形成的"安吉美丽经济"，更是势不可挡。2016 年的财政收入是 10 年前的 8 倍；农民人均可支配收入 25477 元，比 10 年前增长了 4 倍。而这一"安吉美丽经济"所呈现的"金山银山"效应才刚刚开始……

"美丽"成为经济形态，用美丽换取"金山银山"，这是余村和安吉在"绿水青山就是金山银山"理念指引下，利用自然优势，走出的一条可持续发展的康庄大道。

不知何故，我在余村和安吉待的日子越多、越长之后，就有一种感受越发强烈，那就是，这里除了山美、水美和景美外，最美和能让美变成"金山银山"的，还是人，是那些比山、比水、比景更美的人。

顾益康，时任浙江省政府参事。这位被习近平称为"超级农民"的浙江省农民第一代言人，有一个特别的功劳。他在 2000 年张德江任浙江省委书记时就进言"建议彻底废除农业税"，后来浙江省在全国先行废除了农业税。2005 年底，全国人大作出了在全国废止农业税的决定，至此，中国延续了 2000 多年的农业税制成为历史，9 亿农民无不欢呼，顾益康的名字也开始被人熟知。不过，这位自称"顾三农"的农业专家，在 10 多年中，倾注最大心思的是"美丽乡村"事业。

顾益康认为，中国在世界上成为最强盛的国家是早晚的事，但今日中国要在世界上让他国敬佩，不仅需要经济实力，还需要方方面面的美丽形象。"美丽中国的持久，将决定中国在世界格局中的命运；而中国的美丽乡村是美丽中国的基础，有了美丽乡村才可能有美丽的中国。"为此，顾益康不顾年事已高，不遗余力地长年在浙江大地上奔波。他在总结余村、安吉和浙江的"美丽乡村"建设时，曾这样评价：美丽乡村建设，是中国农民祖祖辈辈想实现的梦想。这个梦想的根本点和最终目标，是让农民感觉自己的生活是富有、幸福和美丽、自由的。富有，就是有钱花，手头不觉得紧，柜子里有余存；幸福，就是心情舒畅，家庭和邻里之间没有矛盾，每天开开心心过日子；美丽，就是希望拥有一个如诗如画的田园式的好家园，同时享有和城里人一样的生活条件；自由，就是生活宽松、无拘无束，走路不用躲车撞马，出门不用担心碍着谁……这就是农民心目中的"美丽乡村"。在顾老看来，美丽乡村的最终目标，就是让农民们能够享受美丽人生；而农民们在实现自己的这个目标过程中，他们自身的"美丽"是美丽乡村建设中最关键并起着决定性作用的。顾益康甚至认为，没有农民的自身美丽，就不可能有真正意义上的"美丽乡村"，更不可能实现"绿水青山就是金山银山"。

何谓"农民的自身美丽"？是身上的衣着，是端起饭碗的姿势，是说话谈吐的举止，还是眼睛里的神采、劳动后的体味？显然这些都是需要美丽的。但真正的、最重要的美丽，是他们的心灵和行为、精神和理想。

在余村时，我没有专门对村干部的"辉煌事迹"进行过专题采访。其实，余村这一二十年来，从开矿开厂到恢复绿水青山，再转换成金山银山的发展过程中，一任任村干部吃了多少苦、受过多少累，忍下了多少委屈，只有他们自己知道。潘文革、俞小平没有跟我讲，鲍新民、胡加仁等老支书、老村长也没跟我讲，但村干部们为村庄建设所作出的贡献，村民们记得，村子里一棵棵银杏树也清清楚楚地看着。

一日，我在杭州，见到一位姑娘，她问我还记不记她？我似曾相识，但又想不起来。

"你到过我家的呀！"姑娘眨着一双美丽的眼睛，说，"我是潘文革的女儿呀！"

哈，想起来了："那天不是还到你家，还合过影嘛！"

"是的是的！"小姑娘高兴地蹦了起来。

后来，我请她到住处聊天，没想到姑娘跟我谈了不少在余村没有采访到的感人至深的素材——是关于她父亲潘文革的事。

潘一颖，一位"90后"的余村姑娘。第一次见她，还以为她是哪个地方来余村拍电影、拍电视的女演员呢！姑娘长得水灵而娇美，而且又有一副好口才、一手好文笔：

> 脱下华美的袍，卸去浓抹的妆，汲雨露滋润疲乏的肉体，借花香沁入困顿的心灵，抚绿草擦亮你的眼睛，一路清风相随，领略余村

之美……

高中时，姑娘的这篇《众里寻"她"千百度》的文章就在安吉县"生态文明在我心中"征文比赛中得过第一名，后来她考上了大学，又读了研究生。这样美丽又才华横溢的姑娘，放在谁家都是掌上明珠。

"一颖，快看看微信，你爸在雪地呢！已经站了好几个小时了，快劝他休息一下吧，这么冷的大雪天……"2016年1月22日下午，浙北大地下起了一场罕见的大雪，正外出的一颖在下午4点钟突然接到一位朋友的电话，并说让她看微信图片。姑娘打开微信一看，画面上是她熟悉的身影：大雪中，手中撑着一把已被积雪盖顶的伞的爸爸，正忙碌地指挥工作……

姑娘把画面放大，终于看清了爸爸那张被雪冻紫的脸庞。她的眼睛一下噙满了泪水——爸爸有伤的脊骨怎能在雪地里"泡"呢！

"爸爸，您好棒！女儿为您点赞！但也要记得照顾好自己啊！"这是姑娘给爸爸发去的微信。她很心疼，但更多的是感动与自豪。

直到夜幕降临，潘文革才给女儿回了信。本应该疲惫不堪的他，语气里却满是开心的味道，他告诉女儿：遇到大雪了，白天在工业区组织抢救，明天一早，还要组织一批志愿者到村民居住的地方扫除残雪，以确保房屋和村民都能安全。

"谢谢你，把大雪中的这一幕拍下来给我，有了你这样细心的村民，我们才会有更好的村庄。"这是姑娘后来给那位热心村民的回复。

余村的干部是什么样的？余村在年轻一代村民的心目中又是什么样的……有关这一话题，一颖自然是我最想采访的对象。

"爸爸在做村支书之前已当了很长时间的村干部，他怎么干工作我并不太知道，因为一直在读书，难得遇到周末想回家睡个懒觉，却常常在半夜或大清早被吵醒……"一颖说。

"为什么？"这很奇怪，我问。

"今天大家看到我们余村那么美，其实这美来之不易。很多时候，村里要做的一件事，并不是那么容易就被村民接受和理解的，很多情况下甚至会遭到强烈反对。因为我爸爸是村干部，所以村民一有事，不管是半夜还是大清早，都会上门到我家敲门或嚷嚷。这个时候，我总看到爸爸急急忙忙地一边穿衣一边嘴里说着'别急别急，马上来啦'，然后冲出门去……"一颖说，"说实话，开始我对这种情况有些不理解和埋怨，后来慢慢明白了，村民找爸爸，其实是信任他，希望得到他的帮助。也因为村民的这份信任，我和妈妈后来都从不同角度在默默支持爸爸。对我来说，真正让我敬佩起爸爸的，还是后来发生的一件事……"

一颖说的是她参加高考前的事。

"高考前，学校的家长会特别频繁，但一向特别疼爱和重视我的爸爸，竟然总不来参加家长会，每次都让妈妈代替。有时我忍不住给他打电话，他总以出差或走不开为由把家长会推给妈妈，且电话里的声音总是很响亮有力，好像要证明什么似的。对此，我一直信以为真，直到有一天夜里，因为复习累了，睡不着，我就翻着QQ和朋友圈里的动态，突然有一条信息让我心一惊：堂兄说他某日去医院看望我爸爸……当时我一下子从床上坐起，拿起手机就给那位堂兄打电话，果真，爸爸受伤住院了，而且伤势很重，已经住院两个多月了。第二天一早，我就赶到医院。病房门口，我看到妈妈正在给爸爸喂饭，而爸爸很吃力地伸着脖子艰难地吃着……这一幕让我泪流满面，什么也不顾地冲进了病房，把脸紧紧地贴到爸爸的脸颊上。爸爸惊讶地转过头，说：你怎么来啦！我根本说不出话，只是默默地流泪……原来两个月来我爸每次给我打电话，都是在病榻上强忍着痛苦，假装轻松的语气，他是怕影响我的高考……"

"后来我了解到，爸爸的后脊梁骨是因为调解正在建设余村工业园区污水管道施工方的纠纷而受伤的，但在后来公安方面来调查事故过程时，我爸爸不仅没有说村民一句不是，还为伤害他的村民说情……事后爸爸对我说，我是村干部，村民之间有了矛盾纠纷，去调解是我的责任，这过程中村民失手给我造成了伤害，心里肯定已经不好受了，我怎么可以再给他们压力呢？爸爸就是这样一个人，我能说什么？时间一长，慢慢地我对他产生了敬佩之情。尤其是看着他和其他叔叔伯伯们把村庄一天天建设得越来越美丽，村民们的生活也越来越好了，我和村里的年轻人一样，都真正感到'绿水青山'可以变成'金山银山'，爸爸他们这一代人的精神，值得我们好好学习和继承……"

这让我想到了另外两个余村村民：一个是村主任俞小平，一个是残疾人周洪法。

前者能说会道，像个宣传员，其实在当村主任之前，俞小平就在村里负责接待、宣传和讲解的工作，他"嘴巴好"，是村里的"秀才"，在村委会领导下，和大家一起把村史展览室搞得有声有色。接下来，他还要和大家一起筹划、建设余村更加美好的未来。可不曾想到，像他这样一位原本在外面生意做得"呱呱叫"的人，甘愿为了余村的美丽和村民的富裕丢掉自己的金饭碗。正是这样的人的美丽，才使余村越变越美丽。

俞小平在余村有些特殊，不是因为他当了村主任。在余村，当过村主任和村支书的人能排长长的一个队伍。俞小平的特殊是因为在余村长长的干部队伍里，最德高望重的是老支书俞万兴，而俞小平是俞万兴的孙子，也算是村里的"红三代"——俞万兴的4个儿子没有一个是党员，这一直是作为余村"精神柱子"的俞万兴生前的一个遗憾。2002年初，镇里和村里的干部来看望俞万兴老支书，征求和询问老人家有没有什么要求与想法时，老人家摇摇头，只说道：现在余村关掉污染的矿和窑，还山青、还水绿是对的，希望一直这样坚持下去。自己辛辛苦苦一辈子，带领大伙开山挖矿，本意是想让村民们富裕起来，但走的发展路子并不对头……老人家的目光里留下许多遗憾。也就是在那一天，坐在一旁陪爷爷的俞小平一眼被领导看中，并问他是不是党员，俞小平摇摇头。人家有些奇怪：你爷爷是老党员，你应该要求上进啊！"当时我心里立马回应了一句：为什么一定要上进？我在外面生意做得好好的，用不着上进。这话虽没有说出口，但却是我的真心话……"

俞小平回忆当时的情景，自嘲道："那个时候我的觉悟一般，有点客观原因是我高中毕业后，先在水泥厂当会计，收入不错；后来被派出去学财务，回来后在镇上的锁厂工作，收入和岗位都算稳定。1999年企业转制，我就自己出去做生意，多数时间在上海、宁波做事，都很顺当，至少比在村里要强得多。就是那次爷爷去世前有领导来访问到我是不是党员，希望我进步时，爷爷听后板着脸对我说了一句：你是该要求上进！爷爷的话我不敢不听，而且这是他临终前对我说的，我觉得不能违背他老人家的意愿。但我心里就是不想当村干部，所以等看望他的领导走后，我就跟爷爷接上这话题。爷爷朝我微微一笑，声音很低地说，我当了一辈子村干部，荣誉得了不少，被人骂的时候也不少，为什么挨骂？就是因为自己的工作中还有毛病，百姓还有要求需要你继续做好。干部不被骂的时候，心里可能挺舒服，但未必一定是好事。因为敢骂你的时候，证明他们不畏惧你。我当了近30年村支书，相信一件事：当干部的，就要心里想着为老百姓做点好事，做了好事，人家就会认你是好人、好干部。小平，你应该入党，应该争取为村里做点好事，应该争取做个好人……"

"后来，我很快向组织递交了入党申请书。"俞小平说。

2004年，俞小平被村里列为入党发展对象。2007年7月1日，是俞小平入党转正的日子。俞小平说，这一天对他来说意义重大，是他的"政治生日"。

"在农村，要被人夸奖或伸出拇指称你是好人，就是最高的荣誉！"俞小平说，"现在当了村主任，最担心的是百姓还能不能把自己当好人看，以后不当干部后还有没有人能夸一声自己是好人，这对我和所有的余村干部来说，是件比一百个考核指标还重要的考核标准！"

是的，我知道"好人"二字在我们江南一带的分量。它是社会与公众对一个人的最高评价和爱戴，能被人拥戴为"好人"，就是一种崇高的荣誉。在绿水青山转化为金山银山的建设中，如果没有"好人"的存在、如果没有千千万万个"好人"的存在，再美的乡村也不会美丽，再好的绿水青山也不会变成金山银山。

好人即美丽的人。这个美丽的人，是指一个心灵或心空如绿水青山一般美丽的人。这样的人，品德和品质、灵魂与行为，都会让人敬重。

"余村能有今天这样的美丽，首先就是有一届又一届的村干部无私的奉献。在余村当干部，你不要先去想自己如何发财，你的心思得时时刻刻放在如何让余村更加美丽、百姓过更好的日子上。"

俞小平的话，又一次让我想起了采访鲍新民老书记时的情形：在今天的余村，鲍新民家既没有办农家乐，也没有做其他生意，他和老伴仅靠一点退休工资和几亩土地流转所得的一些分红，生活尚可，但绝对不是富裕户。"干部什么时候都不能去跟村民抢金山银山，只有干部不去抢金山银山，我们的村才能一直有金山银山，而当群众都有了金山银山，最后干部才可能拥有金山银山……"老支书鲍新民的话，一直印在我脑海中。

"他是个好人。"村民们都这样说鲍新民。

"他也是个好人。"余村还有一个人很特别，别人也都这样称赞他，并且在评价他时还会加一句："他是个真不容易的好人！"

他叫周洪法，3 岁时患了小儿麻痹症。1962 年出生的他，不到一米四的个头，走路一瘸一拐的，如果不是在余村，像他这样的人，或许根本不会出现在别人的视野里。但在余村，周洪法是个几乎每天都看得见的人，因为他很忙：每天来自各地的游客和参观学习的人络绎不绝，这么多客人出现在余村时，周洪法要做的事情，一是为村里留些资料，在需要的地方照相；二是为那些喜欢余村某一风景的游客照相留影。"为村里干活，是有一些补贴的；为游客照相是纯义务的。"周洪法对我说。

"真不收钱？"

"不收。"

"你用什么支付相片和邮寄的成本呀？"

"现在大家都有手机了，照相一般都可以自己解决。我只是在遇到个别情况时，帮助客人解决个遗憾而已。"

"那一个月至少也有十个八个？"

"有，有时会有几十个……"

"那邮寄也得不少钱呀！"

"前些年是这样。现在可以通过邮箱或微信传发了，不用多少费用的。"

这是我和周洪法的对话——关于他义务为客人照相的事。我问得这么细是因为我知道，对周洪法这样一个残疾人来说，每一分钱对他来说都是一个不小的负担。

"习惯了。十几年来一直这样，我不感到负担，反而挺开心的。"周洪法每天开着一辆残疾人专用的小车子，穿梭在村庄的大小巷子和道路上。通常，在许多热闹的地方都有他的身影，在那些别人不太注意的地方也有他的身影。热闹的地方，他会远远地站在一旁，如果遇上人群中突然有人遗憾地喊着"哎呀"之类的话时，周洪法就会悄无声息地出现在他身边，轻轻地问一声：有什么需要帮忙的？

"想照个相的、丢了东西的……什么都有。我就帮客人解决个小困难。我熟悉情况呗！"周洪法说得很轻松、很愉快。

"其实他是很不容易的。有人以为他会纠缠要钱，有人以为他是想借小事图讹诈之谋……"有人对我说。

周洪法听后淡淡一笑，说："那毕竟是少数。多数客人非常好。你为他做点好事，他不仅感谢你，而且会永远惦记着你，我现在的朋友遍布五湖四海了……他们都对余村印象很好，帮着一起宣传'绿水青山就是金山银山'！"他把手机亮在面前，让我看他的微信朋友圈。

真是一个身残心美的余村人！看着驾驶着小车渐渐消失在余村那绿荫成行、鲜花盛开的主干道尽头的周洪法，我在想：余村的青山竹林翠绿挺拔，人见人爱；余村的居舍白墙黛瓦，风情万种；余村的溪流清凌凌，更像一位婀娜多姿的少女，在村头村尾，每天欢笑着迎送四方宾客……假如余村少了周洪法这样的人，是不是会让人感觉美中有些不足？现在，周洪法的存在，让余村的绿水青山中多了一份鲜艳的点缀，余村显得更加美丽，美丽中有了更多的丰富内涵。周洪法做的好事并非只有这些。当年，村里整治小巷时，有些村民想不通，横竖不配合，周洪法看在眼里、急在心里。他每每自己先做在别人前面，然后再去跟邻居做思想工作。比一比周洪法的无私，谁还有什么不舍得、去计较的呢？

周洪法用自己微弱的力量，感化了村里很多人。这就是"好人"的力量。是的，这也是为何余村和安吉这些年在不断提升"绿水青山就是金山银山"的工作要求时，每年都要推进一项独特的活动——评选安吉好人！

第二次到安吉采访，我向主人提出想了解这方面的情况时，县委宣传部长陈旭华立即通知工作人员，说要带我先去参观"好人馆"。

"好人馆？！"我以为自己听错了，但安吉确实有个专门为"安吉好人"设立的展览馆。

一天清晨，我去了好人馆。设在县图书馆内的好人馆让我大开眼界，也让我领略了一幕安吉与绿水青山同样迷人的风景——"好人风景"。也正是因为这次好人馆的参观学习，让我得出了一个结论：安吉能有今天如此美丽的风景，如此美丽的"美丽经济"和美丽社会，就是因为他们有一大批美丽的好人。

早在2004年，习近平就在5月8日《浙江日报》的"之江新语"栏目中发文指出："推进生态省建设，既是经济增长方式的转变，更是思想观念的一场深刻革命。从这个意义上讲，加强生态文化建设，在全社会确立起追求人与自然和谐相处的生态价值观，是生态省建设得以顺利推进的重要前提。生态文化的核心应该是一种行为准则、一种价值理念。我们衡量生态文化是否在全社会扎根，就是要看这种行为准则和价值理念是否自觉体现在社会生产生活的方方面面。"

"安吉好人"是安吉在推进生态文明建设过程中的一种十分贴近百姓并容易被大众接受和认知的评价方式。据陈旭华部长介绍，"安吉好人"活动在安吉其实已经搞了许多年，只是最初的叫法不一样而已。比如在推广白茶事业时，"安吉好人"就被叫作"白茶仙子"；在弘扬"两山"理念的精神内涵活动中，"安吉好人"就被称为"安吉工匠"等，但他们现在都被归入"安吉好人"行列，其事迹也被一起搬进了好人馆。

那一天，我参观好人馆出来，见大街两侧竖着一块块夺目的镜框，延伸得很远很远。走近一看，原来都是"好人"的照片与他们的事迹……"让好人有好报，让好人有社会地位，让好人的事迹人人学习，这是我们推进'好人'活动的宗旨和目的。"随行的宣传部工作人员介绍说，并随手拿出一份县文明办颁布的《安吉县好人礼遇办法》让我看——

......

三、礼遇措施

（一）尊崇礼遇

1. 在符合条件的前提下，为好人参政议政创造机会；

2. 举办重大节庆庆典、群众性精神文明创建等活动，邀请好人出席；

3. 聘请好人担任道德建设监督员、道德风尚评论员；

4. 在重大节日开展走访、慰问好人活动；

5. 好人去世，所在单位、所在辖区的领导应参加告别活动。

（二）社会礼遇

6. 运用各类媒体，大力宣传好人的先进事迹，形成全社会学习、崇尚、关爱、争当好人的良好风尚；

7. "好人好事"进文化礼堂，开展巡讲、巡展活动；

8. 好人每年免费享受一次健康体检；

9. 免费获赠一张市民公共自行车卡；

10.好人每年可获赠一张指定影院的电影卡（赠券），享受优惠待遇。

（三）关爱礼遇

11.好人子女在学前教育和义务教育阶段，享受就近入学待遇；

12.因家庭生活困难，影响好人子女就学的，由教育部门保障其顺利就学或优先享受助学贷款；

13.社会养老机构优先接纳好人，对生活不能自理且家庭供养困难的好人，经本人申请、相关部门确认，优先安置到社会福利机构供养，对居家养老的好人，其所在地乡镇（街道）应视情给予相应的重点照顾和帮助；

14.发动各类社会志愿服务组织和志愿者，或通过社会征集的方式招募志愿者，对生活困难的好人，以结对的方式一对一（多对一）对其进行志愿服务；

15.社区（村委）不定期对其走访、慰问，以组织倡导、群众自愿等方式，发动道德模范（身边好人）所在的邻里街坊进行日常服务。

（四）帮扶礼遇

16.享受一次性奖励。礼遇对象根据所获荣誉享受1000—10000元不等的一次性奖励；

17.对符合享受保障性住房条件的好人，经本人申请，优先解决其住房困难问题；

18.好人在符合条件的前提下，在县内农商银行进行个人贷款业务时，享受30万元以内的小额免担保待遇；

19.好人在工作、生活中需要维护自身合法权益并符合法律援助条件的，司法行政机关及法律援助机构应根据诉求，优先提供帮助；

20.对生活困难的好人，根据实际情况，给予困难救济与补助……

最后一章是"附则"，内容有两条：一是县财政设立专项资金，用于好人的奖励、帮扶和救助；二是好人如有严重违反社会主义道德或违法违纪行为的，经调查核实，按有关程序撤销其荣誉称号，并取消相应待遇。

这样的一份"好人"条例，在全国很可能是独一无二的。这样的文件就像十几年、10年前安吉第一个"生态立县"和"建设美丽乡村"的立法与决定一样，开创的可能是一个历史、一个时代、一个民族的理想先河、文明与希望之光！

好山、好水，加好人，这才是真正的金山银山！

余村的成功实践是这样。安吉的十年巨变，同样证明了这一点。此刻的我，才明白了为什么每次到余村、到安吉，看完那些如诗如画的美景后，总有一种与看其他地方景色不一样的感动、不一样的感染、不一样的感叹，原来，余村和安吉的美景中，注入了人，注入了那些对这片土地和山水特别挚爱的美丽的人的情感与精神，所以使得这里的山、这里的水，那样有味、有诗、有意、有情……情意浓浓，意味深长，如诗如歌！

看，一个个安吉好人正在向我们走来：

如今的安吉母亲河——西苕溪水美景无尽，是因为有一个永远不灭的身影留在溪上，日夜巡视着溪水的一次次潮涨潮落……他用"干净做人、干净做事"的精神，以30年的生命代价，换来母亲河的碧波荡漾。他把自己化进了安吉的好山好水之中，他的名字叫谷红卫。

他的名字和精气神告诉我们：有一颗对山川热爱的红心，就能用灵魂和生命守好家乡的美丽山谷。

都说安吉的白茶那么香、那么翠，你可知道，它需要精心的植、培、采、摘……需要摊放、杀青、理条、初烘、摊凉、复烘和收灰等无数道工序。"每一道工序，你功夫到了，心不到，依旧不是白茶的味道。那一揉、一捏，揉的是情，捏的是味，揉捏中是情的反反复复，是意的温文尔雅，是人的心血与心思加神情的组合……"800元一斤的白茶，在他的十指揉捏间升华了灵气与鲜香，价格提高到1800元一斤！他的名字叫陈达有。

他的名字和精气神告诉我们：有追求和理想，就能达到人生崇高的目标。

安吉大竹海，美如锦、丽如丝，只有把青竹化为你我生活不可缺少的伴侣，青竹才可变成奇珍异宝，竹海才能变成金山银山！谁说美竹不是艺术！谁说美竹不是滴血心思！劈丝编织成笋筐、畚箕和畚斗，是祖先传下的本领与农耕所需。有了"竹编立体字"密码，竹便不再是简单的竹，竹成了丝，竹成了字、成了笔、成了墨、成了彩，竹成了我们所思所想的一切……竹因此也可以成为经典而进入《吉尼斯世界纪录》。你让全世界那些自以为最有审美判断力的人迷失了方向，而你笑言："迷乱"时才是真正的春天，意境这时才会出来！他的名字叫祝和春。

他的名字和精气神告诉我们：春天永远和诗意联系在一起，那才是值得敬重的至美的心灵价值。

为什么自古道"山不在高，有仙则名；水不在深，有龙则灵"，是因为山与水，本不是一个地方的强势资源，但有人会利用自己的资源优势，创造新的天地和世界。有人怨天怨地，无所作为。一根竹笋从大地冒出，它并不知道自己的价值有多大，而他能够让它变成精、化成仙，十变、百变……终成一席丰富盛宴，满足你的心、你的欲，成为你的不舍和长久的牵挂。笋可百味，人生何尝不是百味？他的名字叫曹位钧。

他的名字和精气神告诉我们：人只要努力下苦功，每一位皆可成为奇才。一笋尚可变成百宴菜，人怎么不可能创造世间奇迹！

……

关于他们的名字，我可以列出很多很多。他们每个人的名字，就像大地母亲留给我们的山、我们的水一样，早已镌刻上他们生命中的某些符号，就像"安且吉兮"，只是其命运的光芒在何时闪耀而已……

"安吉好人"，早已有之、早已存之，只等那山那水出现时，他们才会彰显魅力，让安吉的好山好水，更加耀金辉银……

啊，金山银山，人在之上！人在之上，金山银山才会光芒万丈！

第十三章 从余村再出发，一路绿意金光

2017 年 4 月 27 日，是一个普通的日子。但对余村来说，它是一个可以记入村史的重要日子，因为这一天新任省委书记车俊来到余村调研。其实，这个日子对于省委书记车俊来说也很有意义。就在前一天，中共中央正式任命他为浙江省委书记。上任伊始就来到余村，可见车俊书记对带领全省人民沿着习近平总书记"绿水青山就是金山银山"理念指引的方向继续走下去的坚定信念。

车俊在余村对干部们说，你们这里是习近平总书记"绿水青山就是金山银山"理念的诞生地，余村今天翻天覆地的变化，展示了"两山"理念的巨大理论力量和实践力量。我们因此要坚定不移地沿着总书记指引的路子走下去，一任接着一任干，一张蓝图绘到底，努力做到"干在实处、走在前列、勇立潮头"。

带着满怀诗意的享受离开安吉和余村时，这里的同志一再叮嘱我：他们在践行习近平总书记"绿水青山就是金山银山"理念的工作中，虽然取得了一些成绩，但仍有很大差距和需要努力的地方，尤其是如何真正把村级经济做强、做大，实现县域全面的"绿水青山就是金山银山"，因为在习近平总书记的视野里，生态环境问题不仅是经济问题，也是民生问题、政治问题。

车俊书记希望，余村、安吉要以翻篇归零的姿态，按照更高的标准，在新时期再探索、再创新、再实践，推动全民参与生态建设，实现人与自然、

人与人的和谐，成为践行"两山"理念的样板地、"模范生"，真正走出一个开创社会主义生态文明的新时代。

走上快速发展之路的余村，如今每天都有新的行动与变化。2017年6月25日，他们组织全村50名党员，专程赴鲁家村学习取经。"走出余村，再学'绿水青山就是金山银山'，体会和感受就不一样。从鲁家村那里，我们学到了人家抓住旅游这一龙头产业，利用村庄土地资源，促进和发展差异性产业，实现全村经济百花争艳的经验。这对余村向更强、更坚实的'金山银山'方向攀登，是十分有益的帮助与借鉴。"时任支书潘文革的这份表达，说明了发展和进步中的余村是成熟与清醒的。潘文革同时信心满满地告诉我："余村新一轮的发展蓝图已经制定，数个旅游经济项目已陆续到位，明年，余村将向国家申报4A景区；大后年，我们要向5A景区的更高目标努力。'天上人间，余村在中间'的美好前景，将在未来的几年里更放光芒。"

作为"两山"理念的诞生地和"中国美丽乡村"的发源地，安吉县在坚持"绿水青山就是金山银山"的发展道路上，已把发展目标瞄准定位在全域美丽的更高标准上。

"所谓全域美丽，就是要把整个安吉的每一寸土地、每一条河流、每一个山头，都纳入高标准的美丽景区来管理。也就是说，今后的安吉，所有地方都是高标准的景区，所有的人都是景区内的'一景'。地不美不行，山不美不行，水不美不行，人不美更不行。"安吉县委书记沈铭权进而说，美也有标准和内涵，我们要实现的是全区域覆盖、城乡无缝的"一片美"；人居环境与自然条件持续强势推进、不断提升的"持久美"；彰显与力求全覆盖的精品村、特色村、智慧村和现代化城镇的"内在美"；按照"提升富裕村、壮大一般村、转化薄弱村"的工作思路，实现新一轮的"发展美"；建立共富、共治、共享的人文"风尚美"和不断创新、提高与健全、完善的"制度美"。

沈铭权说："十几年来，安吉县广大干部群众牢记习总书记的这一嘱托，坚定不移地践行'绿水青山就是金山银山'的发展理念，积极探索生态美、产业兴、百姓富的发展路子，实现了经济发展与生态保护的良性运行，为全省乃至全国生态文明建设提供了成功实践。建设美丽中国、美丽乡村，需要提倡'人在绿中，绿在心中'的理念，更需要创新的思路和实干的精神，需要坚持把落脚点放在以人民为中心的发展理念上，把发展的出发点和落脚点放在让所有的社会成员具有共享成果的可能上，进一步增强广大人民群众的获得感和幸福感。这是我们深入贯彻落实习近平总书记'绿水青山就是金山银山'理念的根本所在。这条发展道路很长，各个时期、各个地方的'金山银山'标准也不一样，所以'绿水青山就是金山银山'其实是美丽中国时代的一个更宏伟的目标和方向，需要几代人的艰苦奋斗和共同努力。"

去过余村和安吉的人会发现，在这个被我称为苏杭之外的"第三个天堂"里的山和水，与周边湖州其他地区的山和水，没有什么特别的不同。如果从这里向更远的整个杭嘉湖地区，再从杭嘉湖向东的绍兴、宁波、台州，向南的金华、衢州、丽水、温州远眺和展望，我们会欣喜和激动地看到，今日浙江大地上所有的山和所有的水，都与余村，与整个安吉的山和水，不相上下的青，同样如诗般的绿……真乃"浙江悠悠海西绿，惊涛日夜两翻覆。钱塘郭里看潮人，直至白头看不足"（徐凝《观浙江涛》）。

这是为什么？为什么浙江大地，处处不愁青山绿水、天堂美景？

"因为10余年来，浙江在全省范围内，始终坚定不移地贯彻习近平总书记的'绿水青山就是金山银山'理念，而且在决策思路和实际工作中，从不松懈，一以贯之，以成功必在我胸襟的韧劲，沿着当年习近平同志在浙江定下的蓝图一绘到底，一干到底，所以才有了今天浙江大地上处处鸟语花香、青山绿水的美景。"一直在浙江省委机关工作的著名学者胡坚先生是"两山"理念的研究者，他向我历数了浙江省从"绿色浙江"到"生态立省"，再到建立与打造"山水林田湖生命共同体"的"绿水青山就是金山银山"的强省之路过程。

"应该说，对七分山一分水二分田的浙江省而言，保护青山绿林和江河湖水，一直是有传统的。中华人民共和国成立后的历届领导和政府都花费过很多心血来治水绿化，但由于不同时期的发展理念不同，甚至在相当长的时间里，对山水不仅没有保护好，反而造成了极大破坏。正是鉴于此，2002年中共浙江省第十一次党代会上首次提出了建设'绿色浙江'的决策。这个决策现在看来，意义特别重要，它既是对以往浙江生态环境工作的延续与拓展，更为其后开展'生态立省''美丽浙江'打下了基础。"胡坚动情地说，"浙江太幸运，就在全国各地都在为自己的GDP忙碌拼搏时，我们迎来了一位指引浙江发展正确方向的掌舵人，他就是习近平同志……"

"环境保护和生态建设，早抓事半功倍，晚抓事倍功半，越晚越被动。那种只顾眼前、不顾长远的发展，那种要钱不要命的发展，那种先污染后治理、先破坏后恢复的发展，再也不能继续下去了。"如今浙江省地、厅级干部中，很多人对 2003 年 10 月 11 日习近平在省委党校讲的上面一席话，印象特别深刻，因为在这之前的一年多中，新任浙江省委书记的习近平，为了推进"生态浙江"工作倾注了极大关注与心血：

——2002 年 12 月，在中央决定习近平接替张德江出任浙江省委书记后，他所主持的第一次省委全委会上，就提出了"建设生态省"的概念。当月，又亲自主持省政府的首次生态建设工作协调会。在这个会上，确定了浙江省向国家环保局申报列入国家生态建设试点省份。自加压力建设"生态省"的勇气和决心，由此可见一斑。

——2003 年 1 月，浙江省正式被批准为国家五个生态省建设试点省之一。习近平迅速按下了启动全省"生态立省"的行动按钮，他自己则身体力行地走在这一行动的最前面。

3 月，《浙江生态省建设规划纲要》通过专家论证，习近平出席会议并讲话。

4 月 9 日，习近平来到安吉进行生态专题调研。在对天荒坪抽水蓄能电站、中国大竹海和溪龙白茶基地等巡察和调研后，习近平除讲了那句"一片叶子，富了一方百姓"的名言外，还着重指出，安吉最好的资源是竹子，最大的优势是环境。只有依托丰富的竹子资源和良好的生态环境，变自然资源为经济资源，变环境优势为经济优势，走经济生态化之路，安吉经济的发展才有出路。因此，他希望这里的干部一任接着一任干，一年接着一年抓，努力把安吉建设成为经济繁荣、山川秀美、社会文明的生态县，为推进浙江生态省建设作出积极的贡献。习近平的这份希望，也让安吉干部明白和坚定了一个发展方向。

5 月，浙江省委、省政府成立生态建设工作领导小组，习近平亲自担任组长。同月，他主持召开的省常委会上，原则通过了《浙江生态省建设规划纲要》。

6 月，兼任省人大常委会主任的习近平主持省人大常委会，通过了《浙江生态省建设规划纲要》。与此同时，浙江省委、省政府作出了"千村示范、万村整治"的工作部署。这项工程声势浩大、力度空前、工作扎实，是习近平同志在浙江推进生态省建设及为之后的"美丽乡村"建设所做出的一项影响深远的战略部署。"浙江乡村变美，应该就是从这项工程才真正开始的。"胡坚说。为了推进这项工程，习近平辗转慈溪、上虞、海宁、德清及余杭等县、市，对水资源进行了专题调研，并在多个现场，向当地干部群众语重心长地谈到水污染问题，强调既要还清"旧账"，更不能产生"新账"。

7月，浙江省委、省政府召开"全省生态省建设动员大会"，习近平作了题为《全面启动生态省建设　努力打造"绿色浙江"》的动员报告。

8月，由习近平亲自主持起草的指导生态省建设的纲领性文件——《浙江生态省建设规划纲要》正式下发，浙江全省的生态立省建设由此全面启动和展开。8月8日，习近平在《浙江日报》的"之江新语"栏目中发表文章，严肃批评了那种"只要金山银山，不管绿水青山"，只要经济、只重发展，不考虑环境、不考虑长远的做法，是"吃了祖宗饭，断了子孙路"。他指出："像所有的认知过程一样，人们对环境保护和生态建设的认识，也有一个由表及里、由浅入深、由自然自发到自觉自为的过程。""建设生态省、打造'绿色浙江'，必须建立在广大群众普遍认同和自觉自为的基础之上。"

9月，在主持全省"千村示范、万村整治"工作座谈会上，习近平提出，在生态立省、整治乡村环境中，要贯穿以人为本、人与自然相和谐的规划理念，使人居环境与自然环境有机地融为一体，使传统文明与现代文明达到完美的结合。

进入2003年第四季度的日子里，浙江的各级干部从省委书记习近平推出的"山海经"里，感受到了一浪更比一浪热的"生态立省""统筹发展""百姓实惠"的发展新思路、新理念……

"从一个全域经济发展的过程看，要真正做到'绿水青山就是金山银山'，关键是要有与之相适应的顶层设计。这10多年来，浙江的'绿色经济''生态经济'之所以能够一直保持高速和良性的发展，主要得益于当年习近平同志主政浙江工作时所作出的正确规划和布局，尤其是他特别要求各地在发展经济时，将突出强化主体功能定位、优化国土空间开发格局，作为实践'绿水青山就是金山银山'的战略谋划与前提条件。比如像经济较发达的杭嘉湖地区，在发展过程中，重点要加强减少污染问题，打造保持水清水好环境下的长三角'金南翼'；比如像经济欠发达的丽水等地市，要确保绿水青山，并结合当地实际，打造'一县一主题，一村一景致，一派好风光'的'靠山吃山'的金饭碗……正是按照了'规划在先'的原则，我们今天才会看到浙江全省像余村、像安吉一样，从'绿水青山'中获得'金山银山'的村庄与县市比比皆是。比如嘉善县，他们在走'绿水青山就是金山银山'发展之路的一开始，就非常清晰而坚定地把全县生态功能区划分为自然生态红线区、生态功能保障区、农产品安全保障区、人居环境保护区、环境重点准入区和环境优化准入区六个类别，如将太浦河饮用水源保护区、西塘古镇保护区纳入自然生态红线区，分别根据不同的功能实施了不同的发展方式。以上这些'规划在先'体现了理性发展、科学发展的意识，并且从制度和法规上保证了'绿水青山与金山银山'的长期坚守、协调发展。"

胡坚从科学决策的实践高度认为，要坚定地沿着习近平同志"两山"理念所指引的发展思路走到底，制度和法规建设极其重要，并起着根本作用。"在此基础上，人的自觉意识和自觉行动是决定'绿水青山就是金山银山'的根本。"胡坚说，"人是生产力中最活跃、最根本的因素，人也是所有资源中最宝贵的资源。因此，怎样转变人的观念，提高人的素质，增强人的本领，发挥人的作用，是把'绿水青山变成金山银山'的重要一环。"

"出了余村和安吉，再到下姜村走一走，你就会看到，'绿水青山就是金山银山'的理念正在浙江大地上开花结果……"浙江的同志一再建议我去当年习近平同志在浙江工作时蹲点的另一个小村庄——下姜村看看。

下姜村距美丽的千岛湖40多公里，属淳安县的枫树岭镇下面的一个山村。从地理和自然环境看，你很难想象这么一个昔日穷得叮当响、又离千岛湖不近、深居浙皖交界的大山腹地的偏僻小山村，会在短短的十几年时间里，蜕变成一处人见人爱、美轮美奂，有着水墨画般诗意的富裕村庄……

6月末的一天，我"跨"过千岛湖，沿淳杨公路，在一路绿荫美景的相伴下，来到了凤林港溪畔的下姜村。

"欢迎到'最美下姜'参观指导！"老支书姜银祥与我握手的第一句话，便令人暗暗吃惊：他竟然把自己的村庄夸成"最美"。能夸下如此"海口"

的或许有两种可能：一是宣传；二是太有实力。

下姜的美，确实可以用无与伦比来形容。因为它的地理位置实在独一无二——居于一座"龙"字形的大山之端的"龙嘴"上，其"龙嘴"又恰巧在穿越于群山源上的凤林港溪的一处"U"形弯点上，故百姓比喻自己的村庄是"蛟龙吐珠"。当地人告诉我，这座有800多年历史的小山村，古人称之为"雅墅峡涧"，所以它既是凤林港溪畔的"龙珠"，又是峡谷幽涧上的"雅墅"。

当日抵达下姜村时，已近傍晚，老支书姜银祥带我在村庄里转了一圈，印象极深的是小山村的一栋栋民居——其实多数是三四层的小楼，依山坡而建，错落整齐，干干净净，优雅别致。每条街弄、每幢房子的前后左右，都像插花雕画般精细考究，很难找到一处不舒服的地方，有种让你进入了欧洲时尚花园小镇的感觉。"我们全村都是3A景区，这已经有几年历史了。"老支书自豪地向我介绍，现在他们一直在做提升版，"不远的将来，准备申报4A、5A景区。"

不同级的景区有不同级的要求。但作为一个山区小村，能够做得如此精美时尚，又保留了乡村固有的风土景韵，并非容易。关键是，下姜村还在不断发展和开发。

"我们全村现在已经有20多家农家乐，最低价格的包吃包住，每天一二百块钱。高档的一宿收费有一千多块的，不包括吃的……游客可根据自己的需要和消费水平选择。"老支书与我说话间，便到了一户挂着"栖舍民宿"招牌的农民家。恰巧这时，屋里走出一位年轻的姑娘，老支书叫她"丽娟"，说有作家想跟你聊几句。丽娟姑娘很爽快地点头，礼貌地引我走进她的家，于是我们到了她的"栖舍民宿"。

这是主人姜丽娟的家，现在改造成乡村旅游的特色民宿，专门接待外地游客。"我和父母及姐姐四个人经营，家人住在最上面，第一层和第二层接待客人用。"姜丽娟介绍道，她是村里第一个大学生返村搞民宿的，"我很喜欢现在的生活与工作状态：每天通过网络与外界联系，接待来自全国各地甚至境外的游客，爸爸妈妈负责内勤，也就是做饭炒菜、收拾房间等，姐姐负责财务，我负责联络与接待客人……"1989年出生的姜丽娟告诉我，大学毕业后，她先在杭州一家公司搞设计，"城市里工作节奏太快，尤其像我们搞设计的，经常两三天不睡觉。前年我回家，突然发现自己的村庄变美了，美得就像电影里的那种世外桃源般的乡村仙境，所以一跺脚，就把杭州的工作辞了，回家跟爸妈和姐姐商量，把房子重新整修，开起了现在这家栖舍民宿。最初不怎么会做生意，我就按自己的想法出招，把家里的模样和村里的美景拍下来，再把自己设计的'栖舍民宿'做一个简单的文字介绍，然后往网上一贴，结果客人就源源不断地来了！"姑娘爽爽地介绍，爽爽地让我们看她的"露天影院""篝火烧烤"……

"生意尚好？"这是我的关切。

"还好，入住率47%，才开张半年嘛！"她说。

"肯定会越来越红火的。"我真诚地祝福她。

"谢谢。"姑娘一脸淡定的微笑。

"像她这样的大学生和青年回村办农家乐与民宿的已经有好几个了！姜丽娟在杭州还有房子呢！"老支书告诉我。

在省城有房的女孩，却要回村里开店，下姜的魅力让我吃惊。

"我每天早跑5000米，晚跑5000米。时间和节奏完全由自己掌握。我觉得，现在的生活和工作是有生以来的最佳状态。这或许只有在自己的美丽家乡才会有……"姜丽娟的话，真实而令人温暖。

那天晚上，村里安排我在廊桥边的一家名为"玖玖"的民宿住下。女主人邵娟不是下姜人，她的家在千岛湖，以前在北京和杭州做生意，前年与哥哥一起来了下姜一次，就被这里迷住了。后来她与家人商量，决定在这里开家民宿，既做生意，也能把家建在"最美下姜"。就这样，她投下200万元，从一村民手里租得廊桥边的一栋房，就变成了现在这座最美村庄的最美民宿。

邵娟把玖玖当作自己的家园来装点：里面是温馨的居室，让客人住入后感觉像回到了家一样；外面则是山村花园，各种花草竹林均来自本地。邵娟的玖玖民居特别关注客人来下姜的乡村情愫，比如她专门从几里路外的大山中取来山泉水，给客人烧茶和清晨洗脸、晚上洗浴之用；早晨的一杯姜丝茶和中午的一碗鲜姜菜，让远方来的客人"玖玖"难忘下姜村的"姜味"……邵娟的网络意识特别强，每天都会把下姜的美景即时发出，也会把山村的美食与野味及时发给远方的客人。其情其味，也因此诱惑了源源不断的客人。

外乡人在下姜落户做生意，并非邵娟一家。"我看中的就是这里的美。生意做多大是次要的，我觉得每天能在这么美丽的地方生活，就是最大的愿望。"38岁的老板娘邵娟其实很浪漫，她说以前跟丈夫一起做生意闯荡四方，"最终就是为了给孩子、给自己一个好的家园。在下姜，我找到了比想象中还要美的家园，所以甘愿从此停泊在此。"邵娟说这话时，眼里充满了对下姜的爱意。

下姜同样让我和所有远方的客人心生恋意。

第二天一早，新担任村支书的姜浩强就带领我们往下姜村对岸的观景台攀登。站在半山腰的"宁静轩"观景亭前，俯瞰下姜全景，好一派摄魂之美！你瞧，那座为小山村遮风挡雨的大山，青翠碧绿，晨曦中的雾气半仙半实，让人心怡神往、浮想联翩；从村庄前面穿流而过的"S"形凤林港水，如果不是因为刚刚一场大雨之故，应该会带给山村无比的妩媚与诗意！当然，不得不说的还是下姜的村貌——瞧那白墙黛瓦、方窗斜顶的一片既重叠连体又肩并肩的徽派建筑，恰似一片撒落在人间的天珠奇宝，着意嵌在溪流湍急的"龙嘴"之上。那宽阔而伟岸的廊桥，则把村庄与隔岸相望的另一片绿色天地连在一起，令下姜更加开阔且款款有型。

"很多客人都说，早晚在此观下姜，你会醉。"姜浩强说。

"我们已醉。"晨光下，我和同行人脱口而出。

其实，下姜真正的最美之景，却在它的后村深山里秘藏着。那是一条风景万千的深谷，名曰五狼坞。

"村里已经在规划和实施阶段，准备把它建成一处5A级登山探险、嬉水娱乐、影视拍摄的主题景区。到那时，下姜的村前村后，就可以连成一片不同风格、景中有景的最美景区了！"姜浩强对此满怀信心。他说，到那时，下姜就可以将时下的"绿水青山"变成真正的"金山银山"了。

现在的下姜，全村年收入为5000多万元，农民人均年收入超过2万元。"这两项收入分别是2001年的16倍和10.2倍。"在村子中的"思源亭"前，老支书姜银祥介绍说。

"从2001年起，有4任省委书记在下姜蹲点，其中习近平同志来过下姜4次，他对下姜的发展起到了关键性的引领和帮助作用……"姜浩强插话道。

原来如此！一个小小的山村，竟然会有4位省委"一把手"蹲点工作，真是荣幸！

"我们下姜人和习近平总书记的感情特别深。他在浙江工作期间，连续4年每年来一次；到了北京后，仍然关心我们下姜的百姓，并专门写信鼓励我们的发展、关心我们的生活。全村人民也对习总书记怀有深厚感情，自发建起了一座'思源亭'……"老支书姜银祥颇为动情地摸着"思源亭"内那块刻着习近平同志2011年5月2日写给村里一封信内容的纪念碑，一字一句念出声来：

> ……我在浙江工作曾4次到下姜村调研，与村里结下了不解之缘。转眼间，我离开浙江工作已经4年多了。4年来，在村党总支部、村委会带领下，在广大村民共同努力下，下姜村又有了新变化，经济持续发展，村容村貌进一步改善，群众生活越来越好。对此，我感到由衷的高兴。
>
> 希望你们深入贯彻落实科学发展观，立足下姜村实际，努力拓宽增收渠道，不断提高村民生活水平。党员干部要更加密切联系群众，千方百计为百姓排忧解难，努力做村民的贴心人。

"可以说，没有习近平总书记当年一次次给我们引领、帮助，下姜村不可能有今天。"老支书姜银祥断言道，然后他指指村前那条宽阔湍急的凤林港溪，说这条溪就是见证。

"我们村山多水多，唯独田少，而且80%的田都在溪河的对岸。下姜村祖祖辈辈只有一条竹木桥支在这溪上，大水一来，桥就没了；小水、中水时，村民从独木桥上过，落水丧命的一年总有几个……没有粮吃的下姜，自古就有'烧木炭、土墙房、半年粮，有女不嫁下姜郎'的民谣。我印象特别深的是，20世纪60年代时，我还小，亲眼见到老书记杨家炳带领村里的壮劳力，在这条溪边，8个人扛一块大石头，天天从早干到晚，硬是筑起了一条70多米长的石坝，后来还在溪边建了个小水电站。从那时起，村里才第一次通上了电，夜间有了光亮……80年代，我从部队回来当了村支书，又带着村民，前后用了3年时间，第一次在溪上修了座条永久性的石孔桥。那时村里穷啊，没有钱，筑桥花的100多万元，是我们全村人开山卖石头换来的钱。不容易啊！"老支书姜银祥说到这里，双眼泪光闪闪。

"喏，就是那座桥——"顺着他手指的方向望去，我们清晰地看到今天依然屹立在溪流之上的石孔桥。虽然它与百米之外的新廊桥相比，显得很破旧，但我们仿佛从块块石缝里透出的沧桑感，感受到老一辈下姜人求变求富的艰难历程。

"开始我们给这座石孔桥取名为'富民桥'，但桥修好了，村民并没有富起来。你问为什么？唉，底子太薄啊！有一件事外人不知道，可我们下姜村人都清楚，就是我们下姜村原来只有 200 来人。但 200 来人的时候就吃不饱肚子，后来修建新安江水电站时，一下子又来了 200 名库区移民。你说，这日子怎么过？穷上加穷啊！"老支书说到这里，直摇头。

"那么，什么时候下姜变成了今天这样的'绿富美'呢？"这是我所想要知道的答案。

"也就是这 10 多年时间。"说到这里，老支书的脸上露出了笑容。看得出，这是他最愿意提及的话题。"说来你可能不相信。2001 年前，小小下姜村，人口不到六七百，露天厕所却有 100 多个，加上家家户户散养生猪，一年四季，满村都是臭烘烘的。"

老支书姜银祥又摇头了。

"那个时候，外人如果想到村里来看看，我这个当支书的会千方百计挡着不让他来。实在不好意思嘛！"他说，"习近平同志第一次到下姜是 2003 年 4 月，那时我们村里还都是土房子、泥土路，垃圾满地，污水到处流淌。习近平同志一边走一边跟我说，要搞好村里的环境和生态，要整治好村容村貌。他格外关心村里的困难群众，要求我们多帮助他们。从那时起，我们把治理村容村貌、美化环境列入村建设的'重头戏'。针对贫困人员，村党支部专门设立了一个'党员关爱基金'，给村里 60 岁以上的党员和困难群众，每月补贴 60 元。2004 年，习近平同志陪着中央领导来淳安，当晚见我们村干部的时候已经晚上 9 点钟了。他一开口就说对不起，让我们感到特别温暖。那一次我们向他重点汇报了想解决村里养猪和环境脏乱差的矛盾，准备推广沼气。习近平同志马上说这个项目好，回到省城后，他又专门指派专家来我们村里调研，上级有关部门也很快帮助我们启动了沼气能源示范村建设。2005 年 3 月 22 日，习近平同志再次来到下姜。那天下着雨，他不顾道路泥泞，连口水也没喝，就去村民家看沼气池。他还非常风趣地说，他曾经是建沼气池的专业户！在他的帮助指导下，我们下姜成了全县第一个沼气示范村。可别小看这沼气项目，它对我们改变几百年来的生活习惯和环境问题起了根本作用。会计给我算过一笔账：一户农民用沼气，就能节省 300 元电费；一个沼气池，使用一年减少农民伐林 3.5 亩，减少排污水 146 吨。10 年来，仅这一项，我们就保护了 350 亩山林。"老支书算着这笔账，喜上眉梢地对我说，"村民们不用再上山去砍柴，山就变青了。山青了，水跟着也绿了。环境一好，就有人来参观旅游了，这样村里就有人开起了农家乐。一家发了财，跟着就有第二家、第三家……再后来，我们又按照习总书记留下的'要保护绿水青山''发挥好生态优势和山区的后发优势'的话，一步一步发展到今天……"

今天的下姜与 10 多年前的下姜，用翻天覆地四个字形容，其实是不够的。《姜氏家谱》记载了这个小山村有姜氏生存的历史已达 800 余年。在这漫长的岁月里，下姜村从来没有一个时候与"富"字沾过边。山多地少，加之交通闭塞，一代又一代下姜人甚至连去过淳安的都找不出几个。而今仅仅 10 余年时间，下姜不仅在浙江大名鼎鼎，连老外现在也都纷纷预约来此地旅游，这之间到底发生了什么？又是什么让下姜出现了这些"发生"？这是一个值得探究和思考的问题。

"习近平总书记的'绿水青山就是金山银山'这句话，在我们下姜得到了印证，让我们过上了幸福富裕的生活。"老支书姜银海不愧是下姜村的"头脑"，这位从部队回来当了 30 多年村支书的老党员、老村民，拉着我走过长长的廊桥，然后一起坐在几户新开张的农家乐前，侃侃而谈。

他说，以前参加会议，听台上人说"转变观念"，心想我们农民就一亩三分地，有什么观念可转，又转得到哪里去呢？靠山吃山，靠水吃水，这是祖宗传下来的经，我们一代又一代人相信这个理没有错。过去大家穷的时候，可能觉得这理没有错，错也错不到哪里去。可现在时代不一样了，一错就错到十万八千里外了呀。习近平同志到我们下姜蹲点调研，一次次跟我们讲发展、谈道理，才让我们明白了只有爱山爱水，山水才会爱我们。山里人，更要懂得保护环境保护水，好山好水，才是我们唯一生存、唯一可以致富的资源。所以 10 多年来，我们一直按照习总书记当年给我们留下的贴心话、温心话、真心话，从下姜的实际出发，先后编制实施了《村庄整治规划》《农业产业规划》《乡村旅游规划》等35个大小项目，借助村里良好的生态环境和绿色资源，重点打造了彩色农业观光基地、休闲旅游度假基地、手工艺品加工基地等。在着力"精品美丽乡村"建设过程中，我们得到了上级给予的6000多万元的对口资金投入，使本来就非常占环境优势的下姜村容村貌和依山傍水的风景发展得更加独具一格、魅力四射。加上我们通过对村民土地的统一流转，建起了葡萄园、草莓园、桃树园、黄栀子中药材园和蔬菜园等特色农业园区，形成了"冬季初春有草莓、春来花开赏桃红、夏秋品尝葡萄鲜果"和房为客用、地卖果木粮菜、村民在流通和服务中赚钱生财的下姜村新经济格局，所以才有了这10余年我们村经济增加16倍、村民收入提升10多倍的好日子啊……

"走，给你看看我们下姜未来的'金山银山'——"现年66岁的老支书姜银祥，其实是个挺风趣的农村干部，那天他特意带我去了村后几里路外的一条深山峡谷。

"这就是五狼坞。"老支书指着那片长满青竹的翠绿群山，说，"翻过这些山，登上900多米的主峰，就可以看到碧波荡漾的千岛湖美景……"

他的话令人跃跃欲试。遗憾的是天色已晚，否则我和随行者肯定抬腿就往上攀登了。"在这片群山密林之间，有一条汹涌奔腾的峡谷。五狼坞探险项目已经启动，我们准备在这里打造一个5A风景旅游区。瞧，这片平地是预留出来的一块建五星级宾馆的地方……"在峡谷溪流与大山之间，有一块百亩左右的平坡，姜银祥老支书已经将其纳入下姜明天的"金山银山"梦里了。

"这个景区建好，村里的收入至少是现在的3倍以上。"夕阳下，我仿佛看到下姜的山与水处处流光溢彩，看到老支书脸上更加灿烂的笑容。

此刻我才明白，下姜村比我看到和想象中的要大得多、美得多，但你需要真正地了解它、认识它和走近它。而只有在了解、认识和走近它之后，你才会真正明白什么是"绿水青山就是金山银山"。

此刻我感受到了浙江的同志让我从余村出发，到下姜走一走的含义：无论是余村、下姜，还是安吉县或浙江大地上的其他县域，都是习近平同志亲手绘制的"生态立省"蓝图上的组成部分，是"绿水青山就是金山银山"的理念唤醒了这片土地，激发了这里的人民。

在安吉采访前后，我是扎实备了课的，采访期间，我也跟当地的干部群众进行了深入交流，因为作为一个写作者，我对累累硕果背后的故事更感兴趣，我感到，今天的安吉是一代代安吉人接力护美绿水青山，在久久为功中培育"生态自觉"的。

自2000年起，安吉"生态文明"的接力棒传了18年：从2000年县委请来专家为余村设计《余村村庄规划》，到从余村出发，逐步实施"生态立县"战略，推进县域生态文明建设；从2003年县人大常委会会议表决全票通过决议，把每年的3月25日定为"生态日"，到2006年成为全国第一个国家生态县；从2008年全面推进"中国美丽乡村"建设，到被确定为全国首批生态文明建设试点县……安吉通过"美丽乡村"建设推进了环境和空间、产业和文明的相互支撑，通过在一二三产整体联动、城乡一体有机链接的整体格局下下好"生态"一盘棋，继续寻求着保护生态与推进发展之间的最佳结合点。

现在，我似乎也明白了，在中共浙江省第十四次代表大会上，新当选省委书记的车俊再次强调要坚定不移地坚持走"绿水青山就是金山银山"之路，把整个浙江建成"大花园"，实现"人在画中游，景在心中留"的意义。

浙江是这样，中国难道不需要这样吗？

2015年9月21日，我国生态文明领域改革的顶层设计——《生态文明体制改革总体方案》，对社会公布。

生态文明体制改革的目标，被锁定在这八项制度上——自然资源资产产权制度、国土空间开发保护制度、空间规划体系、资源总量管理和全面节约制度、资源有偿使用和生态补偿制度、环境治理体系、环境治理和生态保护市场体系、生态文明绩效评价考核和责任追究制度。

"四梁八柱"，骨架在此。

党的十八大以来，在生态文明建设领域，制定修改的法律就有十几部，其中新制定和修改幅度较大的法律有6部。可以说，当今中国，正在以前所未有的速度，构建起最严格的生态环境法律制度。

时光倒溯到2013年9月7日，哈萨克斯坦，纳扎尔巴耶夫大学。正在这里访问的习近平主席，面对上千名师生，发出振聋发聩之声："我们既要金山银山，又要绿水青山。宁可要绿水青山，不要金山银山，因为绿水青山就是金山银山。"

在采访即将结束的时候，我了解到，安吉已经在积极贯彻省委指示，争当践行"两山"理念的样板地、"模范生"了。他们在县十四次党代会上，提出了建设中国"最美县域"的目标，立志率先实现由局部美向全域美、环境美向发展美、外在美向内在美的提升蜕变，打造美丽中国"安吉样本"，为美丽中国建设提供"安吉方案"，并从大力发展美丽经济、壮大综合实力，营造美丽环境、释放发展潜力，培育美丽文化、彰显文明魅力，提升美丽民生、增强共享能力，打造美丽党建、凝聚创业合力5个方面抓落实⋯⋯

这是让人欣喜的。

在今天践行"两山"理念的道路上，像这样坚持生态文明建设久久为功、砥砺前行的，何止是余村，是安吉，是湖州，是整个浙江大地，是全中国！

绿水，青山；金山，银山——中国人梦想的美丽、富有、幸福、快乐的诗意天堂！